THÉATRE COMPLET

DE

BRIEUX

de l'Académie Française

TOME NEUVIÈME

Pierrette d'Albour
Puisque je t'aime!
La Régence

1930

LIBRAIRIE STOCK
DELAMAIN ET BOUTELLEAU — PARIS

THÉATRE COMPLET

DE

BRIEUX

DE L'ACADÉMIE FRANÇAISE

TOME NEUVIÈME

A LA MÊME LIBRAIRIE

DU MÊME AUTEUR :

Ménages d'Artistes, comédie en trois actes.
Blanchette, comédie en trois actes.
La Couvée, comédie en trois actes.
L'Engrenage, comédie en trois actes.
Monsieur de Réboval, comédie en quatre actes.
La Rose bleue, comédie-vaudeville en un acte.
Les Bienfaiteurs, comédie en quatre actes.
L'Evasion, comédie en trois actes. (*Cour. par l'Ac. franç.*)
L'Ecole des Belles-Mères, comédie en un acte.
Le Berceau, comédie en trois actes.
Résultat des Courses, comédie en six tableaux.
Les Trois Filles de M. Dupont, comédie en quatre actes.
La Robe rouge, pièce en quatre actes. (*Cour. par l'Ac. franç.*)
Les Remplaçantes, pièce en trois actes.
La Petite Amie, comédie en quatre actes.
Les Avariés, pièce en trois actes.
Maternité, pièce en trois actes.
Les Hannetons, comédie en trois actes.
Simone, pièce en trois actes.
La Française, comédie en trois actes.
Suzette, comédie en trois actes.
La Foi, pièce en cinq actes.
La Femme seule, comédie en trois actes.
Le Bourgeois aux champs, comédie en trois actes.
Les Américains chez nous, comédie en trois actes.
Trois Bons Amis, comédie en trois actes.
L'Avocat, comédie en trois actes.
Pierrette et Galaor (L'Enfant), comédie en trois actes.
La Famille Lavolette, comédie en trois actes.
Puisque je t'aime, comédie en un acte.
La Régence, pièce en cinq actes.

EN COLLABORATION AVEC M. GASTON SALANDRI :
Bernard Palissy, un acte en vers.

EN COLLABORATION AVEC M. PAUL HERVIEU :
L'Armature, pièce en cinq actes.

EN COLLABORATION AVEC M. JEAN SIGAUD :
La Déserteuse, pièce en quatre actes.

Chez Delagrave :

Voyage aux Indes et en Indo-Chine, 1 volume.
Au Japon, 1 volume.

THÉATRE COMPLET

DE

BRIEUX

DE L'ACADÉMIE FRANÇAISE

TOME NEUVIÈME

Pierrette et Galaor. — Puisque je l'aime.
La Régence.

1929

LIBRAIRIE STOCK

DELAMAIN ET BOUTELLEAU

7, Rue du Vieux-Colombier — Paris.

PIERRETTE ET GALAOR

COMÉDIE EN TROIS ACTES

Représentée pour la première fois, le 20 septembre 1923,
au Théâtre du Vaudeville
sous le titre
de
L'ENFANT

PERSONNAGES

FRANÇOIS DE CHALVET . . . . . MM. A. DUBOSC.
BRASSOL . . . . JOFFRE.
HENRI DE CHALVET . . . . PAUL BLANCHAR.
SÉBASTIEN PAPON . . . . LAFFOND.
CORBELIN. . . . . DELSINNE.
GRIMONE . . . . BLANCHET.

PIERRETTE NIZIER. . . . . Mᵐᵉˢ SYLVIE.
MADELEINE DE CHALVET . . . . MARIE MARCILLY.
CAROLINE LEGRAND . . . . MADY BERRY.
MADAME NIZIER . . . . KERWICH.
MÉROTTE . . . . DENISE HÉBERT.
LA MÈRE PINCETTES . . . . MARCELLE BAILLY.
LISA . . . . GRAINVAL.
MARIA CORBELIN . . . . STAINVALLE.
JOSÉPHINE GRIMONE . . . . . . LACROIX.
LUCIE BARDIAUX . . . . RAMONDON.
MIREILLE . . . . LA PETITE FRANCIA.

De nos jours, en Dauphiné.

PIERRETTE ET GALAOR

ACTE PREMIER

Chez les Chalvet. Une terrasse entourée d'une balustrade, devant le château. Au fond, paysage de montagnes où l'on entrevoit au loin une usine hydro-electrique et des conduites sur les pentes.

SCÈNE PREMIÈRE

BRASSOL, DE CHALVET, *puis* CAROLINE LEGRAND, MÉROTTE, LISA, MADAME DE CHALVET *et* HENRI.
Au lever du rideau, on entend Brassol, qu'on ne voit pas.

BRASSOL.

... « Et c'est ainsi que les femmes de France, après avoir secondé leurs frères et leurs maris pendant la guerre, les remplaceront dans les travaux de la paix. »

> *Quelques maigres applaudissements. Entre Brassol, en redingote. C'est un homme d'une soixantaine d'années, jovial et sympathique. Il tient à la main le manuscrit du discours qu'il vient de prononcer. Avec lui entre M. de Chalvet, cinquante ans, correct.*

DE CHALVET.

Tous mes compliments.

BRASSOL, *très gai.*

Un peu minces, les applaudissements.

DE CHALVET, *de même.*

En Dauphiné, vous savez, on est peu démonstratif.

BRASSOL.

Mais où est mademoiselle Nizier ?

DE CHALVET.

Pierrette est sans doute...

Au dehors, deux coups de sifflet, timides.

BRASSOL, *de même.*

Et ça ?

DE CHALVET, *riant.*

Des gens qui appellent leur chien.

BRASSOL, *mettant ses papiers dans sa poche, et
gaiement.*

Non pas. Ce sont des sifflets... à votre adresse. Le créateur de l'usine à main-d'œuvre féminine, c'est vous, ce n'est pas moi.

DE CHALVET.

Vous en êtes le commanditaire et vous venez de l'inaugurer.

BRASSOL.

Sans illusions...

DE CHALVET.

Je n'en ai guère plus que vous. Mais je manque d'ouvriers : on m'offre des ouvrières, je les prends.

Un autre coup de sifflet, plus lointain.

BRASSOL.

Décidément, en Dauphiné, les chiens ne sont pas obéissants. (*Large rire.*) Je m'en moque. Mais comment se fait-il que mademoiselle Pierrette Nizier ait disparu précisément à la minute où, dans mon discours, je commençais à dire ses mérites ?

DE CHALVET.

Vous êtes sans enthousiasme pour l'œuvre elle-même.

BRASSOL.

Tout à fait.

DE CHALVET.

Alors, je ne comprends pas pourquoi...

BRASSOL.

Pourquoi j'ai accepté de présider cette fête ? Vous le saurez... J'ai un « petit projet » dont je vous parlerai tantôt. Mais la cérémonie a été écourtée en raison de l'absence de mademoiselle Pierrette Nizier... J'aurais bien voulu cependant qu'elle entendît l'éloge que j'ai fait d'elle et celui que lui adressaient les ouvrières...

DE CHALVET.

Sans doute est-elle allée voir des enfants au village.

BRASSOL.

Avec la vieille demoiselle toquée ?

CAROLINE LEGRAND, *qui vient d'entrer, hommasse, sympathique et gaie, quarante-cinq ans.*

La vieille demoiselle toquée ! On parle de moi, je parie ?

Elle a dit cela de si bonne humeur que tout le monde éclate de rire.

DE CHALVET.

Monsieur Brassol regrettait votre absence...

BRASSOL.

Et celle de mademoiselle Nizier.

CAROLINE LEGRAND.

Mais oui ! Où est-elle ? On ne peut pas laisser cette cérémonie sans conclusion.

DE CHALVET.

Mais où étiez-vous, vous-même ?

CAROLINE LEGRAND.

J'étais allée calmer la mère Pincettes, à qui des garçons ont encore fait des misères.

DE CHALVET.

Monsieur Brassol a exprimé ses regrets de votre prochain départ pour la Norvège et il a parlé de vous avec beaucoup d'éloquence.

BRASSOL.

Et de sincérité. J'ai parlé aussi de mademoiselle Pierrette.

CAROLINE LEGRAND.

Vous savez que j'ai une place pour elle en Norvège.

BRASSOL.

Une jeune fille ingénieur, on ne voit pas cela tous les jours.

CAROLINE LEGRAND.

En France. Mais on le verra. Il y a bien des hommes couturiers.

BRASSOL.

Je regrette beaucoup que mademoiselle Nizier...

DE CHALVET.

Ma petite belle-sœur lira dans le journal ce que vous avez dit d'elle.

BRASSOL.

Ce ne sera pas la même chose.

CAROLINE LEGRAND.

Pour le discours de monsieur, à la rigueur... Mais il y a trois ouvrières qui se sont mises en costume local et qu'on ne peut renvoyer sans les entendre.

DE CHALVET.

Eh bien, vous les ferez venir quand Pierrette sera de retour. Elle ne peut tarder.

CAROLINE LEGRAND.

Merci, monsieur de Chalvet... Je puis demander qu'on apporte ici pour elles un petit rafraîchissement ?

DE CHALVET.

Certes... Bien entendu.

Elle va pour sortir. En courant, entre Mérotte,
jeune paysanne accorte et délurée.

MÉROTTE, *allant à Caroline Legrand.*

Mademoiselle ! Mademoiselle !

CAROLINE LEGRAND.

Qu'est-ce qu'il y a ?

MÉROTTE.

C'est la mère Pincettes qui me court après.

CAROLINE LEGRAND.

Tu te faisais encore embrasser devant sa maison ?

MÉROTTE.

Mais non, mais non, de vrai !

CAROLINE LEGRAND.

Tu n'en as pas assez d'un... oui, d'un petit gars qui
n'a pas de père ?

MÉROTTE.

Ben ! si vous croyez qu'il n'a pas de père, vous vous
trompez, mademoiselle.

CAROLINE LEGRAND.

Allons, va, et sois sage.

DE CHALVET.

Elle aura de la peine à rester sage... Il est redoutable,
le printemps, dans nos montagnes.

MÉROTTE.

Je m'en vais le retrouver, mon petit gars !

Elle sort en courant, après avoir regardé si la mère
Pincettes est partie.

CAROLINE LEGRAND.

Pauvre mère Pincettes !...

BRASSOL.

C'est un ogre ?...

CAROLINE LEGRAND.

C'est une vieille demoiselle qui vit toute seule dans la maisonnette, là, à côté... Elle a horreur des amoureux...

BRASSOL.

Alors, elle ne se mariera pas.

CAROLINE LEGRAND.

La pauvre! Elle est encore plus vieille que moi... Mais de voir des jeunes gens s'embrasser, cela la met en fureur... Un jour, elle en a poursuivi deux à coups de pincettes et son surnom lui vient de là. (*Cris et rires au fond.*) Ah! voilà Pierrette! Je vais chercher mes Dauphinoises!

> *On voit paraître, au fond, Henri, trente ans, et Mireille, douze ans, se tenant par la main, poursuivis par Pierrette, avec des cris et des rires. Le jeu dure quelque temps. Madeleine de Chalvet, trente-cinq ans, essaye en vain de calmer les joueurs. Caroline Legrand, en s'en allant, se heurte à Pierrette, jouant toujours et qui la fait tourner pour se cacher de Mireille. Celle-ci veut l'imiter, Caroline Legrand fait mine de la poursuivre, Mireille se sauve en riant et en criant. Caroline disparaît.*

PIERRETTE, *jouant.*

Mireille, si tu n'es pas sage, je le dirai à Galaor.

> *De Chalvet est allé voir les jeux de plus près. Madeleine de Chalvet, un peu irritée de l'inutilité de ses appels, s'approche de son mari.*

MADELEINE.

Mon ami, Pierrette est insupportable et ta fille aussi. Elles n'ont pas plus de raison l'une que l'autre. Mireille va attraper du mal, j'en suis certaine. Je vous demande

pardon, monsieur Brassol!... *(Reprenant ses appels.)*
Pierrette! Mireille! Henri! C'est assez, voyons!

 Elle disparaît de nouveau.

  DE CHALVET, *riant en descendant en scène.*

Ah! cette Pierrette!

   BRASSOL.

Je l'admire. Quel âge a-t-elle au juste, notre ingénieur?

   DE CHALVET.

Trente ans.

  BRASSOL, *comme à lui-même.*

Il y a des moments où elle ne les paraît pas... Et ce
petit jeune homme qui joue avec elle? Il était bien irré-
vérencieux pendant mon discours... Il est même parti au
beau milieu...

   DE CHALVET.

Ce petit jeune homme? Mais c'est mon neveu! Il a
trente ans, lui aussi. Il est venu nous faire ses adieux
avant de retourner au Brésil.

   BRASSOL.

C'est un Brésilien?

   DE CHALVET.

Lui? Un Français! Un bon Français! Venu de là-bas
pour se battre, il a été blessé et termine sa convalescence.
Croix de guerre et Médaille militaire, le petit jeune
homme.

   BRASSOL.

Il ne les porte pas?

   DE CHALVET.

Non.

   BRASSOL.

Pourquoi?

   DE CHALVET.

Une idée à lui. Il n'est pas le seul, du reste.

BRASSOL, *insinuant.*

Si mademoiselle Pierrette avait été plus jeune, j'aurais cru qu'il était pour elle un mari possible.

DE CHALVET.

Ah ! bien oui ! Il n'y pense guère ! Il va à San Paulo retrouver une fiancée laissée là-bas et qu'il épousera dès son arrivée. Sa place est retenue sur l'*Orénoque*. Il attend ici la fin de la grève des inscrits maritimes à Marseille pour s'embarquer.

BRASSOL.

Alors...

Henri, essoufflé, riant, entre. Cordial, blagueur.

HENRI.

Mon oncle, ma cousine Mireille sera un champion pour la course à plat. Nous venons de faire une partie avec elle et Pierrette. (*Apercevant Brassol.*) Oh ! pardon, monsieur... (*A son oncle.*) Présentez-moi, mon oncle.

DE CHALVET, *présentant.*

Mon neveu, Henri de Chalvet... Monsieur Brassol, notre commanditaire.

BRASSOL.

Profession : nouveau riche.

HENRI, *riant.*

Vous mettez de la bonne grâce à le reconnaître, monsieur.

BRASSOL, *toujours très bonhomme.*

Vous vous en seriez aperçu tôt ou tard, n'est-ce pas ?

HENRI.

Mais peut-être bien que non...

BRASSOL.

Si... Je ne m'en cache pas d'ailleurs. Ma fortune est le signe des services que j'ai rendus.

HENRI.

C'est comme une décoration. Peut-on savoir ?

BRASSOL.

J'ai acheté de la ferraille en détail à des particuliers et je l'ai revendue en gros à l'Etat.

HENRI.

Vous étiez dans le commerce des métaux ?

BRASSOL.

Non. Avant la guerre, j'étais professeur d'histoire naturelle au lycée de Clermont. C'est le hasard qui a tout fait. On est, en général, un peu sévère pour les nouveaux riches. C'est facile : on a l'air en les accablant d'avoir soi-même mérité un brevet de désintéressement. Mais on en fait trop un bloc... L'espèce comporte plusieurs genres. Moi, je suis le nouveau riche malgré lui. Je ne l'ai pas fait exprès. J'ai même résisté... Un jour, en 1916, mon voisin, le ferblantier de la place, me demande un prêt de trois mille francs. Je les avais, je les lui confie, il achète de la ferraille, la revend à gros bénéfices, s'engage dans une autre opération, me demande de l'aider, puis se jette sur les grains et me laisse les métaux. A partir de ce moment-là, j'ai été emporté par le torrent. J'avais affaire à des « chargés de mission » qui achetaient sans contrôle, sans discussion de prix, préoccupés seulement d'avoir acheté le plus possible à la fin de la journée. Ils télégraphiaient à Paris, le soir : « Acheté tant de tonnes ». Et le prix, on ne s'en occupait pas... On demandait aux vendeurs de le fixer... Même il y en a un, un chargé de mission, qui, par erreur, m'a obligé à recevoir pour mille kilos le prix que je demandais pour dix mille. J'ai réclamé. Il m'a envoyé coucher et, comme j'insistais, il m'a menacé de me faire arrêter. Je vous jure que c'est vrai. Rectifier, c'était, pour lui, rendre publiques son ignorance et sa légèreté. Il paraît que ça lui aurait fait du tort pour sa Croix de guerre. Et remarquez que c'était un honnête homme qui n'aurait pas accepté personnellement des avantages matériels irré-

guliers. Alors ?... Ayant vendu une fois à ce prix-là, ce
prix devenait une base, un point de départ, et l'on me
proposait seulement des majorations. Qu'est-ce que vous
auriez fait à ma place ? (*Geste évasif d'Henri.*) Ah ! vous
voyez bien !... J'ai d'ailleurs rendu tout ce qu'on m'a
demandé... impôts... bénéfices de guerre, tout, tout, sans
tricher.

HENRI.

Vous devez être plein de reconnaissance pour le hasard.

BRASSOL.

Je saurai plus tard seulement si je dois le remercier.

HENRI.

Vraiment ?

BRASSOL.

Et si c'est *oui*, je rendrai d'autres services encore.

HENRI.

Au même prix ?

BRASSOL, *très simplement et souriant.*

Pour rien, ceux-là... Mais pourquoi me dites-vous des
méchancetés, monsieur ? Je les comprends, vous savez.
Et je ne les mérite pas.

HENRI, *regrets sincères et gentils.*

Je vous en prie. Je n'ai pas eu l'intention...

BRASSOL.

Venant d'un héros...

HENRI, *riant.*

Oh ! monsieur Brassol ! A votre tour, pas de gros mots,
de grâce...

BRASSOL, *ahuri.*

De gros mots ?

HENRI, *de même.*

Des mots qu'on ne dit plus, enfin.

BRASSOL, *de même.*

Ah !

> *Entrent Madeleine de Chalvet et Mireille qui se laisse traîner avec la mine boudeuse d'une enfant grondée.*

SCÈNE II

BRASSOL, DE CHALVET, HENRI, MADELEINE, *puis* **PIERRETTE, MIREILLE** *et* **LISA.**

MADELEINE.

Allez, mademoiselle. Vous êtes une vilaine désobéissante. (*Elle la dirige vers la porte du château.*) Allez dire à Lisa de vous faire faire vos devoirs. Je vous défends de revenir avant qu'on aille vous chercher. Vous entendez ?

MIREILLE.

Oui, maman. (*Madeleine va vers son mari. Mireille, bas, à Henri, en passant devant lui.*) Viens avec moi, dis, mon cousin.

HENRI, *à mi-voix.*

Oui. Va. Entre la première. Je vais te rejoindre.

Mireille entre au château.

MADELEINE, *à son mari.*

Je suis très irritée contre Pierrette... très !

DE CHALVET.

Pourquoi, Seigneur ?

MADELEINE.

Elle habitue Mireille à une indépendance qui ne me convient pas. (*A mi-voix.*) Heureusement, il n'y en a

plus pour longtemps. (*Haut.*) Enfin, monsieur Brassol,
vous avez vu ?

> *Brassol se récuse d'un geste vague et, pendant ce*
> *qui suit, cause, à voix basse, avec Henri. Ils se*
> *sont assis l'un près de l'autre.*

DE CHALVET.

Allons, allons, tu ne vas pas lui garder rancune d'avoir
joué à courir deux minutes de plus que tu ne le jugeais
bon. Elle a bien droit à un excès de gaieté après le dur
travail qu'elle a fourni et dont elle vient de voir l'achè-
vement heureux.

> *Après un geste d'excuse à Brassol qui relit les*
> *feuillets de son discours, Henri, en riant, va sur*
> *la pointe des pieds, rejoindre Mireille.*

MADELEINE.

Tu as raison... D'autant plus qu'elle a des accès de
tristesse... Tu n'as pas remarqué ?

DE CHALVET.

Si. Surtout depuis l'arrivée d'Henri, n'est-ce pas ?

MADELEINE.

Tu as dans l'idée qu'elle pense à lui ?

DE CHALVET.

Je ne sais. Mais il a certainement pensé à elle avant la
guerre, lorsque mon frère est parti pour le Brésil,

MADELEINE.

Peut-être... Pour elle, on ne peut rien affirmer, elle
est si peu communicative !

DE CHALVET.

Si fière !

MADELEINE.

Si orgueilleuse même... Qui sait si Henri...

DE CHALVET.

Ah ! c'est un mariage qui me comblerait de joie...

MADELEINE.

Tâche donc de savoir quelque chose d'Henri. Moi, de mon côté, je m'efforcerai de faire parler Pierrette.

DE CHALVET.

Oui, mais sans reproche.

MADELEINE.

Aucun... Je suis sotte par moments. Je suis parfois l'esclave de mes nerfs... Ma pauvre petite Pierrette! Je lui ai fait du chagrin, j'en suis sûre.

Entre Pierrette. Une belle fille blonde d'une tren-
taine d'années, éclatante de fraîcheur et de joie
de vivre. Madeleine va vers elle, se jette à son
cou, l'embrasse.

MADELEINE.

Je te demande pardon.

PIERRETTE, *gaiement.*

Mais qu'est-ce que tu as, Madeleine?

MADELEINE.

Je t'ai parlé durement.

PIERRETTE.

Mais non... (*La calmant comme un enfant.*) Allons, allons, reprends-toi... Tu as fini ton carreau?

MADELEINE.

Pas encore. (*Elle va à une table à ouvrage, subitement consolée, et se met au travail... Et riant.*) Ma bonne petite Pierrette!

Entre Lisa.

LISA, *à Pierrette.*

Mademoiselle, mademoiselle Mireille dit comme ça qu'elle ne veut pas faire ses devoirs si mademoiselle ne vient pas l'aider.

BRASSOL.

Mais il faut rester, mademoiselle, on a besoin de vous ici!

PIERRETTE.

Tout de suite. Je reviens.

MADELEINE.

J'y vais, moi.

LISA.

Elle veut que ce soit mademoiselle Pierrette.

BRASSOL, *à Pierrette.*

Il faut rester, mademoiselle... Il y a une surprise pour vous.

Pierrette hésite, consulte sa sœur des yeux.

MADELEINE.

Enfin, Pierrette...

PIERRETTE, *un peu timide.*

C'est moi qu'elle demande.

MADELEINE, *après une légère hésitation.*

Va !

PIERRETTE, *à Brassol.*

Je reviens tout de suite !

Pierrette sort. Madeleine la suit du regard.

BRASSOL.

Elle aime tant les enfants, mademoiselle Nizier ! Quand on la voit avec sa petite nièce, elle a l'air d'une jeune mère.

MADELEINE.

Oui.

DE CHALVET.

Tous les marmots du village la connaissent et courent à elle dès qu'ils la voient. Elle les mouche et les embrasse et leur donne des bonbons dont elle a toujours une provision sur elle. Elle dit que les enfants, même ceux des autres, ça tient chaud au cœur.

BRASSOL.

Moi aussi, j'ai toujours du sucre dans mes poches,

parce que j'aime beaucoup les chiens. (*Fouillant dans ses poches pour y trouver du sucre et y rencontrant un journal.*) Ah ! j'avais apporté ce journal pour madame Nizier. N'est-elle pas venue ?

MADELEINE.

Si. Elle est arrivée hier soir. Maman est de santé délicate...

BRASSOL.

Je sais, je sais...

MADELEINE.

Nous allons la voir tout à l'heure.

PIERRETTE, *toujours gaie, à la porte de gauche.*

Quelle petite sotte que cette Mireille ! C'est maman qui demande si elle peut venir... Elle nous savait avec monsieur Brassol et ne voulait pas nous déranger... Et puis, elle avait peur d'avoir froid... La voici. N'est-ce pas, Madeleine, que maman n'aura pas froid ?

MADELEINE.

Mais non, mais non.

Entre madame Nizier.

SCÈNE III

PIERRETTE, MADELEINE BRASSOL, MADAME NIZIER, DE CHALVET *puis* CAROLINE LEGRAND.

MADAME NIZIER, *sur le pas de la porte.*

Mais vous êtes bien certains que je n'aurai pas à redouter les courants d'air ?

PIERRETTE.

Mais non, maman, mais non...

BRASSOL.

C'est ici que doit se présenter la surprise. Car il y a une surprise que l'absence de mademoiselle Nizier a retardée.

PIERRETTE.

Venez, mère.

MADAME NIZIER.

Il n'y a pas trop de vent ?

PIERRETTE, *préparant le fauteuil.*

Mais non.

MADAME NIZIER.

On voit bien que vous êtes jeunes, tous, vous ne craignez pas les courants d'air. Pierrette, mon châle. (*Pierrette, Madeleine et Brassol s'empressent.*) Ne vous occupez pas de moi... Je tiens à ne déranger personne... Pierrette, veux-tu relever mon châle un peu de ce côté ? Pierrette... mon petit banc... Merci... Là... Ne vous occupez pas de moi... Alors, vous disiez, monsieur Brassol...

> *Madame Nizier prend un ouvrage dans son petit sac et travaille pendant ce qui suit. Pierrette s'est assise sur un petit banc, à ses pieds.*

BRASSOL.

J'ai découpé pour vous, dans un journal médical, une annonce d'un réconfortant nouveau.

> *Il sort un papier de la poche gauche de sa redingote.*

DE CHALVET, *qui est entré derrière madame Nizier.*

Cette annonce, ce n'est pas celle qui est la conséquence d'un vœu ?...

BRASSOL.

Oh ! Elle ne paraît pas dans les journaux de Grenoble !

DE CHALVET.

Mais êtes-vous certaine, bonne maman, que votre santé ne souffre pas de tant de remèdes ?

MADAME NIZIER.

Oui, oui, je sais... C'est le docteur qui vous a soufflé cela... Les médecins ont horreur des remèdes qu'on peut prendre sans consultation... Vous êtes bien bon, monsieur Brassol. (*Elle lit avec son face-à-main. Pendant ce temps :*) Pierrette !

PIERRETTE.

Mère ?

MADAME NIZIER.

As-tu bien recommandé qu'on ferme la fenêtre de ma chambre avant le coucher du soleil ?

PIERRETTE.

Oui, mère.

MADAME NIZIER.

Bien, bien, merci... Je ne veux pas te déranger. Tout le monde est si bon pour moi... Mais ne t'éloigne pas. Alors, cette inauguration ? (*A Brassol.*) Vous pensez bien, cher monsieur, qu'il m'était impossible de sortir de si grand matin... Vous avez été content ?

DE CHALVET.

Très, très content. (*Malicieux.*) Monsieur Brassol a fait un discours admirable.

On entend une musique au dehors. Un accordéon.

BRASSOL.

Voilà la surprise !

Entrent Caroline Legrand introduisant Maria Cor-belin (3o ans) portant un bouquet, Joséphine Grimone (45 ans), Lucie Bardiaux (36 ans), toutes trois en costume de cérémonie des mon-tagnardes du Dauphiné.

SCÈNE IV

DE CHALVET, MADELEINE, PIERRETTE, BRASSOL, CAROLINE LEGRAND, MARIA CORBELIN, JOSÉPHINE GRIMONE, LUCIE BARDIAUX, LISA, *puis* MÉROTTE *et* LA MÈRE PINCETTES.

CAROLINE LEGRAND, *avec des allures de metteur en scène.*

Approchez, approchez, madame Corbelin.

Madame Corbelin s'avance.

DE CHALVET, MADELEINE, PIERRETTE, *feignant la surprise.*

Oh ! le beau bouquet !... Mais à quel propos ?... Qu'il est joli... Et pour qui ?

MADAME CORBELIN.

Attendez, monsieur de Chalvet, je vais vous lire mon papier...

Embarras... Caroline Legrand prend le bouquet et le pose sur la table de gauche. Madame Corbelin tire un papier de sa gorgerette et se prépare à lire.

PIERRETTE.

Il est superbe... Merci...

MADAME CORBELIN, *lisant.*

Monsieur et mademoiselle, nous savons vous être agréables en venant, dans ce costume de notre belle province, vous offrir ces fleurs de nos montagnes. Vos ancêtres y ont vécu depuis le... depuis le ixevéhi... depuis le ixevéhi siècle... le ixevéhi...

Implorante, elle regarde Caroline Legrand.

CAROLINE LEGRAND.

Le seizième siècle...

MADAME CORBELIN, *étonnée et condescendante.*

Ah!... (*Naturelle.*) Il y a pourtant *x, v, i...*

CAROLINE LEGRAND.

Continuez donc, empotée !

MADAME CORBELIN, *après avoir réprimé une indi-*
gnation.

Seizième siècle, alors... *Vous prolongez leur œuvre*
amicale et féconde et vous suivez leurs traditions tout en
ne les continuant pas.

DE CHALVET, *riant.*

Très bien, très bien.

CAROLINE LEGRAND, *à madame Corbelin qui s'arrêtait.*

Continuez donc !

MADAME CORBELIN, *reprenant sa lecture.*

Les femmes de ce pays vous remercient, et vous aussi,
mademoiselle, de leur avoir donné le travail et, par
conséquent, l'indépendance et la liberté. Voilà.

Elle lui donne le papier.

PIÉRRETTE.

Mesdames, je vous remercie.

DE CHALVET.

Merci, madame Corbelin... Et vous ne vous formali-
serez pas, je pense, si je remercie également mademoiselle Caroline Legrand de ce joli compliment.

MADAME CORBELIN, *simplement.*

Oh ! non, c'est elle qui l'a écrit...

MÉROTTE, *qui était au fond.*

Voilà la mère Pincettes ! Voilà la mère Pincettes !

Elle vient se cacher derrière les ouvrières. On en-
tend les cris et les rires d'une troupe de gamins
qui la suivaient, mais se sont arrêtés.

CAROLINE LEGRAND.

Mais il n'y a pas moyen de la tenir, aujourd'hui.

Elle va vers la mère Pincettes qui paraît et reste au fond pendant ce qui suit. La mère Pincettes est une vieille fille sèche, vêtue de noir, coiffée d'un chapeau à brides orné de fleurs artificielles défraîchies. Pas grotesque. Un peu ridicule seulement. Elle est armée d'un parapluie, dont elle se défendait contre sa suite qu'elle menace encore.

LA MÈRE PINCETTES, *à Caroline Legrand qui cherche à l'arrêter.*

Laissez-moi. Laissez-moi. Je viens demander à monsieur de Chalvet de chasser les chiens qui viennent faire leurs saletés devant chez moi...

MÉROTTE, *à monsieur de Chalvet.*

Ceux qu'elle appelle les chiens, ce sont les amoureux.

LUCIE, *de même.*

Ce qu'elle appelle des saletés, c'est quand on s'embrasse.

BRASSOL.

Mais pourquoi diable allez-vous vous embrasser devant chez elle ?

LUCIE.

Pour la faire enrager, donc !

MÉROTTE.

Et puis, c'est encore meilleur !

Pendant ce qui précède, la mère Pincettes s'explique vivement avec Caroline Legrand, qui veut la retenir. N'y parvenant pas, celle-ci cède en riant.

DE CHALVET.

Laissez-la s'approcher. J'ai deux mots à lui dire.

LA MÈRE PINCETTES.

A moi, monsieur de Chalvet ?

DE CHALVET.

A vous. Vous vous plaignez qu'on vous taquine, mais
on a à se plaindre de vous. La mère Mourrat m'a amené,
hier, son petit garçon que vous aviez battu.

LA MÈRE PINCETTES.

Je ne l'ai pas battu assez !... Le premier que je réussirai à attraper, j'en fais de la charpie !

DE CHALVET.

Vous pourriez le regretter.

LA MÈRE PINCETTES.

Pourquoi qu'ils ont jeté des pierres à mon chat ? Et
pourquoi que les autres sont venus piétiner mon jardin
pendant la nuit ? Mes petits pois qui étaient bons à
cueillir et mes pommes de terre que j'avais plantées pour
mon hiver !

JOSÉPHINE.

Si vous n'étiez pas si méchante, on ne vous ferait pas
tant de misères.

> *On entend au dehors des cris et des rires de
> gamins.*

LA MÈRE PINCETTES.

Qu'est-ce qu'ils m'ont encore fait, mon Dieu ! Qu'est-
ce qu'ils m'ont encore saccagé !

> *Elle sort vivement. Explosion de huées. Caroline
> Legrand sort pour la protéger.*

CAROLINE LEGRAND, *au fond.*

Attendez un peu, méchants garnements !
> *Silence. Elle redescend en scène.*

PIERRETTE.

Cette pauvre mère Pincettes !

JOSÉPHINE.

Elle est plus riche que nous. Elle a chez elle un grand

coffre qu'elle n'a jamais ouvert devant personne et qui doit être plein de trésors.

PIERRETTE.

Cela ne fait rien.

MÉROTTE.

Oh! mademoiselle, si vous saviez comme elle est méchante, vous ne la plaindriez pas.

Lisa apporte plateau, verres et carafons et sort.

CAROLINE LEGRAND.

Oui, mais s'il y avait un homme chez elle, on la laisserait tranquille.

DE CHALVET.

Allons!... Voulez-vous, mesdames, boire un verre de vin mousseux à notre santé? (*Pierrette s'est empressée pour verser. Le ton cérémonieux disparaît. Tout le monde est gai... On entend un brouhaha de petits mots...*) « Et vous, madame... Voilà... Merci... A votre santé... Attendez... Mais vous n'avez pas votre verre, madame Bardiaux... » (*Les femmes boivent, leur main gauche sur la poitrine pour la préserver des taches.*) « C'est bon... Ça pique... A votre santé, mademoiselle Pierrette... »

PIERRETTE.

Et Caroline Legrand qu'on oublie!

CAROLINE LEGRAND, *riant.*

Moi, je ne me suis pas oubliée, voici mon verre, il est vide...

DE CHALVET.

Remplissez-le, Pierrette...

Tout ce qui suit, très familier, les paroles se couvrant, se confondant pour n'en laisser entendre nettement que quelques-unes comme celles-ci :

BRASSOL.

Mais il n'y a rien de mieux pour la femme que le foyer.

CAROLINE LEGRAND.

Des foyers, il en manque, monsieur Brassol. Et il y a en ce moment deux millions de filles de plus que de garçons en âge de se marier.

BRASSOL, *aux femmes.*

Alors, vraiment, vous êtes contentes de travailler ?

LES FEMMES.

Pour sûr. — Tiens, parbleu ! — Vous pouvez le dire, monsieur Brassol.

MÉROTTE, *dansant et tapant des mains.*

J'travaille pour mon p'tit gars ! J'travaille pour mon p'tit gars !

MADAME NIZIER.

Pierrette !

PIERRETTE.

Mère ?

MADAME NIZIER.

Voilà maintenant que j'ai trop chaud.
Pierrette s'occupe d'elle, puis va rejoindre les ou-vrières pour les adieux.

JOSÉPHINE.

Au moins, mon argent que j'aurai gagné sera à moi et je ne serai plus forcée d'aller attendre mon chenapan à la porte du cabaret.

LUCIE.

C'est sûr... Vous vous rappelez le jour où mademoiselle Pierrette l'a vue avec son petit qui pleurait.

MADAME CORBELIN.

Moi, j'ai pas à me plaindre de mon homme

LES AUTRES.

Elle a raison, son mari y a pas meilleur.

BRASSOL.

Alors... Allons, un petit verre encore...

LES FEMMES, *refusant en tendant leurs verres.*

Oh ! non ! Vous êtes sûr que ça ne me fera pas mal ?...
Merci, monsieur... Assez, assez, je vous prie... (*Etc. Puis,
commencement des adieux.*) Merci. monsieur... A tantôt, mademoiselle Pierrette; merci, madame...

Elles se dirigent vers la sortie. Brassol les devance.

BRASSOL, *au dehors*

La musique ! La musique ! (*Revenant.*) Allons. en sachant s'y prendre, on trouve encore des maris !

MÉROTTE.

Y en a pas besoin !

JOSÉPHINE.

On n'en trouve plus ! Ils se savent des oiseaux rares
et ne veulent que des filles qui ont de l'argent.

LUCIE.

Et il faut qu'elles soient bêtes. Mais oui, monsieur
Brassol, il n'a pas voulu de moi parce que je suis trop
instruite. Les garçons d'aujourd'hui se trouvent humi-
liés si leur femme gagne autant qu'eux.

Ce qui suit pendant la sortie.

CAROLINE LEGRAND.

Ça compromet leur autorité... Ils ne peuvent plus se
poser en protecteurs.

LUCIE.

Maintenant, nous n'avons plus besoin d'être proté-
gées...

JOSÉPHINE.

On ne se mariera plus.

BRASSOL.

Et des enfants ?

JOSÉPHINE.

Ah ! oui ! C'est bien embêtant qu'il faille absolument
un mari pour avoir un enfant !

Rire général,

CAROLINE LEGRAND.

Mari ou non, l'essentiel c'est d'en avoir un !

MAROTTE.

Oui ! C'est d'en avoir un ! C'est d'en avoir un ! Au
moins !

MADAME NIZIER.

Pierrette !

PIERRETTE, *revenant.*

Mère ?

MADAME NIZIER.

Ne m'abandonne pas trop, mon enfant.

*Pierrette reprend sa place à côté d'elle. On entend
la musique qui revient chercher les ouvrières.*

MADAME NIZIER.

Voilà ! Voilà où nous en arrivons ! Alors, c'est cela que
vous avez célébré, monsieur Brassol, vous, un professeur
d'histoire naturelle !

BRASSOL.

Non, madame. J'ai célébré les mérites de votre famille,
ceux de monsieur de Chalvet et ceux de mademoiselle
Nizier... Vous lirez mon discours... à moins que vous ne
me permettiez...

DE CHALVET.

Non ! Non ! Racontez-le seulement à madame Nizier,
il préférera le lire à tête reposée dans le journal.

BRASSOL, *à madame Nizier.*

Allons ! Je ne vous le lirai pas. J'ai cependant dit sur
monsieur de Chalvet, votre gendre, des choses que vous
auriez eu plaisir à entendre. J'ai dit que cette famille,
établie en Dauphiné depuis un temps immémorial...

DE CHALVET, *gaîment, essayant de le faire taire.*

Brassol !

BRASSOL, *plus fort.*

J'ai rappelé qu'elle a fourni des magistrats, des conseil-
lers, qu'un d'eux fut à Vizille...

DE CHALVET.

Brassol !

Entre Henri qui reste un moment à écouter, sur le pas de la porte.

BRASSOL, *toujours gaiement.*

Oui, à Vizille ! Un défenseur du peuple ! Vous n'allez pas renier vos ancêtres, monsieur de Chalvet !... Vous ne m'empêcherez pas de dire à madame Nizier, à la mère de madame de Chalvet, que j'ai rappelé vos mérites. Il y a plusieurs siècles, déjà, les Chalvet étaient métallurgistes. Ce sont les vôtres qui fournissaient à la Maison de France ses lances et ses épées, les bonnes épées de guerre pour les braves, et c'est un de vos ancêtres qui a trempé l'épée de Bayard.

HENRI.

Bravo ! Bravo !

BRASSOL.

Mais l'immense domaine était stérile et servait seulement en été au pâturage des moutons... Vous l'avez reboisé, vous avez créé des villages, de la vie... Ce sol où vos pères sont morts, vous l'avez conservé, vivifié, vous avez refusé de le morceler...

DE CHALVET.

C'est à Galaor qu'en revient tout le mérite...

BRASSOL.

Je ne connais pas ce monsieur Galaor...

Tout le monde éclate de rire.

TOUS.

Monsieur Galaor... Brassol parle de *monsieur* Galaor !

BRASSOL.

Je n'ai pas été le premier à parler de ce monsieur. (*Nouveaux rires.*) Je ne vois pas par quoi je puis donner à rire.

PIERRETTE.

Monsieur Brassol, Galaor... Galaor...

BRASSOL.

Eh bien ? C'est un ami ?

TOUS.

Oui, un grand ami.

PIERRETTE, *riant.*

Non, non ! Pas pour moi ! Pour tout le monde, mais pas pour moi !

BRASSOL.

Un parent ?

DE CHALVET.

Monsieur Brassol, pardonnez-nous. Galaor a ceci de particulier qu'il n'existe pas, mais qu'il nous gouverne tous !

PIERRETTE.

Pas moi !

MADELEINE.

Comment, il n'existe pas ! (*A son mari.*) Voilà que tu nies l'existence de Galaor.

MADAME NIZIER.

C'est un blasphème !

DE CHALVET.

Oui, il existe, sans exister !... (*Un peu plus sérieux, à Brassol.*) C'est un personnage imaginaire que ma grand'-mère avait créé et dont d'abord on menaçait ma turbulence d'enfant. Il tient à la fois du Putois d'Anatole France, du Corambé de George Sand, du *garçon* de Flaubert, du père Noël...

PIERRETTE.

Du Croquemitaine ! Du loup-garou !

MADELEINE.

Mieux !

DE CHALVET.

Il est le bon génie de la famille.

PIERRETTE, *toujours gaie.*

La routine, l'obstacle, le frein, l'ennemi de tout ce
qui est jeune, de tout ce qui est nouveau ! C'est un
tyran ! (*Protestations générales.*) Un tyran ridicule ! (*Nouvelles protestations.*) Et chacun le subit. Même vous,
monsieur Brassol !

BRASSOL.

Moi ?

PIERRETTE.

Vous portez sa marque sur votre redingote.

BRASSOL.

Comment, sur ma redingote !

PIERRETTE.

Là... sur votre manche... Vous voyez, ces trois boutons... Ils étaient nécessaires sur les habits d'autrefois,
pour retrousser les parements. Maintenant, ils ne servent plus à rien. Mais ils subsistent, ils persistent, ils
s'entêtent !... Et des ouvriers les tournent, les polissent,
des ouvrières les cousent ! Comptez ce que cela représente
de travail perdu ! C'est la faute à Galaor !

HENRI.

C'est pour lui obéir, à Galaor, que M. Bouguereau,
signe Bovegueverave, parce que, du temps des Latins,
Galaor ne savait pas faire un *U.*

MADELEINE.

Ah ! Henri ! Si vous vous en mêlez...

DE CHALVET.

Si ton père t'entendait !

PIERRETTE, *gaiement.*

C'est pour obéir à Galaor que votre père est allé au
Brésil !... Mais oui, pour que le domaine des Chalvet ne
soit pas morcelé.

DE CHALVET.

Il est le chef de famille qui ne meurt jamais

MADAME NIZIER.

Le Dieu du foyer... Celui qui voit tout, qui nous juge...

HENRI.

Moi, je trouve qu'il a un peu vieilli.

DE CHALVET.

C'est son devoir ! Nous l'avons peu à peu paré de toutes les qualités en honneur chez les nôtres depuis des siècles : droiture, loyauté, amour du sol, respect du devoir...

PIERRETTE.

Il est le conservateur des préjugés.

DE CHALVET.

Des préjugés, c'est-à-dire des convenances passées de mode.

MADELEINE.

Nous en avons fait une quasi-divinité.

DE CHALVET.

Madeleine a raison. Moi-même, je l'avoue, dans les moments difficiles, devant une décision grave, je me suis parfois demandé : « Qu'est-ce que dirait Galaor ? » Et, pourtant, il n'existe que par nous, mais nous l'aimons parce que nos grands-parents, mon père et les miens l'ont créé, et nous le vénérons, je crois bien, parce que, représentant notre conception de la morale, il a fini par nous inspirer le respect qu'on doit aux sentiments qui durent. Il est la tradition, dans la famille, et nous sommes de ceux pour qui la tradition et la famille sont une forme de religion. Voilà, monsieur Brassol.

Caroline Legrand passe au fond.

CAROLINE LEGRAND.

Galaor ! Il faut le zigouiller.

DE CHALVET.

Et pourquoi ?

CAROLINE LEGRAND.

C'est le passé, c'est l'ennemi du progrès.

DE CHALVET.

C'est un soutien.

CAROLINE LEGRAND.

Un soutien inutile n'est qu'une entrave.

DE CHALVET.

Vous le déclarez inutile, vous, mais ceux qui connaissent les besoins de tous...

CAROLINE LEGRAND.

Les marchands de béquilles n'acceptent pas facilement la guérison des boiteux.

DE CHALVET.

Il ne fait pas que du mal, voyons !

PIERRETTE.

S'il ne faisait que du mal, il ne serait pas redoutable.

DE CHALVET.

C'est lui qui a décidé Henri à venir se battre en
France.

CAROLINE LEGRAND.

Oui, c'est lui qui lance les peuples sur les champs
de bataille.

DE CHALVET, *avec force.*

En tout cas, il nous protège contre les fous.

CAROLINE LEGRAND.

Ce sont les fous qui ouvrent la route où les sages
n'oseraient pas passer !...

BRASSOL, MADELEINE, DE CHALVET, *gaiement.*

Grâce pour Galaor...

CAROLINE LEGRAND.

Zigouillez Galaor !

PIERRETTE.

Bravo !

MADAME NIZIER.

Pierrette, je te défends d'approuver ces théories-là !

PIERRETTE.

J'ai passé ma vie à lutter contre lui ! C'est malgré Galaor que je suis allée à l'école d'électricité : une jeune fille qui apprend autre chose que la broderie et le piano ! Galaor ne l'admet pas ! Et que je suis ingénieur ! Une jeune fille ingénieur ! Galaor en étouffe d'un rire de mépris ! Et que je gagne ma vie ! Galaor en a été tellement suffoqué qu'il en est mort !

DE CHALVET.

Il n'est pas mort !

PIERRETTE.

Pour moi !

MADAME NIZIER.

Pour toi non plus !

DE CHALVET.

Pour vous non plus !

MADELEINE.

Tu verras bien qu'il n'est pas mort.

PIERRETTE.

En effet. C'est lui qui m'empêche d'accompagner Caroline Legrand en Norvège où une belle situation m'est offerte.

MADAME NIZIER.

Tu penses encore à cela ! Et moi ?

PIERRETTE.

Mais non, mère... Puisque, paraît-il, Galaor vit encore.

CAROLINE LEGRAND.

Je vous dis qu'il faut zigouiller Galaor !

*Protestations générales. Caroline Legrand feint
d'avoir peur et sort en riant.*

BRASSOL.

J'aime beaucoup mademoiselle Caroline Legrand, mais je trouve qu'elle manque parfois d'à-propos et de réserve. Je respecte Galaor, monsieur de Chalvet, maintenant que vous me l'avez fait connaître, et je vous déclare qu'il doit être content de vous. Mais les propos de cette vieille demoiselle ne me font pas perdre de vue mon désir de vous dire, mademoiselle Nizier, combien j'ai été heureux de rendre justice à vos mérites... J'ai dit — je sais ce passage-là par cœur — j'ai dit ceci... Oh ! j'ai été court, hélas, trop court ! J'ai dit ceci :

MADAME NIZIER.

Vraiment, je crains d'avoir froid. (*Elle se lève.*) Madeleine, je ne voudrais pas te déranger, mais j'ai bien besoin qu'on ne me laisse pas seule.

MADELEINE.

Mais je vous accompagne, mère.

MADAME NIZIER.

Excusez-moi, monsieur Brassol.

BRASSOL, *un peu piqué.*

Votre santé avant tout, madame.

*Il attend avec une petite impatience que madame
Nizier et Madeleine soient sorties.*

J'ai été trop court, je le sais... Enfin, voilà ce que j'ai dit : « Mademoiselle Nizier sortie de notre Ecole d'électricité et d'hydraulique de Grenoble... »

HENRI.

Un *chic* pour la jeune élève !...

Pierrette lui fait signe de se taire.

BRASSOL.

« ... est l'auteur des projets, études, plans, dessins, épures, calculs, etc., pour la conception et l'exécution de l'usine hydro-électrique que nous venons d'inaugurer et dont la mise en marche est réalisée avec un succès dont vous avez été, mesdames et messieurs, les témoins émerveillés. Depuis un an, prodiguant son dévouement et son activité, ne reculant devant aucune fatigue, elle a poursuivi, avec une énergie rare, l'accomplissement de sa tâche. Chez mademoiselle Nizier, le savoir le plus profond s'alliant à la distinction la plus noble réalise en elle un de ces êtres d'élite dont le Dauphiné peut être fier. » (*Parlé.*) Si vous ne voulez entendre que ce qui concerne mademoiselle Nizier, j'ai fini... Je regrette même d'avoir été aussi bref. Plus loin, j'exprime le regret que mademoiselle Nizier ne puisse réaliser son grand projet et j'émets l'espoir qu'elle triomphera des difficultés qui en ont jusqu'ici retardé l'exécution.

PIERRETTE, *allant à lui et lui donnant la main très simplement.*

Je ne suis pas digne de tant d'éloges, monsieur Brassol, mais je vous en remercie cependant.

BRASSOL, *à Henri, avec intention.*

Vous n'en verrez pas la réalisation, monsieur, puisque, paraît-il, vous retournez au Brésil.

HENRI.

En effet.

BRASSOL.

Pour vous marier, m'a-t-on dit ?

HENRI.

.Pour me marier.

BRASSOL.

Oui. (*A. de Chalvet.*) Si vous le voulez bien, monsieur de Chalvet, j'aimerais vous dire un mot au sujet de... (*L'entraînant vers le fond et montrant le paysage avec des gestes qui ne sont que des prétextes.*) au sujet de...

> *Pendant ce qui suit, Brassol et de Chalvet, tout au fond, causent à voix basse, en regardant Pierrette de temps à autre.*

SCÈNE V

**PIERRETTE, HENRI, *et, au fond,* BRASSOL
et DE CHALVET.**

HENRI, *doucement gouailleur et mélancolique.*

Alors c'est décidément bien vous, Pierrette, c'est vous vraiment, qui avez enlaidi et déshonoré ce coin de nature ?... C'est vous qui avez supprimé la belle cascade que je me rappelle avoir vue là-haut, c'est vous qui l'avez emprisonnée dans cet abominable tuyau noir et qui la lancez dans vos turbines et vos dynamos... Les nymphes, les oréades et les fées, vous les bousculez, vous les captivez, vous les précipitez dans vos conduites, vous les forcez au travail — et à quel travail — à faire courir des tramways !... et quels tramways ? Ceux de Lyon ! Vous êtes une petite sacrilège de les avoir enlevées à leur paysage natal...

> Au calme clair de lune triste et beau
> Qui fait rêver les oiseaux dans les arbres...

PIERRETTE.

... Et sangloter d'extase les jets d'eau,
Les grands jets d'eau sveltes parmi les marbres.

Vous voilà heureux d'avoir trouvé une occasion de citer du Verlaine et de vous bercer avec des mots... « les oiseaux, l'extase... et les marbres ! »

HENRI.

J'aime mieux entendre ceux-là que les vôtres : « disjoncteurs, reniflards, polyphasé... stator, rotor... » D'abord, vous ne me ferez jamais croire que vous les comprenez réellement, ces termes-là !

PIERRETTE, *prenant Henri gaiement et sans nulle coquetterie par les revers de son veston.*

Le stator est la partie qui reçoit le courant employé à produire le champ tournant dans lequel se meut le rotor. Avez-vous compris ? (*Elle le poursuit en récitant ce qui suit avec volubilité.*) Pourquoi ?... L'inducteur et l'induit...

HENRI.

Grâce !

PIERRETTE, *de même avec volubilité.*

On est porté à donner le nom d'inducteur à la partie qui reçoit le courant extérieur et qui serait plus exactement l'induit et inversement en ce qui concerne l'induit. D'où les noms de stator et de rotor...

HENRI.

Assez ! Vous avez raison, je vous jure que vous avez raison !

PIERRETTE.

Ah ! et avec ça, quand vous serez de retour au Brésil, montez une usine... Mais vous n'y avez seulement pas de chute d'eau, là-bas !

HENRI.

Si... Si... J'en arrangerai une petite, toute petite, sur un balcon... avec un rotor... petit modèle, bien entendu.

PIERRETTE.

Si je connaissais votre fiancée, je lui dirais quel taquin vous êtes.

HENRI.

Elle le sait et elle en est ravie.

PIERRETTE, très gaie, très fraternelle.

Alors, tout est bien... Tout de même, celui qui prendra la place que vous abandonnez ne manquera pas, lui, de sujets de fierté.

HENRI.

Qui donc ?

PIERRETTE.

Celui qui continuera l'œuvre de votre oncle et qui réalisera mon grand projet, comme dit M. Brassol.

> *Brassol et de Chalvet, toujours au fond, se séparent avec une poignée de main. Brassol sort. De Chalvet va directement, d'un pas déterminé, à la porte du château. Il entre, après un regard à Pierrette.*

HENRI.

Vous avez encore des tuyaux de cheminée à placer sur les pentes de nos montagnes ?

PIERRETTE.

Oui.

HENRI.

Il n'y a pas encore assez de tramways à Lyon

PIERRETTE.

Il n'est pas question de tramways de Lyon. Il s'agit de donner du bien-être à toutes ces humbles maisons que vous voyez accrochées à ces pentes. Les malheureux qui les habitent s'entêtent à faire pousser du blé sur ces terres ingrates. Savez-vous, Henri, qu'au printemps, les paysans remontent la terre de leurs champs, la terre qu'avait entraînée la fonte des neiges... on se refuserait à le croire, ils la remontent dans des paniers, sur leurs épaules et sur celles de leurs femmes.

HENRI.

Surtout sur celles de leurs femmes, je parie

PIERRETTE.

Ce n'en est que plus triste. Dans chacune de ces chaumières, on pourrait envoyer la lumière qui donne la joie, et la force qui permet le travail au foyer.

HENRI, *indifférent.*

Pas possible !

PIERRETTE, *après l'avoir regardé tristement.*

Si.

HENRI.

Ne troublez donc pas la paix de ces braves gens, heureux dans leur médiocrité. Laissez les fées des cascades courir le long des ruisseaux bavards et ne mettez pas en esclavage les nymphes et les naïades.

PIERRETTE, *un peu animée.*

Encore ! Les ruisseaux bavards ! Les naïades, les nymphes ! Les fées ! Mais vous n'êtes donc pas las de marcher dans les souliers des morts et de satisfaire votre besoin d'idéal par des légendes auxquelles on ne croyait plus déjà il y a deux mille ans ! Laissez-les donc dans les feuillets moisis des livres de classe, laissez-les aux aveugles volontaires, esclaves de Galaor, et regardez la vie, la vie d'aujourd'hui.

HENRI.

Elle ne m'inspire pas, vous savez !

PIERRETTE.

Parce que vous ne savez pas voir... Vous blaguez les
chutes d'eau ? Ah ! si j'étais poète! Quel hymne!
Ecoutez! Sur les sommets inaccessibles, l'hiver amon-
celle la neige faite de l'eau que le soleil a prise à la
surface des mers... Ça n'est pas beau, ça, déjà, dites?
Le soleil, le Dieu, le seul, le vrai, le soleil rend à ces
glaces et à ces flocons blancs leur fluidité et en refait
de la force! Des images! Vous voulez des images? Je
vous livre alors les millions de chevaux ainsi créés, lâ-
chés dans la plaine, prêts au travail pour les humains
et leur apportant de la lumière, c'est-à-dire, sous une
autre forme, les rayons du soleil qui avaient caressé
les vagues! Grâce à elle, des labeurs sont moins durs,
les usines sont gaies, éclatantes de blancheur, et les
torrents qui dévastaient les pentes et les champs répan-
dent dans la nuit et dans la misère, des clartés, de
la santé et de la vie, de la vie, vous entendez ! Mon
cher, ça vaut bien, comme idéal et comme beauté, les
petits ébats lubriques des hamadryades et des satyres.
Henri, la poésie n'est pas dans les mots qu'on nous a
appris, ni dans les imaginations des morts, elle est
dans le cœur de chacun de nous.

HENRI.

Pierrette, vous perdez votre temps. Le mien se contente des émotions livresques, parce qu'il n'est plus
capable d'en créer de nouvelles.

PIERRETTE.

C'est malheureux.

HENRI, *mélancolique*.

Je n'ai jamais prétendu le contraire... (*Paraissent de
Chalvet et Madeleine.*) Tenez... On vient vous chercher...
Il faut que je m'occupe des préparatifs de mon départ...
Vous permettez ?

PIERRETTE.

Quand partez-vous ?

HENRI.

Oh ! samedi seulement, je pense... Mais je dois té-
léphoner à Marseille, télégraphier à mon père...

PIERRETTE.

Allez, allez !

Il va pour sortir.

DE CHALVET, *qui a entendu les derniers mots.*
Veux-tu, Henri, que j'aille avec toi ?

HENRI.

Très volontiers.

*Ils sortent. Madeleine, après un regard d'intel-
ligence à son mari, s'approche de Pierrette.*

SCÈNE VI

MADELEINE, PIERRETTE.

MADELEINE.

Où est-elle, la triomphatrice ? (*Lui tendant un télégramme.*) Tiens, voilà ce que nous venons de recevoir
de la préfecture du Rhône.

PIERRETTE.

Qu'est-ce que c'est ?

MADELEINE.

Des félicitations officielles à la créatrice de la nouvelle
usine.

PIERRETTE, *en lisant distraitement le télégramme.*
Très gentil.

MADELEINE.

Te voilà encore dans une de tes sautes d'humeur.

On vient te voir, te sachant des raisons d'être gaie,
et l'on te trouve désolée. Tu es comme un ciel de mars,
il passe toujours des nuages sur ton soleil, et l'on doit
à chaque instant, avec toi, s'attendre à une bourrasque.

PIERRETTE, *souriant.*

Ça tient de famille, tu ne crois pas ?

MADELEINE, *de même.*

Il n'est pas question de moi. On ne sait jamais ce que
tu penses. Tu restes silencieuse, fermée et, tout à coup,
tu annonces une décision fantasque et inattendue. Tu
te souviens que notre père disait, dans son langage
technique : « Pierrette, c'est une mine à explosion retardée... » Enfin, à l'heure qu'il est, n'as-tu pas des raisons d'être satisfaite ? Le succès de ton entreprise...

PIERRETTE.

Je ne dis pas...

MADELEINE.

Allons ! Tu étais rayonnante, ce matin, au moment
solennel de la mise en marche... Ce n'est pas vrai ?

PIERRETTE.

Si... Je veux bien... Je te l'accorde... En effet. Malgré
tous les calculs, les précédents, il y a toujours une certaine appréhension lorsqu'on déchaîne les forces énormes
qu'on a captées. On a beau être sûre des calculs et des
travaux, il y a presque une surprise à ne pas voir les
disjoncteurs et les fusibles sauter dans un fracas d'étin-
celles lorsqu'on lance le courant sur les postes de trans-
formation. Et j'ai eu, en effet, à cacher une belle émotion. Il faisait alors plein soleil en moi comme au-dessus
de moi. (*Un silence.*) J'étais si contente que j'ai voulu
embrasser un gosse, dans la rue. Il s'est mis à hurler,
le grand nigaud, parce que je le serrais trop fort.

MADELEINE.

Oh ! passionnée ! Et les acclamations de tout notre
monde ?

PIERRETTE, *condescendante.*

Oui...

MADELEINE.

Et les hommages des ouvrières ?

PIERRETTE.

Oui...

MADELEINE.

Et ce télégramme...

PIERRETTE.

Oui... (*Riant.*) N'oublie pas non plus le discours de M. Brassol.

MADELEINE.

Ah ! C'est quelque chose !

PIERRETTE.

C'est quelque chose ? Et après ?... Et maintenant ? Maintenant, le feu d'artifice éteint, la nuit est plus noire que jamais... Il n'y a de vivant et de bon que l'effort, que la lutte. La victoire, c'est un aboutissant, c'est une conclusion, une fin... Quand je suis entrée tout à l'heure dans mon atelier et que j'ai vu ma table à dessin et mon bureau débarrassés de tous les plans et papiers devenus inutiles, je me suis sentie dans un désert...

MADELEINE.

Ah ! voilà !... On a beau faire : les stators, les disjoncteurs et les turbines, ça ne remplit pas le cœur

PIERRETTE.

Non... (*Un silence.*) Tout cela est passé... et ce qui m'exaltait tantôt me paraît mesquin, inutile, indifférent. Les acclamations me semblent ridicules, et ma vanité, puérile. L'éclat du soleil m'agace, et aussi ce printemps qui rend folles toutes les filles du village... Tiens, je me sens devenir semblable à la mère Pincelles !

Elle rit.

MADELEINE.

Je ne sais pas si Henri t'a félicitée ?

PIERRETTE.

Ne me taquine pas ! (*Un grand soupir.*) Ouf ! (*En souriant.*) Eh bien, eh bien, qu'est-ce qui me prend à moi ! Je suis sotte ! Gronde-moi donc un peu, Madeleine, je le mérite... Allons ! Allons, Pierrette ! Rechargeons nos accus, comme dit Caroline Legrand... Voilà que je me laissais glisser dans le noir !... Quoi ? Il y a des amoureux sous les chênes ? Grand bien leur fasse ! Ces histoires-là ne me regardent pas... Mon travail est fini ?... Ton mari trouvera bien à m'utiliser ici... Et tu es là, toi. Et surtout, il y a Mireille... Tiens, parlons de Mireille, c'est ma grande consolation... Voilà ! Ecoute... J'ai établi pour elle tout un plan d'études que je te montrerai. Elle commence à être d'un âge où il est nécessaire qu'on s'occupe sérieusement de cultiver son intelligence.

MADELEINE, *rembrunie.*

Mais... C'est que... notre mère compte bien te ramener à Grenoble avec elle.

PIERRETTE, *vivement.*

Oh ! non...

MADELEINE.

Pourtant...

PIERRETTE, *se reprenant.*

J'aimerais mieux accompagner Caroline Legrand en Norvège. (*Tendre.*) Mais ce que j'aimerais mieux, surtout ce serait de rester avec vous trois.

MADELEINE, *sans chaleur.*

Avec nous trois, évidemment.

PIERRETTE.

Il ne pourrait rien m'arriver de plus heureux.

MADELEINE.

Si.

PIERRETTE.

Quoi ?

MADELEINE.

D'épouser Henri.

PIERRETTE.

Je n'ai pas le cœur à plaisanter.

MADELEINE.

Je parle sérieusement.

PIERRETTE.

Il part.

MADELEINE.

Il peut ne pas partir.

PIERRETTE.

Qu'est-ce qui le retiendrait, mon Dieu !

MADELEINE.

Toi.

PIERRETTE.

Tu m'agaces. Je t'assure que tu m'agaces.

MADELEINE.

Me diras-tu qu'il y a dix ans, si tu l'avais voulu, il ne serait pas resté en France ?

PIERRETTE.

Il n'était qu'un gamin, il y a dix ans.

MADELEINE.

Et aujourd'hui... Je suis à peu près sûre qu'il t'aime...

PIERRETTE.

Il le montre d'une singulière façon...

MADELEINE.

S'il était un peu encouragé...

PIERRETTE.

Tu es insupportable ! Tu ne penses qu'à l'amour

MADELEINE.

Et toi, tu n'y penses pas ?

PIERRETTE, *hostile.*

En tout cas, je suis seule maîtresse de mes pensées.

MADELEINE.

Ah ! voilà le grand mot ! Mademoiselle entend rester maîtresse de ses pensées ! Écoute, Pierrette. Je te jure que le jour qui passe sera un jour important dans ta vie. Je vais oser, auprès de toi, ce que je n'ai jamais osé, parce que tu me fais un peu peur.

PIERRETTE.

Oh !

MADELEINE.

Oui. Tu es une âme exquise, mais fantasque... Tu ressembles à une chatte. Quand on vient t'embrasser, on risque un coup de griffe. Le curieux est que tu désirais la caresse et qu'elle te fait plaisir.

PIERRETTE, *riant.*

C'est vrai, ce que tu dis-là, tout de même.

MADELEINE.

Allons, tant pis ! Je risque le coup de griffe.

PIERRETTE.

Je ne suis pas si terrible, allons !

MADELEINE.

Non. Mais tu es fermée à triple tour. Tu te crois déchue et tu laisses voir ta sensibilité. Tu es farouche et impulsive. Tu as une âme ardente, une âme qui brûle, mais, au lieu d'en montrer la flamme au foyer de famille, tu la caches au plus profond de toi, dans la cave, comme un calorifère. Ça n'en brûle pas moins, mais c'est souvent sournoisement dangereux.

PIERRETTE, *souriant.*

Mais Madeleine ! Madeleine ! Tu ne m'en as jamais dit autant !

MADELEINE.

Ni personne... Tu montes si sévèrement la garde autour de ton cœur, ma petite Pierrette ! Tu te laisserais noyer plutôt que d'appeler au secours.

PIERRETTE.

Si j'aime mieux...

MADELEINE.

Si tu aimes mieux, tu es une sotte et on te sauvera malgré toi. Voilà. Quand tu vas savoir ce que j'ai fait, tu vas crier, tu vas me gronder, m'injurier. Je suis prête à tout. J'espère seulement que tu ne me battras pas.

PIERRETTE, *inquiète.*

Qu'est-ce que tu as bien pu faire ?

MADELEINE, *jetant le paquet.*

J'ai demandé à mon mari de causer avec Henri, de s'efforcer de le retenir ici et de lui faire comprendre qu'au cas où il voudrait t'épouser, tu ne dirais peut-être pas non.

PIERRETTE, *furieuse.*

Ah ! ça ! ça !... Ça dépasse tout ! Mais, enfin, de quel droit...

MADELEINE.

Vas-y vas-y... J'attends l'averse !...

PIERRETTE.

Je n'ajouterai qu'un mot : je ne te pardonnerai jamais, tu entends, d'être ainsi entrée dans ma vie par effraction...

MADELEINE.

Après ?

PIERRETTE.

Tu ne trouves pas que c'est suffisant ?

MADELEINE.

Ah ! si... Mais ce que j'ai fait, je devais le faire parce que Henri part samedi. D'ici là, le bonheur de vos deux existences va se jouer. Il allait télégraphier à son père et aux Messageries Maritimes. François l'accompagne et va se rendre compte si Henri ne part pas par dépit.

PIERRETTE.

Mais c'est indigne !

MADELEINE.

Ta, ta, ta !

PIERRETTE.

Et quand même il m'aimerait, qui t'a permis de croire que moi... Tu as vraiment une imagination redoutable !

MADELEINE.

Je n'ai aucune imagination, mais j'ai des yeux et des oreilles... Je sais de toi plus que tu ne crois. Ne me regarde pas si tu ne veux pas que je te voie rougir. Le jour de son arrivée, je t'ai aperçue par hasard dans la montagne : tu dansais sur tes tuyaux comme un jeune cabri. Puis, un soir, il a annoncé son départ et ses fiançailles. Tu n'as pas bronché. Ou du moins j'ai été la seule à entrevoir ton émotion. Mais, pendant la nuit, j'ai entendu des gémissements qui semblaient venir de ta chambre. Je t'ai crue malade. Je suis allée pour te voir. Mais en approchant de ta porte, j'ai reconnu des sanglots. J'ai compris et, pour respecter ta fierté, je t'ai laissée pleurer toute seule. (*Pierrette s'est caché la figure dans ses mains.*) Allons, mon petit, il faut t'y résigner, ou du moins te résigner à le laisser voir : tu es une femme comme les autres, avec toutes nos faiblesses qui sont peut-être des forces. Tu es pleine de vie et de santé et tu es faite pour l'amour. Tout ce que tu as voulu et réalisé ne te laisse qu'une déception, tu viens de le voir toi-même.

PIERRETTE.

Tu vas finir par me faire pleurer.

MADELEINE.

Où serait le mal ?

PIERRETTE, *sans force.*

Je ne veux pas.

    Geste irrité de Madeleine.

MADELEINE, *bas.*

Oh !

PIERRETTE, *très tendre, vaincue.*

Ne te fâche pas, Madeleine. Tu as deviné. Il y a dix ans, en effet, j'avais du goût pour lui. Mais ma pédanterie me le montrait comme indigne de moi. Je me croyais promise à un homme tout à fait supérieur : un héros de l'intelligence. Lorsque Henri est revenu en France, prendre si gentiment sa part à la guerre, puis lorsque j'ai connu sa conduite, sa blessure, sa convalescence, tu comprends l'évolution qui s'est faite en moi. Bien égoïste et sotte, j'ai décidé qu'il n'avait pas cessé de m'aimer et j'ai cru en avoir la preuve par son arrivée ici. J'ai senti que je l'aimais profondément, j'ai donné à sa visite un sens qu'elle n'a pas, hélas ! et c'est ce jour-là que tu m'as vue faire le cabri dans la montagne. Hélas ! peu de temps après, j'ai été cruellement désabusée et j'ai connu une douleur dont je ne soupçonnais pas l'existence. J'ai cherché à me dominer. Cette inauguration et ses préparatifs m'y ont aidée... Tu m'as vue gaie. Il ne s'ensuit pas que je n'avais plus de chagrin, mais il n'y a que dans les romans qu'on pleure vingt-quatre heures par jour. Et surtout, je voulais me vaincre moi-même. Et je crois y être parvenue... Je suis certaine, maintenant, absolument certaine, qu'il ne m'aime pas. J'ai accepté

cette déception. J'ai compris que, définitivement, j'étais
destinée à être une vieille fille. J'en suis une. C'est fait.
Mon sort est fixé. Je vais organiser ma vie dans ce sens.
J'aurai du courage. Pour lui, je souhaite qu'il soit heureux de son côté, et je crois sincèrement qu'il le sera.
Il est sans ambition, il est ennemi de l'effort. Il a beaucoup laissé, dans les tranchées, de sa jeunesse d'âme. Il
est devenu sceptique, il aspire à une vie facile. Il ne veut
plus que se laisser vivre. Je ne le lui reproche pas,
grands dieux ! il l'a bien gagné. Mais moi je n'ai pas
besoin du même repos. Heureusement pour moi, il y a
le travail. Ma pauvre Madeleine, tout cela est fini. Tu
t'es trompée, je le sais... et tiens, voilà ton mari de
retour. Rien que son allure te montre que j'avais raison.

Entre Chalvet qui reste un peu au fond.

MADELEINE.

Eh bien, Henri a envoyé ses dépêches ?

DE CHALVET.

Il les a envoyées.

*Madeleine va vers lui. Ils causent ensemble à voix
basse pendant que Pierrelle, qui résiste avec
peine à son émotion, essuie deux larmes en cachette et mord son mouchoir pour ne pas crier.
Madeleine vient à elle.*

MADELEINE, *bas.*

Ma pauvre chérie !

PIERRETTE.

Tais-toi... C'est fini... (*Haut et d'un ton qu'elle réussit
à rendre indifférent.*) Alors, Henri va nous quitter bientôt...

MADELEINE.

Oui. Ecoute. Il te vient, je crois, une consolation. Peut-
être vas-tu pouvoir réaliser ton grand projet...

*Elle appelle son mari du regard. Brassol paraît au
fond.*

DE CHALVET.

Brassol, que je viens de rencontrer, me demande de lui ménager un entretien avec vous, Pierrette.

PIERRETTE.

Avec moi ?

DE CHALVET.

Avec vous. Et il est pressé...

PIERRETTE.

Demain.

DE CHALVET.

Il préférerait aujourd'hui.

PIERRETTE.

Ce soir.

DE CHALVET.

Tout de suite... Il est là. Il attend.

MADELEINE.

Pourquoi le lui refuser ?

PIERRETTE.

Soit. Oh ! Madeleine ! Si, vraiment, il lui était venu cette idée de commanditer mon grand projet.

Chalvet va vers Brassol, lui dit quelques mots et sort. Madeleine embrasse Pierrette et le rejoint. Entre Brassol.

SCÈNE VII

PIERRETTE, BRASSOL.

BRASSOL, *lui présentant une chaise.*

Je vous en prie, mademoiselle ?

PIERRETTE.

Mais, monsieur...

BRASSOL, l'invitant à s'asseoir.

J'en ai pour quelques minutes.

PIERRETTE.

Je serai enchantée de vous entendre.

BRASSOL, très simple, très bonhomme pendant toute
la scène.

Voilà, mademoiselle. Je voudrais que vous me permettiez de me faire connaître à vous.

PIERRETTE.

Je sais déjà...

BRASSOL.

Ce que vous savez est insuffisant pour que vous puissiez peser ma proposition.

PIERRETTE.

Oh ! je crois que si. Mon beau-frère vous estime beaucoup.

BRASSOL.

Que monsieur de Chalvet m'estime, c'est bien. Mais ce n'est pas assez... Ecoutez-moi. Vous savez que je suis un nouveau riche.

PIERRETTE.

Vous ne le cachez pas.

BRASSOL, un peu triste.

Eh bien, même après avoir commandité l'usine nouvelle, il me reste trois millions. Je suis inhabile, tout seul, à en dépenser les revenus.

PIERRETTE, joyeuse.

Vous allez commanditer d'autres usines ? Caroline Legrand, par exemple, avait des projets superbes.

BRASSOL.

Non. Ça ne m'amuse pas.

PIERRETTE.

Comment ! Mais, dans votre discours, vous avez montré, paraît-il, un réel enthousiasme pour cette création d'une usine destinée à employer des femmes; des femmes maintenant obligées au travail... Vous avez même été très éloquent, m'a-t-on dit.

BRASSOL.

Ce passage-là a été rédigé par mademoiselle Caroline Legrand... Non, si j'ai été ce commanditaire, c'est que je voulais me rapprocher d'un certain but.

PIERRETTE.

Il est atteint ?

BRASSOL.

Non.

PIERRETTE.

Je ne vous comprends plus.

BRASSOL.

Voilà... Il s'agit pour moi de... de faire excuser ma fortune.

PIERRETTE.

Il y a la charité...

BRASSOL.

Oui ,évidemment. Mais c'est que je voudrais continuer à en jouir. Je n'ai pas pu être quelqu'un, je voudrais être quelque chose. Vous ne vous êtes jamais demandé pourquoi je n'étais pas marié...

PIERRETTE, riant.

Ma foi ! Il faut bien vous avouer que je n'y avais pas pensé.

BRASSOL.

Je vais vous le dire.

PIERRETTE.

Si cela peut vous être agréable.

BRASSOL.

Il le faut... Il est *indispensable* que vous le sachiez.

PIERRETTE.

Moi ? Ah ! Ah !... Regardez-moi, monsieur Brassol.

BRASSOL.

Eh bien, oui. C'est une demande en mariage.

PIERRETTE.

Je suis très flattée... mais...

BRASSOL.

Non. Vous n'êtes pas très flattée, et d'ailleurs il n'y a pas de quoi. Ne me dites pas *non* tout de suite. Mais puisque, de votre réponse, dépendra le sort du reste de ma vie, vous ne pouvez pas me refuser de m'entendre jusqu'au bout.

PIERRETTE, *légèrement.*

A quoi bon !... Vous ne me ferez pas croire que vous êtes amoureux de moi.

BRASSOL.

Ce que je vous offre est plus sérieux. Et, après l'aveu que je viens de vous faire, vous êtes certaine que je ne vous offenserai pas et vous allez me laisser parler.

PIERRETTE, *riant.*

Les femmes sont incorrigibles. J'ai péché par vanité féminine, tout simplement... Et je suis une sotte... J'oubliais mon âge... Allez, monsieur Brassol, allez !...

BRASSOL, *riant aussi.*

N'insistez pas trop : vous auriez l'air, cette fois, de chercher un compliment.

PIERRETTE.

Vous avez raison. Je ne dis plus rien.

BRASSOL.

... Je ne pouvais pas épouser une femme pauvre, puisque j'étais pauvre moi-même et que mes appointements de professeur étaient insuffisants pour faire vivre un ménage.

PIERRETTE.

Votre femme n'aurait-elle pas pu travailler de son côté ?

BRASSOL.

C'eût été nous déclasser.

PIERRETTE.

Oh !...

BRASSOL.

La société de Clermont nous eût été fermée.

PIERRETTE.

Il fallait faire un mariage riche.

BRASSOL.

Je n'étais pas assez « reluisant » pour y prétendre. Quand j'étais jeune, j'étais mieux que maintenant, il n'y a pas de doute... sous un certain rapport. Mais j'avais peu de souci de ma toilette, je faisais de l'entomologie, alors j'étais toujours fourré dans mes collections d'insectes et je sentais souvent l'alcali... Mais cela est fini depuis longtemps, ainsi que vous avez pu vous en apercevoir.

PIERRETTE.

En effet.

BRASSOL.

Il m'est venu immédiatement le goût du monde. Je voudrais avoir dans le pays une situation en rapport avec ma fortune. Si je reste célibataire, je serai condamné à l'isolement, ou réduit à des fréquentations dont je ne veux pas. Je suis trop âgé pour créer une famille, mais je voudrais qu'une famille m'acceptât. Il me faudrait donc trouver une femme pas trop vieille, parce que la vieillesse est égoïste et ennuyeuse, mais qui, cependant, ait renoncé pour elle-même à un mariage d'amour. Je

ne suis pas assez fat pour croire qu'on puisse être amoureuse de moi, mais on peut, à la rigueur, accepter l'idée
de tenir compagnie, jusqu'à la fin de ses jours, à un
bonhomme qui n'est pas plus sot qu'un autre et qui
serait pénétré de reconnaissance. Celle qui le voudrait
bien serait la déesse de la maison, elle recevrait, me
conseillerait et trouverait à ma mort une situation nette
et honorable.

PIERRETTE.

Vous êtes un brave homme, monsieur Brassol, et vous
venez de faire un grand pas dans mon amitié. Mais je
ne puis...

BRASSOL.

Non ! Non... Ne me répondez pas tout de suite. J'ai réfléchi pluiseurs mois avant de me décider à vous faire
cette demande, vous pouvez bien prendre quelques jours
pour y répondre.

*Elle le regarde gentiment, les coudes sur la table,
penchée vers lui, et se met à rire.*

PIERRETTE, *sans aucune méchanceté, sans aucune
amertume, pendant toute la scène.*

Ce bon monsieur Brassol...

BRASSOL.

Vous vous moquez de moi.

PIERRETTE, *qui a repris sa gaieté.*

Non pas ! D'ailleurs, de la façon si nette dont vous
avez posé la question, tout est clair entre nous comme
votre cœur et le mien. Voilà de bonnes conditions pour
s'expliquer. (*Se renversant sur le dossier de sa chaise.*)
Mais, mon bon monsieur Brassol, votre montre retarde...
Une jeune fille... pardon... une vieille fille comme moi...

BRASSOL.

Vous seriez une jeune femme si vous étiez mariée.

PIERRETTE.

Oui. C'est même curieux ; avec le même âge, on peut être vieille et jeune... Passons... Je vous disais donc, cher monsieur Brassol, votre montre retarde. En effet, il y a quelques années, une vieille fille dans la situation où je suis, c'est-à-dire sans fortune, — comme vous me l'avez dit avec tant de franchise, — ayant passé l'âge où l'on peut espérer un mariage d'amour, cette personne eût été pour ainsi dire forcée d'examiner votre proposition comme une chance inespérée. Pourquoi ? Parce qu'elle avait été élevée en vue du mariage et pour le mariage seulement et parce qu'on ne lui avait rien appris, sinon ce qui pouvait attirer les maris possibles. Cette occasion dernière, il eût été pour ainsi dire de son devoir de l'accepter avec reconnaissance...

BRASSOL.

Je ne parle pas de reconnaissance.

PIERRETTE, *continuant.*

Mais il y a eu la guerre, monsieur Brassol ! Il y a eu l'abolition de l'esclavage, — vous ne vous en êtes pas aperçu, — mais oui, l'abolition de cet esclavage qui obligeait toute femme à chercher, à subir un mari protecteur lui assurant la nourriture, le logement et une situation sociale... Cela est fini. Nous venons de nous apercevoir que nous pouvons marcher toutes seules. Vous nous mainteniez dans le petit chariot... vous savez, le petit échafaudage à roulettes où on enferme les enfants aux pas incertains... vous nous y mainteniez avec un bourrelet d'osier — oh ! fleuri ! — sur la tête, — et, pour mieux nous protéger même, vous nous l'enfonciez un peu trop sur les yeux, — vous nous disiez : « La petite fille doit rester dans son chariot, elle a besoin d'être soutenue. Si elle ne l'était pas, elle tomberait et se ferait du bobo. Ce serait malheureux tout plein, parce qu'elle est gentille, gentille, la petite fille. » Et vous lui donniez des bonbons, des fleurs et des choses brillantes, pour l'amuser. Mais voilà, un grand coup de vent est venu, et les gardiens, obligés de partir, ont laissé la petite fille qui s'est dégagée, a essayé de se tenir droite sans les soutiens inventés pour sa prétendue faiblesse... Elle a découvert alors, avec surprise, avec fierté, qu'elle pouvait marcher toute seule et assurer sa propre existence par ses propres moyens ! Et elle marche !... Elle marche !

BRASSOL.

Il y en a même qui courent.

PIERRETTE.

Oui. Et qui tombent. Pas toutes. Alors, qu'on ne s'en autorise pas pour les remettre en lisière. (*Riant.*) Je crois d'ailleurs que plus d'une se débattrait. (*Imitant la grimace d'un chien qui mord.*) Gnagne ! Gnagne ! Ça mord, les bêtes qu'on veut remettre en cage lorsqu'on les a laissées s'échapper... (*Nouveaux rires, en regardant la figure ahurie de monsieur Brassol.*) Monsieur Brassol, ne me regardez pas comme ça !... Vous avez l'air d'un voyageur qui a laissé passer sa station.

Brassol se lève et fait mine de s'en aller, lentement.

BRASSOL.

Oui...

PIERRETTE.

Je vous ai fâché, monsieur Brassol... Ecoutez... Où allez-vous ?

BRASSOL, *comique, pour cacher sa déception.*
Prendre mon billet de retour.

PIERRETTE.

Ecoutez, écoutez... je ne veux pas vous avoir fait du chagrin... Comprenez, je suis très heureuse, moi. J'ai ma petite nièce que j'aime comme si elle était ma fille... et de plus, j'ai avec moi le grand consolateur, le travail...

Tenez, ce matin, par exemple, ne croyez-vous pas que j'ai éprouvé une grande joie ?

BRASSOL.

Une grande joie ?

PIERRETTE.

Vous l'avez déjà oublié ! Les plans de l'usine que vous avez inaugurée...

BRASSOL.

Oui.

PIERRETTE.

Ils sont de moi.

BRASSOL.

Je sais.

PIERRETTE.

Alors, je suis très fière.

BRASSOL.

Oui... (*Profondément, mais très simplement.*) Comme votre enthousiasme serait plus simple, et plus profond, et plus vrai, si vous aviez eu tout bonnement à dire : « Ce matin, mon petit enfant a fait son premier pas. »

PIERRETTE, *démontée, d'une voix blanche, les yeux vagues.*

Vous avez trouvé cela tout seul, vous ?...

BRASSOL.

Oui. Dans vos yeux, mademoiselle.

Un long silence.

RIDEAU.

ACTE DEUXIÈME

Une grande pièce servant à la fois d'atelier de dessinateur et de salon à Pierrette, chez les Chalvet. A droite, longue ét large table sur des chevalets. Papiers, rouleaux, instruments de dessin industriel.

SCÈNE PREMIÈRE

PIERRETTE, *puis* HENRI. *Au lever du rideau, Pierrette, en blouse, dessine à la table droite. Après un moment, on entend frapper à la porte du fond.*

PIERRETTE.

Entrez.

HENRI, *entrant.*

Je vous demande pardon. Je vous dérange ?

PIERRETTE.

Pas du tout... Vous me permettez de continuer ?

HENRI.

Certes... Je sais que vous avez ici un indicateur des chemins de fer, voulez-vous me permettre de le consulter ?

PIERRETTE.

Oui, tenez... Là, sur la table, à côté de la boîte à ouvrage de maman.

HENRI.

Je voudrais voir s'il n'y a pas demain matin un train

qui m'amènerait... (*Trouvant l'indicateur.*) Ah ! voilà..
Ne vous dérangez pas... Je me demande si je n'aurais
pas avantage à passer par Valence. (*Il s'assied, l'indicateur sur ses genoux, mais il regarde Pierrette.*) Vous
êtes très bien, avec cette blouse.

PIERRETTE.

Vous trouvez ?

HENRI.

Vous voilà encore à travailler. C'est une maladie.

PIERRETTE.

Inguérissable.

HENRI.

Maintenant que votre mécanique fonctionne, vous
pourriez bien vous arrêter, il me semble.

PIERRETTE.

En ce moment, je m'amuse.

HENRI.

Je ne l'aurais pas deviné.

PIERRETTE.

Tout en sachant qu'il ne sera jamais réalisé, je mets
au net les études pour mon fameux projet.

HENRI, *distrait.*

Ah ! voilà... (*Commençant ses recherches.*) Voyons,
P.-L.-M... P.-L.-M...

PIERRETTE, *en traçant des lignes avec son équerre.*

Je me suis toujours demandé ce que pouvaient faire
les gens qui ne font rien.

HENRI.

Paris-Marseille... Voilà.... Les gens qui ne font rien ?

PIERRETTE.

Oui... Enfin, vous, là-bas, qu'est-ce que vous ferez
toute la sainte journée ?

HENRI, *le nez dans son indicateur.*

Vous êtes adorable !

PIERRETTE.

Quoi ?

HENRI.

Je dis que vous êtes adorable. (*Levant la tête.*) C'est une obsession chez vous... Vous voudriez que tout le monde mette des sources dans des tuyaux noirs.

PIERRETTE.

Vous ne savez que plaisanter.

HENRI.

Je n'ai pas encore compris la nécessité de s'agiter quand il est possible de ne rien faire... Il faut que je regarde d'abord à la ligne Grenoble-Marseille. Si encore ça servait à quelque chose !

PIERRETTE, *un crayon entre les dents.*

Vous trouvez que ça ne sert à rien ?

HENRI.

L'agitation, le travail intensif ?... Néfaste, Pierrette, tout ce qu'il y a de plus néfaste. *Grenoble-Marseille,* 193... Le plus grand malheur qui soit jamais tombé sur l'humanité, c'est l'invention de la machine à vapeur et tout ce qui s'en est suivi. 193... voilà.

PIERRETTE.

Vous dites cela avec une tranquillité...

HENRI.

Vous avez à votre mur une estampe japonaise... Regardez-la... Tous ces gens ont l'air heureux. Ils se plaisaient dans de beaux costumes bariolés et contemplaient de minuscules jardins. Si vous pouviez voir ceux d'aujourd'hui dans leurs grandes villes industrielles ! Ils sont tout noirs, avides, haineux et crèvent de faim.

PIERRETTE.

Il n'y a pas que le Japon sur terre.

HENRI.

En partant à 13 h. 2, je n'arrive à Marseille qu'à mi-
nuit. Partout il en est de même : on produit des choses
par quantités folles, ceux qui les fabriquent en manquent
souvent, — ce qui est un comble, — vous ne trouvez pas
que c'est un comble ? Et les hommes s'entre-tuent pour
faire consommer par des populations lointaines, qui
n'en avaient nul besoin, ce qu'ils ont produit à l'excès.
(*Silence. Il la regarde travailler avec complaisance.*) Vous
aurais-je convaincue ?

PIERRETTE.

Non. Mais je vérifiais un calcul. Le travail est une dignité.

HENRI.

Quelle blague ! Cette formule-là a été inventée par
un roublard qui voulait faire travailler les autres à son
profit !

PIERRETTE.

Vous êtes à tuer !

HENRI, *posant son indicateur et venant s'accouder à la
table de Pierrette, en face d'elle.*

Vous ne vous êtes donc jamais demandé ce qu'est réellement l'oisiveté ?

PIERRETTE.

Je sais : la mère de tous les vices.

HENRI.

Ça y est ! Vous deviez me répondre par ce fâcheux pro-
verbe. Mais, malheureuse enfant, le contraire est la
vérité.

PIERRETTE.

Oh !

HENRI.

Mais oui ! C'est le travail qui est la cause de toutes
nos misères... Allez, allez, bondissez. J'aime bien vous

voir bondir... Considérez cependant les vrais paresseux,
les Orientaux, ceux qui se couchent à l'ombre une fois
assurés de la nourriture du jour. Ils sont doux, ils sont
sobres, ils sont polis, ils sont heureux. Les mêmes
hommes, capturés par votre industrie, votre charbon et
vos machines, deviennent haineux, envieux, alcooliques,
méchants et misérables.

PIERRETTE.

Passez-moi donc ce livre qui est à côté de vous.

HENRI.

Ce bouquin si fatigué ? Qu'est-ce que c'est ?

PIERRETTE.

La table des logarithmes.

HENRI, *d'une voix indistincte.*

N... de D... de n... de D... ! Je vous demande pardon...
Mais puisque le nom du Créateur est venu sur mes
lèvres, permettez-moi de vous demander si vous savez
qu'en créant l'homme et voulant le créer heureux, Dieu
l'avait créé paresseux, inactif, contemplatif. C'est seulement quand il a voulu le punir qu'il lui a imposé la
dure obligation de suer pour manger. Ne vous y trompez donc pas. Le travail est un châtiment.

PIERRETTE.

Avez-vous trouvé l'heure de votre train ?

HENRI, *retournant à son indicateur.*

Non. Vous me dérangez à chaque instant. (*Reposant
l'indicateur qu'il vient de prendre.*) Loin d'être la *mère*
de tous les vices, l'oisiveté a donné à la pauvre humanité les consolations indispensables. Elle est la mère de
tous les arts. Mais oui ! Le dessin a été inventé par un
homme qui, ce jour-là, avait décidé de ne rien faire...
Et la poésie, et la musique !... (Je puis rejoindre la
grande ligne à Valence.) Et même les sciences. Celui qui
observait les étoiles pendant la nuit dormait le jour, au

grand scandale de ses camarades laborieux. A lui et non
à eux cependant nous devons de la reconnaissance. (Seulement le train de Valence part à neuf heures quarante.)
Des sourires ! Des sourires !

PIÉRRETTE.

Quoi ?

HENRI.

Je dis : des sourires ! Il nous faut des sourires, c'est le
privilège de l'homme. On sourit lorsque l'on goûte un
repos que le travail n'a pas rendu nécessaire.

PIERRETTE.

Et la femme est chargée de les donner à l'homme, ces
sourires ?

HENRI.

Vous l'avez dit... (Seulement, pour être à Valence à
neuf heures quarante, à quelle heure faut-il partir de
Grenoble ?) Avant vos sales chemins de fer, tenez, je
serais parti à mon heure, après avoir taillé mon bâton.

PIERRETTE.

Mais vous ne seriez jamais allé au Brésil ?

HENRI.

Je m'en serais consolé. (*Un silence.*) (Il faudrait partir
de Grenoble la veille au soir.)

PIERRETTE.

Mais non. (*Venant à lui et lui prenant l'indicateur.*)
Donnez-moi cela. Vous n'êtes pas capable seulement de
trouver l'heure d'un train.

HENRI.

Ma foi, je le reconnais. Je n'ai pas fait de logarithmes,
moi.

PIERRETTE.

Donnez.

HENRI, *debout à côté d'elle.*

Pour parler sérieusement, Pierrette, ne comprenez-

vous pas le rôle essentiel et bienfaisant des choses qui
paraissent inutiles ? Là-bas, un jour, en descendant un
rapide, j'avais à bord huit rameurs qui s'exténuaient.
Un neuvième indigène ne faisait rien, lui, mais il chan-
tait !... Et les autres lui ont donné une part de salaire
égale à la leur, parce que son chant rythmait et enno-
blissait leur effort.

PIERRETTE.

D'où la nécessité du cinéma, des music-halls, des dan-
cings et du cake-walk et du tango.

HENRI.

Vous ne me ferez pas dire du mal du tango. Mais je
me puis vous cacher que vous tenez l'indicateur à l'envers.

PIERRETTE.

Je devine que vous l'avez fortement pratiqué, le tango.

HENRI.

Vous avez deviné juste.

PIERRETTE.

Vous lui devez sans doute bien des bonnes fortunes
faciles.

HENRI.

Je reconnais que les permissions ont été fatales à ma
vertu. (J'avais trouvé la ligne Grenoble-Chambéry par
Valence, page 192-A.)

PIERRETTE, *lui rendant l'indicateur.*
Alors, vous n'avez pas besoin de moi.

HENRI.

Merci.

PIERRETTE.

D'ailleurs, l'exemple de la barque est la glorification
du poète et non celle du paresseux.

HENRI.

Je l'admets bien volontiers. Mais alors, vous voyez

bien que l'inutile est indispensable et que l'élégance est
une nécessité. La société a donc besoin de femmes qui,
sans cesser d'être des honnêtes femmes, croyez-le, dé-
daignent les durs travaux et se consacrent au culte de la
beauté. (*Avec une intention marquée légèrement.*) Cela
vous irait très bien.

PIERRETTE.

Il faut d'abord qu'elles soient riches.

HENRI, *posant l'indicateur sur la table de Pierrette.*

Elles peuvent aussi vivre par le labeur de l'homme qui
les aime.

PIERRETTE.

C'est donc le ménage qui doit être riche.

HENRI.

Il y a de la paresse à tous prix et de la beauté pour
tous. J'ai l'air de vous dire des choses nouvelles. Mais le
rôle **que** je vous indique, toutes les femmes de votre
famille l'ont rempli. Votre mère, votre grand'mère,
votre aïeule, toutes! Moi, je vois très bien un ménage où
le mari travaillerait le moins possible, en fonctionnaire
par exemple...

PIERRETTE.

Et la femme inactive.

HENRI.

Mais oui. Je comprends le travail pour la femme seule,
pour la femme célibataire (*En le regardant.*) pour celle
qui, comme vous, ne veut pas se marier. (*Un silence.*)
Je vous trouve même épatante, je ne vous le cache pas.

PIERRETTE, *se dérobant.*

Oui. (*Retournant à sa table.*) En ce moment, je ne le
suis guère, avouez-le. (*Un peu brutale, et poussant l'indicateur qui est devant elle.*) Enlevez donc cet indicateur
de là.

HENRI.

Je vous demande pardon. (*Il le prend et le consulte.*)
(Je crois qu'il me faudra partir à sept heures dix.)

PIERRETTE.

Vraiment.

Elle travaille.

HENRI.

Il me semble, du moins. J'ai trouvé! Valence, à dix
heures deux ; Marseille, quinze heures. (*Dépité.*) Eh!
non, il y a toujours le départ à sept heures qui ne va
pas.

> *Il cherche consciencieusement. Pierrette s'est ar-*
> *rêtée de travailler et le regarde longuement.*
> *Entre Lisa.*

LISA, *à Pierrette.*

Mademoiselle, c'est ce professeur pour mademoiselle
Mireille.

PIERRETTE.

Bon. J'y vais. (*Elle ôte sa blouse. Henri la regarde avec
intérêt.*) Vous permettez? Vous remettrez l'indicateur
où vous l'avez trouvé.

> *Elle sort par la droite.*

HENRI.

Certainement. Merci. (*Il la suit des yeux. A lui-même.*)
Elle est toquée, mais jolie fille, sapristi!

> *On entend au dehors la voix de madame Nizier.*

MADAME NIZIER.

Pierrette! Pierrette! Lisa!

> *Henri dresse la tête. Les appels se rapprochent. Il*
> *pousse un petit cri de frayeur comique et se*
> *sauve par la porte du fond. Entre madame Ni-*
> *zier.*

SCÈNE II

MADAME NIZIER, *puis* LISA

MADAME NIZIER.

Lisa !... Pierrette !... Personne ! (*Allant vers la porte de droite et criant, d'une voix aigre.*) Pierrette !... Je finirai par croire qu'elle s'en va quand elle m'entend l'appeler... Et cette femme de chambre !... Elle, c'est sûr !... Lisa !

LISA, *paraissant.*

Madame...

MADAME NIZIER.

Ah ! vous daignez enfin répondre... Je sonne, il est vrai, depuis une demi-heure... Enfin, vous avez bien voulu venir. Je vous en suis profondément reconnaissante, ma fille... profondément...

LISA.

Madame a besoin de quelque chose ?

MADAME NIZIER.

Evidemment... Si je n'avais pas besoin de quelque chose, si je pouvais me passer de vos services, je me garderais bien de vous déranger, croyez-le.

LISA.

Me voilà aux ordres de madame.

MADAME NIZIER.

Oui... Eh bien... Vous êtes la cause que ma migraine va me reprendre... Et quand j'ai ma migraine, je perds la mémoire... Je ne me rappelle plus, maintenant... Mais ça me reviendra... Où est mademoiselle Pierrette ?...

LISA.

Elle est avec une dame...

MADAME NIZIER.

Quelle dame ?

LISA.

Une dame...

MADAME NIZIER.

Naturellement, on vous a défendu de me le dire... Enfin, je n'ai plus longtemps à être à la charge de cette maison, heureusement... Ah! voilà... je me rappelle, maintenant. Je voulais vous dire que j'ai réussi à me passer de vos services, en ce qui concerne mes malles. Je les ai faites moi-même...

LISA.

Mais, madame, j'y ai passé toute la matinée. Il n'y avait plus qu'à les fermer.

MADAME NIZIER.

Naturellement... Je sais bien que vous avez autre chose à faire que vous occuper de moi. Je ne suis ici qu'une invitée, je ne puis pas l'ignorer. Du reste, il est tout naturel que vous suiviez l'exemple que vous donnent mes filles... Mademoiselle Pierrette est avec une dame... pour une chose importante évidemment.... Je ne vous fais aucun reproche, mon enfant, aucun. Ce n'est pas à moi que vous devez l'obéissance.

LISA.

Mais, madame...

MADAME NIZIER.

Vous êtes une brave fille, et je suis convaincue que vous déplorez l'obligation où l'on vous a mise. N'en parlons pas. Je vous aime beaucoup... Ecoutez, vous pouvez bien me dire si vous avez commencé à préparer les bagages de mademoiselle Pierrette ?

LISA.

Les. bagages.... Quels bagages ?

MADAME NIZIER.

Bien... Bien... Je comprends... Mettez que je n'ai rien dit. Je vous remercie, mon enfant. Je vous remercie. (*Apercevant Madeleine qui entre.*) Voici madame de Chalvet... Vous pouvez vous retirer, je n'ai pas besoin de vous...

LISA.

Bien, madame.

Elle sort.

SCÈNE III

MADAME NIZIER, MADELEINE, *puis* PIERRETTE.

MADAME NIZIER.

Je te demande pardon si je t'ai privée pour quelques instants des services de cette insolente personne. Je voulais voir Pierrette qui n'a pas l'air de penser à préparer ses malles.

MADELEINE.

Je ne crois pas qu'elle y pense.

MADAME NIZIER.

Nous partons lundi, cependant.

MADELEINE.

Déjà ?

MADAME NIZIER.

Je t'avais bien prévenue, en acceptant de venir, que nous partirions aussitôt après l'inauguration de cette fantaisie.

MADELEINE.

Pierrette comptait...

MADAME NIZIER.

Elle décomptera. Je reconnais que l'on fait ici à peu près tout le possible pour m'y rendre le séjour supportable, mais, comme on dit, rien ne vaut un chez soi.

MADELEINE.

Pierrette croit que vous partez seule.

MADAME NIZIER.

Par exemple !...

MADELEINE.

Ne pourriez-vous la laisser ici quelque temps ? Elle vient de donner un gros effort et elle s'attend à quelque temps de repos.

MADAME NIZIER.

Et pendant qu'elle se reposera, s'il m'arrive quelque chose, je serai, moi, abandonnée !

MADELEINE.

Vous êtes bien portante.

MADAME NIZIER.

Je suis bien portante !... Ah ! l'égoïsme de la jeunesse est une chose inimaginable !

MADELEINE.

Elle va vouloir reprendre Mireille à Grenoble comme autrefois.

MADAME NIZIER.

Moi, je ne le voudrai pas.

MADELEINE.

Elle en aura beaucoup de chagrin.

MADAME NIZIER.

Pourquoi ? Peux-tu me dire pourquoi ?

MADELEINE.

Elle s'est beaucoup attachée à Mireille, qu'elle a élevée, en somme...

MADAME NIZIER.

Eh bien, puisque c'est toi qui mets la question sur le tapis, permets-moi de te dire — je ne t'en aurais jamais parlé la première — permets-moi de te dire qu'à mon avis, du moins, tu te désintéresses trop de ta fille.

MADELEINE, *faiblement.*

Pierrette l'élève très bien.

MADAME NIZIER.

Ce n'est pas mon sentiment. Maintenant, je sais bien que les modes nouvelles d'éducation sont toutes différentes de celles de mon temps. Je ne me permets pas de les juger. S'il te plaît que Mireille soit élevée à la moderne, à la rigueur, je n'ai rien à dire. Je t'avais cependant parlé de la pension Sainte-Thérèse, à Chambéry. Comme je prévoyais ce qui se passe, j'avais écrit, il y a quelques jours, à madame de Choiset pour lui demander si elle s'offrait toujours à prendre Mireille chez elle, avec sa fille, Edmée, les deux enfants allant ensemble à la pension. J'ai reçu une réponse ce matin.

MADELEINE.

Eh bien ?

MADAME NIZIER.

Madame de Choiset m'annonce qu'elle te rendra visite aujourd'hui : elle est prête à emmener Mireille aussitôt que tu voudras... Voici justement la rentrée de Pâques... Tu ne m'avais pas parue hostile à ce projet. J'avais d'ailleurs cru remarquer que tu ne supportais pas toujours sans un petit agacement l'emprise de Pierrette sur ta fille... Je me suis trompée ?

MADELEINE.

Il y a des moments, en effet, je le reconnais...

MADAME NIZIER.

Alors ? Pourquoi tolères-tu une situation que tu n'approuves pas ?... Mireille fait bien d'aimer Pierrette, et si

elle ne l'aimait pas, je serais la première à le lui reprocher. Mais enfin, une enfant ne doit aimer personne
plus qu'elle n'aime sa mère... A mon avis, à mon avis...
Crois-moi, le mieux pour tout le monde est que Pierrette
rentre avec moi à Grenoble, où j'ai l'intention, d'ailleurs, de lui faire reprendre la vie d'une jeune fille de
sa classe. Je ne lui en ai pas encore parlé, mais je ne
veux plus de ces extravagances d'électricité, Dieu merci !
elle n'a pas besoin de travailler pour vivre !

MADELEINE.

Elle aura une grosse déception.

MADAME NIZIER.

Parce qu'elle reviendra avec sa mère ?

MADELEINE.

Non, mais...

MADAME NIZIER.

Quand Mireille sera à Chambéry, Pierrette n'aura plus
de raison de rester ici. Je le pense, du moins.

MADELEINE.

Que voulez-vous dire ?

MADAME NIZIER.

Rien que ce que j'ai dit. Que vas-tu supposer :

PIERRETTE, *entrant*.

Tu as besoin de moi, maman ?

MADAME NIZIER.

Non. Je voulais savoir où tu étais.

PIERRETTE.

J'étais avec une maîtresse de piano destinée à Mireille.
(*A Madeleine.*) Tu sais, Madeleine ?... Je te montrerai,
quand tu auras un moment, le plan d'études très dé-
taillé dont je t'ai parlé.

MADAME NIZIER.

Madeleine a, je crois, d'autres projets. Elle va te les
dire. Pour moi, je vais finir de préparer notre départ.

PIERRETTE.

Mais, maman, je puis aller t'aider.

MADAME NIZIER.

Laisse, laisse... Je saurai me tirer d'affaire toute seule.
Je commence à en prendre l'habitude..

Elle sort.

SCÈNE IV

MADELEINE, PIERRETTE

PIERRETTE.

« D'autres projets.... Notre départ... » Je ne comprends
pas.

MADELEINE.

Maman veut t'emmener.

PIERRETTE.

Avec Mireille ?

MADELEINE.

Sans Mireille.

PIERRETTE, *butée.*

Je ne veux pas.

MADELEINE.

Tu ne veux pas ?

PIERRETTE.

Je ne veux pas. Mireille a encore besoin de moi. Je
sens que la voilà grande, maintenant et qu'il convient
de s'occuper d'elle très sérieusement. Tu verras l'emploi
du temps que j'ai réglé pour elle. Il est très strict,
mais nous l'appliquerons.

MADELEINE.

Je pensais...

PIERRETTE.

Laisse-moi faire... Que pensais-tu ?

MADELEINE.

Notre mère et moi croyons qu'il faut l'envoyer à la pension Sainte-Thérèse à Chambéry.

PIERRETTE.

C'est de la folie !

MADELEINE.

Je ne le crois pas.

PIERRETTE.

Je te dis de me laisser faire.

MADELEINE.

C'est que... je voudrais désormais m'occuper réellement, moi-même, de l'éducation de Mireille.

PIERRETTE.

Crois-tu réussir beaucoup mieux que moi ?

MADELEINE.

J'ai pris cette décision. Madame de Choiset viendra tantôt... Elle offre, gentiment...

PIERRETTE.

Laisse donc madame de Choiset tranquille.

MADELEINE.

Il vaut mieux, pour ma fille, qu'elle soit à cette pension.

PIERRETTE.

Tu te trompes.

MADELEINE.

Je ne le crois pas.

PIERRETTE.

Nous sommes d'avis différents. Une de nous deux se trompe.

MADELEINE.

Je suis la mère. Tu l'oublies... et Mireille aussi parfois. (*Un silence. Elle regarde Pierrette douloureusement.*)
Je te fais du chagrin, ma pauvre Pierrette ?

PIERRETTE, *qui peut à peine se contenir.*

Mon Dieu, je mentirais... si je... (*Sous prétexte de
ranger quelques papiers, elle tourne le dos à sa sœur
et essuie une larme au coin de ses paupières.*) J'avais
fait la sottise de la considérer un peu comme à moi....
Alors, n'est-ce pas... d'apprendre tout à coup... J'ai
tort... Je le reconnais... Elle est ta fille... et si la pension
de Chambéry vaut mieux pour elle... je m'incline, naturellement... naturellement...

MADELEINE.

Si tu savais comme je me déteste-moi-même,

PIERRETTE.

Pourquoi ?

MADELEINE.

Je ne suis pas méchante et je ne puis pas m'empêcher
de te faire du mal.

PIERRETTE.

Quel mal ?... tu ne fais pas de mal...

MADELEINE.

Si tu n'avais pas autant d'empire sur toi-même, quels
reproches m'adresserais-tu, mon Dieu ! Je les mérite...
Pardonne-moi, Pierrette, je suis malheureuse, je suis
jalouse de toi.

PIERRETTE.

Oui, je le sais maintenant, tu es jalouse de moi. J'ai
mis longtemps à m'en apercevoir. Depuis quelque temps
j'en ai le soupçon. J'ai réfléchi et je comprends. Je m'at-
tachais trop à Mireille.

MADELEINE.

Elle finissait par t'aimer plus que moi.

PIERRETTE, *vaguement.*

Non. Mais peut-être, en effet...

MADELEINE.

Tu la gâtais. Le moyen est facile et certain. Je ne dis pas que tu l'as fait par calcul.

PIERRETTE.

Heureusement.

MADELEINE.

Alors, elle ira en pension à Chambéry.

PIERRETTE.

Interne ?

MADELEINE.

Oui.

PIERRETTE, *après un silence.*

Et moi, que vais-je devenir ? Si elle n'est plus avec toi !...

MADELEINE.

Eh bien ?...

PIERRETTE.

Ton mari ne pourrait-il encore trouver ici de la besogne pour moi ?

MADELEINE.

Il en a parlé.

PIERRETTE.

Veux-tu me garder ? (*Silence.*) Tu ne réponds pas... (*Nouveau silence. Affectueusement.*) Tu es à plaindre, Madeleine.

MADELEINE.

Tu as dit le mot.

PIERRETTE.

Tu ne veux pas que je reste ?

MADELEINE.

Notre mère a besoin de toi. Et puis...

PIERRETTE.

Et puis ?

MADELEINE.

Tais-toi. Je t'en conjure ! Ne m'oblige pas à préciser ce qui se passe en moi. C'est abominable.

PIERRETTE.

Oui.

MADELEINE.

Mon Dieu ! Tu ne vas pas croire au moins que je te soupçonne... Oh ! non ! Grâce au ciel, je n'en suis tout de même pas là !... Mais voilà. J'ai peur que François cesse de m'aimer. Ta présence me diminue à ses yeux. Tu es trop intelligente... Je ne veux pas qu'il compare.

PIERRETTE, *sans éclat.*

Tu es folle.

MADELEINE.

Je crois que tu as raison... Mais... Que veux-tu ?
      Un silence.

PIERRETTE.

C'est bien, c'est bien...

MADELEINE.

Ne me déteste pas, je t'en prie... Pardonne-moi....

PIERRETTE.

Ma pauvre Madeleine !

MADELEINE.

Ma pauvre Pierrette !
      Elles se regardent, puis se jettent dons les bras l'une de l'autre, en s'embrassant.

PIERRETTE.

Une autre existence commence pour moi.

MADELEINE.

Que vas-tu faire ?

PIERRETTE.

J'ai bien une idée... Je vais y réfléchir et je te la dirai.

CAROLINE LEGRAND, *entrant.*

Vous savez ce que nous fait ce vieux fou de Brassol?

MADELEINE et PIERRETTE.

Non... Quoi?

CAROLINE LEGRAND.

Vous allez le voir dans un moment.

PIERRETTE.

Il m'embête.

CAROLINE LEGRAND.

Pas seul. Avec trois gardes du corps.

PIERRETTE.

Que veut-il?

CAROLINE LEGRAND.

Il a entrepris de ruiner notre usine.

MADELEINE.

L'usine qu'il a commanditée?

CAROLINE LEGRAND.

Oh! Il a l'idée de la reprendre une fois la main-d'œuvre féminine évincée. Il veut simplement rendre Pierrette inutile, ou du moins sans besogne, et l'amener ainsi à l'épouser.

MÉROTTE, *entrant.*

Bonjour, tout le monde. Mademoiselle, vous ne savez pas... la mère Pincettes...

MADELEINE et PIERRETTE.

Eh bien?

MÉROTTE.

Voilà deux jours que ses volets sont fermés et qu'on n'entend rien grouiller chez elle.

PIERRETTE.

Elle est peut-être chez des parents.

MÉROTTE.

Elle n'en a pas.

MADELEINE.

Chez des amis.

MÉROTTE.

Elle n'en a pas.

PIERRETTE.

Tu devrais aller voir, Madeleine...

MADELEINE.

Mais oui, j'y vais... (*En sortant.*) Qu'a-t-il bien pu lui arriver ?

MÉROTTE.

Mademoiselle Pierrette, j'ai un petit service à vous demander.

PIERRETTE.

C'est pressé ?

MÉROTTE.

Oh ! non... mais enfin...

PIERRETTE.

Tu reviendras tout à l'heure, quand je serai seule.

MÉROTTE.

Bien, mademoiselle. Merci, mademoiselle. (*Elle sort, revient.*) Voilà M. Brassol.

PIERRETTE.

Bien.

Mérotte sort.

CAROLINE LEGRAND.

Tenons-nous bien.

Entre Brassol.

SCÈNE V

PIERRETTE, CAROLINE LEGRAND, BRASSOL.

BRASSOL.

Mesdemoiselles, je suis heureux de vous rencontrer

ensemble, je vous prie de vouloir bien m'accorder un instant d'audience.

PIERRETTE.

Mais... excusez-moi, monsieur.

CAROLINE LEGRAND, *à Pierrette*

Mais si, mais si...

BRASSOL.

D'ailleurs, ce n'est pas tant à moi qu'à ces trois messieurs... Vous permettez ?

CAROLINE LEGRAND.

Faites.... (*A Pierrette.*) Laisse donc, mieux vaut savoir.

SCÈNE VI

CAROLINE LEGRAND, PIERRETTE, BRASSOL, *puis* GRIMONE, CORBELIN, PAPON.

BRASSOL *fait entrer les trois personnages, les laisse au fond et s'avance vers Caroline et Pierrette. Un peu* fortement.

Mademoiselle Nizier, mademoiselle Legrand, j'ai dû accepter le pénible devoir...

CAROLINE LEGRAND.

Comme je vous plains ! Comme je vous plains !

BRASSOL.

...De conduire devant vous ces trois représentants, des citoyens de notre bourg. (*Aux hommes.*) Avancez !

CAROLINE LEGRAND, *à la délégation et d'un ton de commandement.*

Halte !

Les trois hommes s'arrêtent.

BRASSOL.

Monsieur Corbelin va nous lire une protestation. (*A Corbelin.*) Allez !

Corbelin déplie le papier qu'il avait à la main.

CAROLINE LEGRAND.

Nous préférons la lire avec le recueillement qu'elle mérite. (*Elle enlève le papier des mains de Corbelin.*) Merci.

BRASSOL.

Pardon !...

CAROLINE LEGRAND.

Ces messieurs vont nous expliquer eux-mêmes ce qu'ils ont à nous dire... Parlez.

Les trois hommes, timides, se regardent et ne disent mot.

BRASSOL, *aux délégués.*

Vous veniez demander, n'est-ce pas, que vos femmes ne fussent plus employées à l'usine parce que... parce que... Vous, Corbelin, parce que vous n'êtes pas satisfait de ne pas trouver en rentrant le dîner tout prêt, votre femme n'ayant pas le temps de le préparer après la journée de labeur... (*Silence. A Caroline et Pierrette.*) Voilà ce que la timidité bien excusable de ce brave homme l'empêche de vous dire, bien qu'il le pense fortement.

CAROLINE LEGRAND.

Il n'a qu'à se priver de son apéritif, rentrer plus tôt chez lui et éplucher les pommes de terre.

BRASSOL.

Cet autre, Papon, Sébastion Papon, met en avant un autre grief...

Silence.

CAROLINE LEGRAND.

Dites-nous, vous, monsieur Brassol ce qu'il pense fortement, lui aussi.

BRASSOL.

Il est humilié de voir sa femme gagner plus que lui... (*L'homme désigné fait signe que non.*) Non ? (*Se reprenant.*) Ah ! non, Papon, ce n'est pas vous, c'est lui. (*A l'autre.*) C'est vous, n'est-ce pas, mon ami, vous êtes humilié de... de ce que je disais... Oui, oui, c'est bien vous. Et maintenant même je me rappelle votre propos un peu familier... « Faut pas que la poule fasse le coq » et puis : « J'aime pas recevoir l'argent des femmes, moi ! »

CAROLINE LEGRAND.

Elle a eu une petite dot, votre femme, je le sais. Vous n'avez pas été humilié de la toucher, cette dot ? Alors ? (*A Brassol.*) Et celui-ci ?

BRASSOL.

Et enfin, celui-ci... qui n'est pas Papon, comme une regrettable erreur me l'a fait dire tout à l'heure, qui n'est pas Papon... mais bien... Comment vous appelez-vous ?... Grimone... Je me rappelle, Grimone... Celui-ci, qui n'est pas Papon, mais bien Grimone... (*A l'homme.*) Enfin, c'est bien vous l'ivrogne, n'est-ce pas ?... Celui-ci dont un penchant à la boisson rendait nécessaire un supplément de ressources dans le ménage, celui-ci s'engage à ne plus fréquenter les cabarets si sa femme est rendue à son foyer.

CAROLINE LEGRAND.

Serment d'ivrogne ! Mais peu importe. Vous, vous avez trouvé la solution, mon garçon... Allez, messieurs, nous avons, mademoiselle Nizier et moi, reçu vos protestations, si éloquemment exprimées par M. Brassol qui vous les avait soufflées. (*A Brassol qui proteste.*) Je le sais, monsieur Brassol. Nous en reparlerons à loisir. Messieurs, nous vous remercions et nous ne voulons pas vous retenir plus longtemps. Monsieur Brassol va nous reconduire.

BRASSOL, *va vers eux jusqu'à la porte, les fait sortir et redescend après avoir dit à mi-voix.*

Mais c'est un capitaine de dragons, cette femme-là !

SCÈNE VII

BRASSOL, PIERRETTE, CAROLINE LEGRAND.

CAROLINE LEGRAND.

Vous m'appelez « dragon », monsieur Brassol ?

BRASSOL.

Ah ! pardon, mademoiselle : j'ai dit capitaine.

CAROLINE LEGRAND.

Ecoutez, mon bon monsieur Brassol... Vous êtes plein d'astuce. Est-ce vrai, Pierrette ?

PIERRETTE.

Oui. Vous dépensez en pure perte des trésors d'ingéniosité.

CAROLINE LEGRAND.

Le malheur est que les protestations que vous nous avez montrées sont bien celles contre lesquelles se heurte le principe du travail féminin... Mais, je vous le répète, c'est de la malice perdue. Je vais vous dire un secret : Pierrette n'est plus opposée à l'idée du mariage... Elle va se marier.

BRASSOL.

Comment ? Mademoiselle Pierrette !... Mais...

PIERRETTE, *protestant.*

Oh ! Caroline !

CAROLINE LEGRAND.

Attendez !... Je ne vous ai pas dit avec qui. Elle a le désir d'épouser le roi de Norvège.

PIERRETTE, riant, l'arrêtant.

Allons ! Allons ! Monsieur Brassol, croyez-moi, maintenant que cela ne peut servir à rien, laissez les femmes travailler, et si vous connaissez des jeunes filles bourgeoises, dites à leurs parents de leur donner un métier.

CAROLINE LEGRAND, qui s'est mise à corriger le dessin de Pierrette.

Ils leur épargneront l'obligation où je me suis trouvée de faire ce que j'ai fait.

BRASSOL.

Quoi ?

CAROLINE LEGRAND, froidement.

Des romans pornographiques.

BRASSOL, sursautant.

Oh !

CAROLINE LEGRAND.

Oui. Ma mère m'avait élevée exclusivement pour le mariage avec un homme riche. Donc, je ne savais rien que d'inutile. Songez donc ! Un métier qui rapporte... La fille de madame la baronne Legrand de Salnage !

BRASSOL.

Comment ?

CAROLINE LEGRAND.

Oui.

PIERRETTE.

La mère de mon amie est la baronne de Salnage.

BRASSOL.

Pas possible !

CAROLINE LEGRAND, gaie.

Dites donc, vous ! Il est vrai que j'ai perdu la marque des élèves du Sacré-Cœur... Alors, j'étais très fière de ma petite personne... Je ne trouvais jamais les fiancés qu'on me présentait dignes de moi. Vous, qui étiez professeur d'histoire naturelle, vous devez connaître l'histoire du héron et du goujon. J'ai dédaigné même le goujon ; la ruine est venue. Il a fallu gagner ma vie. J'avais le goût d'écrire. J'ai rédigé des histoires pour les petits enfants et je les ai portées à un éditeur qui m'a ri au nez. D'autres ont fait la même chose. Mais l'un m'a dit : « Si vous avez des contes très osés, apportez-les-moi. » Il voulait dire des histoires pornographiques. Cette maison d'édition travaille beaucoup pour l'étranger. Alors... (*Elle rit.*) Je suis vierge comme on ne peut pas plus, n'est-ce pas... par conséquent, je l'étais à ce moment-là... Alors, voulant tout de même manger, sinon tous les jours, au moins une fois de temps en temps, je me suis mise à piocher la pornographie dans les livres, comme j'aurais pioché le chinois. Les modèles ne manquent pas. Mais, malgré mes efforts, je ne réussissais guère, lorsque je voulais préciser. Il en est probablement de cela comme du reste, rien ne vaut la pratique. J'étais tout de même un peu dégoûtée, vous comprenez. J'ai eu l'idée de semer mes récits de sous-entendus un peu au hasard, des phrases volontairement sans signification... Les lecteurs, eux, comprenaient. J'ai même reçu des félicitations, des compliments, parole ! Et même, d'un citoyen d'une puissance voisine — comme disent les diplomates — une demande en mariage... Je n'y ai pas donné suite. J'ai pu placer quelques ouvrages peu avouables, puis je me suis intéressée aux questions féminines, puis la guerre est venue, j'ai tourné des obus, et me voilà... Tout cela pour vous dire qu'il est préférable pour une jeune fille de connaître un métier plus défini que celui qui fut le mien. Adieu, monsieur Brassol.

BRASSOL.

Mais...

PIERRETTE.

Adieu, monsieur Brassol.

*Elles le poussent toutes les deux vers la porte,
doucement, en riant, et en lui répétant toujours :* Adieu ! Adieu ! *Il sort.*

SCÈNE VIII

CAROLINE LEGRAND, PIERRETTE, *puis* MADELEINE.

PIERRETTE, *redevenue sérieuse.*

Dites-moi, Caroline, il y a quelques jours vous m'avez
parlé de la possibilité pour moi de vous accompagner en
Norvège.

CAROLINE LEGRAND.

Oui. J'avais même un projet de contrat que tu n'as
pas voulu lire.

PIERRETTE.

Vous l'avez détruit ?

CAROLINE LEGRAND, *allant à un cartonnier.*

Pas du tout... il est là...

PIERRETTE.

Je vais, je crois bien, accepter ce que j'ai d'abord
refusé.

CAROLINE LEGRAND, *lui tendant le papier qu'elle vient
de trouver.*

Le voici...

PIERRETTE.

Il vous a paru acceptable ?

CAROLINE LEGRAND.

Lis.

PIERRETTE, *lisant.*

Je crois bien ! Mais comment peut-on me faire à moi
des propositions aussi avantageuses ?

CAROLINE LEGRAND.

La Société Norvégienne a donné pleins pouvoirs à la Société de Grenoble qui te connaît, qui sait ce que tu vaux, voilà tout. (*Pierrette veut lui rendre le papier.*) Garde-le. Tu n'as qu'à le signer et à le renvoyer par la poste. Départ quand tu voudras.

PIERRETTE.

Eh bien ! (*Elle serre le papier dans un tiroir de son bureau.*) J'accepte.

CAROLINE LEGRAND.

A la bonne heure. Mais tu ne regretteras pas ta décision ?

PIERRETTE.

Depuis que vous m'avez dit vos premiers pourparlers, il y a un mois, je pense à vous accompagner. Je n'étais retenue ici que par Mireille. On me la prend. Le dernier lien est rompu.

CAROLINE LEGRAND.

Et ta mère ?

PIERRETTE.

Elle comprendra. Il lui suffira de supposer que je me marie, comme l'ont fait mes deux sœurs...

CAROLINE LEGRAND.

En effet. Mais tu ne changeras pas d'avis ?

PIERRETTE.

Ne doutez pas de moi. Je ne prends pas cette décision dans une crise. Depuis longtemps je l'ai pesée. J'étouffe ici, et les travaux d'élève qu'on me donne à Grenoble, copie de plans ou calculs de résistance, besogne à accomplir dans une chambre close, cela ne suffit pas à mon activité. Créer quelque chose, comme je viens de le faire, oui !... Le poste de Norvège comporte une direction, des responsabilités, du plein air. J'accepte.

Entre Madeleine.

SCÈNE IX

PIERRETTE, CAROLINE, MADELEINE.

MADELEINE.

En voilà une aventure !

PIERRETTE.

Quoi donc ?

MADELEINE.

La mère Pincettes est morte.

PIERRETTE.

Elle est morte !

MADELEINE.

Je viens de la voir morte.

PIERRETTE.

Oh ! Depuis quand l'est-elle ?

MADELEINE.

Depuis deux jours, probablement. J'ai fait ouvrir la porte et je l'ai trouvée morte sur son lit. Elle avait eu la force d'écrire un mot qu'elle a posé sur sa table. Brrr ! Pas gai le spectacle, je vous jure. Son chat crevé sur un coussin à côté d'un bol de lait, montrant une plaie où le poil était collé par le sang. Il n'y avait de vivant dans la chambre que le sansonnet qui piaillait parce qu'il avait faim.

PIERRETTE.

Pauvre femme !

CAROLINE LEGRAND.

Et elle, elle était vraiment morte ?

MADELEINE.

Froide.

PIERRETTE.

Elle se plaignait d'une maladie de cœur.

MADELEINE.

Elle **a dû** avoir une attaque. Elle aura eu juste le temps de se jeter sur son lit. Sa carafe était brisée sur le tapis, près de la table de nuit. Elle a dû la renverser en se débattant.

CAROLINE LEGRAND.

Et elle avait écrit, vous dites ?

MADELEINE.

Oui. Ceci : « Je vais mourir, je n'ai jamais été aimée par personne. »

PIERRETTE.

C'est atroce !

MADELEINE.

Oui. Sa fin a été bien dure... Seule !... Elle a sans doute appelé, crié...

CAROLINE LEGRAND.

Et personne n'a entendu ?

MADELEINE.

Ou ceux qui ont entendu n'ont pas voulu se déranger. Et vous savez, ce coffre, ce fameux coffre dont les commères disaient qu'il était rempli de richesses ?

CAROLINE LEGRAND.

Oui.

PIERRETTE.

Eh bien ?

MADELEINE.

Il était ouvert.

CAROLINE LEGRAND.

Qu'y avait-il dedans ?

IX.

MADELEINE.

Une toilette de mariée toute neuve à la mode d'il y a trente ans.

PIERRETTE.

Une toilette de mariée....

MADELEINE.

Robe blanche de mousseline, voile, fleur d'oranger. La pauvre a dû, avant de mourir, la regarder encore une fois, car le corsage était à demi sorti du coffre tout ouvert.

CAROLINE LEGRAND.

La malheureuse !

PIERRETTE.

Quelle fin !... « Je n'ai jamais été aimée de personne. » Il n'y a pas de plus déchirante parole.

CAROLINE LEGRAND.

Je vais auprès d'elle.

MADELEINE.

C'est cela.

CAROLINE LEGRAND.

A-t-on prévenu sa famille ?

MADELEINE.

On cherche son vrai nom qu'on avait fini par oublier.

CAROLINE LEGRAND.

Tu viens, Pierrette ?

MADELEINE.

Allez seule, Caroline Legrand, voulez-vous ? Il faut que tu restes, Pierrette.

Caroline Legrand sort.

SCÈNE X

PIERRETTE, MADELEINE.

MADELEINE.

Pauvre femme... (*Sur un autre ton.*) Ma petite Pierrette, je suis chargée de te prier d'attendre ici François et notre mère qui ont besoin de te parler.

PIERRETTE.

Moi aussi, j'ai besoin de leur parler. Et à toi, pour t'annoncer une nouvelle : je m'en vais en Norvège.

MADELEINE.

Quoi faire ?

PIERRETTE.

Des plans, des études pour des usines hydro-électriques... Ce que j'ai fait jusqu'à présent.

> *Elle regarde Madeleine et se met à rire très simplement, sans nervosité.*

MADELEINE.

Tu ris !

PIERRETTE.

Je ris de ton air effaré.

MADELEINE.

Il y a de quoi être effarée !

PIERRETTE.

Mais non, Madeleine. Réfléchis un peu et tu comprendras que j'ai besoin de me dépayser. Je n'ai plus rien à faire ici.

MADELEINE.

Tu dis cela avec un calme.

PIERRETTE.

Une véritable volonté n'a pas besoin de cris pour s'affirmer. Voilà... Ecoute. Je suis à un tournant de la vie. Ce bon M. Brassol me l'a démontré par sa demande d'association. J'ai terminé le travail que j'avais entrepris ; Mireille n'a plus besoin de moi, je n'ai pas le goût de rentrer à Grenoble mener, à mon âge, la vie d'une fille qui doit rendre compte de ses sorties, et dont on calcule l'heure de rentrée quotidienne. J'ai envie d'être un peu libre, tu comprends ?

MADELEINE.

Mais tu n'as pas besoin d'aller en Norvège pour cela.

PIERRETTE.

Evidemment, mais il se trouve qu'à la Société on a reçu de là-bas l'offre d'un emploi qui me convient. (*Gaiement.*) Sais-tu seulement qu'il y a beaucoup de chutes d'eau, en Norvège... que les appointements offerts sont superbes ?... Alors... comme je suis décidée à changer d'air, j'aime bien ne pas faire la chose à demi.

MADELEINE.

Pierrette, nous ne te laisserons pas réaliser ce coup de tête.

PIERRETTE.

On appelle coup de tête une décision dont on ignore les vrais motifs.

MADELEINE.

Que veux-tu dire ?

PIERRETTE.

Rien de plus que ce que j'ai dit.

MADELEINE.

Cependant....

PIERRETTE.

Rien...

MADELEINE.

C'est sérieux ? Tu vivrais seule là-bas, loin des tiens,
loin de nous ! Seule !

PIERRETTE.

Seule. Et seule, j'y serai moins seule qu'à Grenoble.

MADELEINE.

Tu quitterais maman ?

PIERRETTE, *toujours avec le plus grand calme.*

Ne l'as-tu pas quittée ?

MADELEINE.

Oh !

PIERRETTE.

Oui, tu trouves que je suis une fille dénaturée. C'est
peut-être vrai... Une fille ne doit pas quitter sa mère.

MADELEINE.

Si âgée !

PIERRETTE.

Oui, si âgée... Je lui ai donné toute ma jeunesse.
(*A voix basse.*) C'est assez.

MADELEINE.

Pierrette.

PIERRETTE.

Je viens de vivre ici six mois de liberté. Je ne puis
supporter l'idée de rentrer dans l'appartement de Grenoble, où il fait sombre, où l'on parle bas, où il est
défendu d'ouvrir les fenêtres, où j'étouffe de toutes les
façons...

MADELEINE.

Maman n'est pourtant pas méchante.

PIERRETTE.

Eh ! non... Si elle était méchante, ce serait tout simple.
Seulement, vois-tu, elle ne pourra jamais comprendre
que j'ai plus de quinze ans. Elle m'oppresse de ses ten-

dres, de ses minutieuses recommandations, de sa sur-
veillance, de son *expérience*... Ah ! l'expérience, je l'ai
tellement prise en horreur, l'*expérience*, que j'ai d'ins-
tinct, tout de suite, envie de faire le contraire de ce
qu'elle conseille... Je le répète : pour maman, j'aurai
toujours quinze ans. Si je te disais que je ne puis m'habiller à mon goût et qu'elle prétendait encore surveiller
mes lectures !

MADELEINE.

Mais tu n'as qu'à te défendre !

PIERRETTE, *s'animant un peu.*

Comment veux-tu que je me défende ? Tout cela est
fait avec tant de douceur, tant de bonté, tant d'amour
maternel !... Me défendre... Si j'essaie, ce sont des larmes
de vraies larmes qui me bouleversent et contre lesquelles
je suis sans force, naturellement.

MADELEINE.

Elle est malade, tu le sais bien.

PIERRETTE.

Ah ! oui, je le sais... Je ne peux pas l'ignorer, je te
le jure... Je le sais par ses appels incessants, ses exigences, ses doléances, ses gémissements... ses appels :
« Pierrette ! Pierrette !... » Oui, ses appels : « Pierrette ! »
Ils me poursuivent, ils ne me quittent pas. Même loin
d'elle, je les entends, et il m'arrive d'accourir à son lit
la nuit, croyant qu'elle m'a appelée, et je la trouve dans
un profond sommeil. (*Attendrie.*) Et je l'aime bien, tu
sais, je l'aime bien... C'est ma mère, elle s'est dévouée
pour moi... je ne l'oublie pas.

MADELEINE.

Pauvre Pierrette !

PIERRETTE, *crispée.*

Ah ! je t'en prie, ne me plains pas ! (*Se reprenant.*)
Pardon. Tu comprends maintenant, n'est-ce pas, qu'à

trente ans, je veuille m'évader, échapper à cette pesante,
à cette accablante sollicitude.

MADELEINE.

C'est qu'elle t'aime.

PIERRETTE.

Oui, elle m'aime... Elle m'aime, que c'en est effroyable ! Que ne m'aime-t-elle moins, mon Dieu !

MADELEINE.

Oh ! Pierrette !

PIERRETTE.

Je me rends compte que je dois te paraître un monstre.
Il y a des moments où j'ai honte de moi-même. Je me
demande si je suis comme les autres.... C'est la première fois que je raconte tout cela, mais puisque je vais
partir, je veux que tu saches que si je suis une fille
dénaturée, j'ai des excuses. Et je ne dis pas tout..., le
chantage cruel. Combien de fois par jour dois-je l'entendre me dire en geignant : « Tu n'en as plus pour
longtemps à être embrassée de moi. »

MADELEINE.

Il faut l'excuser.

PIERRETTE.

Je passe ma vie à ça. Oui, c'est le mot : je passe ma
vie. Ma jeunesse est passée... Je passe, et je n'aurai pas
vécu.

MADELEINE.

Seras-tu plus heureuse, loin de nous tous, toute seule ?

PIERRETTE.

Ah ! oui ! Toute seule ! J'aspire à être seule ! Chaque
jour, j'attends la nuit pour être seule. Dans le jour, elle
vient dans mon atelier, comme elle a tout de suite pris
l'habitude de le faire ici ; elle s'installe à côté de moi
avec l'air de m'apporter un plaisir, de se sacrifier presque.
Et alors, elle s'empare de mon intelligence, de ma

pensée, elle m'oblige à suivre la sienne. Il faut, il faut que je m'intéresse à des riens qui pour elle sont tout, à des gens qui vivaient avant ma naissance, dont je ne sais que les noms et qui sont toute sa vie, toute sa vie à elle. Elle vit dans ses souvenirs. Je voudrais vivre dans des espérances. Voilà, ma chère Madeleine, pourquoi j'aspire à la solitude comme à une délivrance, et pourquoi je m'en vais, pour échapper à cette emprise, à cette tyrannie de l'affection et à son égoïsme qui se croit une bonté ! Si je sors, c'est : « Reviens vite. Je ne vis pas quand tu n'es pas là... » Et si je suis un quart d'heure en retard, je la trouve sanglotant d'inquiétude. (*Subitement.*) Elle m'a appelée ?

MADELEINE.

Non.

PIERRETTE.

Tu ne m'en veux pas ? Tu ne me juges pas mal ? Je te devais cette explication, parce que, voilà... (*La voix de madame Nizier au dehors :* Pierrette ! *Subitement dressée par un réflexe.*) Maman !

Entre de Chalvet.

DE CHALVET.

J'ai, Pierrette, à vous faire une communication d'une certaine importance. Madeleine, veux-tu prier ta mère de venir ? (*Pendant qu'ils sont tout seuls.*) Ne vous alarmez pas, ma chère Pierrette, il n'y a rien de grave, et il s'agit de quelque chose qui peut, au contraire, être fort heureux pour vous.

PIERRETTE.

Il est probable que vous vous serez dérangé inutilement, mon cher François... Je suis décidée à quitter la France.

DE CHALVET.

Nous allons parler de tout cela. (*Entre madame Nizier.*

*De Chalvet, après avoir fait asseoir tout le monde et avec
une certaine solennité.)* Voilà. Brassol est venu solen-
nellement me demander la main de Pierrette.

PIERRETTE.

Mais...

DE CHALVET.

Attendez. Je sais que Pierrette s'est déjà prononcée et
je ne vous parlerais pas de cette démarche si monsieur
Brassol ne l'avait accompagnée d'offres assez importantes
pour que je ne me sois pas cru autorisé à les repousser
sans vous les avoir fait connaître.

PIERRETTE.

Quelles qu'elles soient, je...

MADAME NIZIER.

On peut toujours les entendre. Il vient de m'en parler
à moi aussi et elles ne m'ont pas paru négligeables.

PIERRETTE.

Je vous dis que c'est inutile. J'ai signé un contrat par
lequel je m'engage à aller en Norvège...

MADAME NIZIER.

Allons, mon enfant, ce n'est pas sérieux... Qu'est-ce
qu'il y a ? Que s'est-il passé ? C'est la demande en mariage de Brassol qui te trouble à ce point ? Si tu ne veux
pas de lui pour mari, tu n'as qu'à le dire. Personne ici
ne songe à te forcer la main. Moi moins que tout autre.
Seigneur ! je ne demande qu'une chose, moi, c'est de te
garder, et de te garder toujours. Ce n'est pas à cause de
Brassol que tu veux partir ?

PIERRETTE.

Non, maman.

MADAME NIZIER.

Alors ? Parle.

PIERRETTE.

Depuis longtemps, je désire voyager, me rendre compte

de ce qui a été fait à l'étranger... On m'offre des appointements superbes... J'aurai deux congés d'un mois chaque année... Je viendrai naturellement les passer auprès de toi et de vous.

MADAME NIZIER.

Je ne te permets pas de me quitter, tu as compris?

PIERRETTE, *timide, s'excusant.*

Je suis décidée à partir tout de même. Et tu n'as aucun moyen de m'en empêcher.

MADELEINE.

Pierrette! Pierrette! Tu ne nous aimes donc pas?

MADAME NIZIER.

Oui, je sais : tu es une grande personne, tu as trente ans. Je ne l'ignore pas. Tu me le répètes assez souvent. Je te dis, moi, qu'une jeune fille n'est jamais majeure tant que ses parents sont vivants ou qu'elle n'est pas mariée... En voilà assez! Je t'ai dit ce que je pense. Je ne suppose pas tout de même que tu partes contre ma volonté?

PIERRETTE.

Je partirai.

MADAME NIZIER.

Voilà les enfants d'aujourd'hui : des révoltés! Si j'avais osé, moi, tenir tête à ta grand'mère, j'aurais pu avoir trente ans, elle aurait su me remettre à ma place.

PIERRETTE.

Il n'est pas question de ma grand'mère et de toi, mais de nous deux. Je t'en prie, maman, consens à ma demande, tu m'épargneras le chagrin de te désobéir...

MADAME NIZIER.

Tout cela à cause de ce Brassol dont tu ne connais même pas, du reste, toutes les intentions.

PIERRETTE.

Ce n'est pas à cause de lui.

MADAME NIZIER.

Si ! Je sais ce que je dis, peut-être ! Combien de fois faut-il te répéter que je ne fais aucune pression sur toi pour te le faire épouser ! Pourtant, il nous apportait une commandite pour l'exécution de ton fameux projet... Tu y renonces, alors ?

PIERRETTE.

A ce prix-là, j'y renonce.

DE CHALVET.

Je ne puis pas vous laisser ignorer, Pierrette, que cette commandite me serait précieuse. Je veux dire qu'elle apporterait, non à moi seul, mais à toute la famille, toute *votre* famille, des avantages considérables. Je ne vous ai pas tenue au courant des difficultés que je rencontre. Mais il vous suffira de savoir que sans elle il me faudra vendre une partie du domaine familial. L'affaire, en soi, je m'empresse de vous le dire, ne serait pas mauvaise, mais nous avons encore des préjugés, ce *galaorisme*, comme vous dites, qui nous font considérer comme une catastrophe cette réduction de l'apanage paternel...

MADAME NIZIER.

Je ne parle pas de son château de Saint-Julien, qu'il mettrait à notre disposition et où nous aurions vécu tous les quatre...

PIERRETTE, *essayant de rire.*

Tous les châteaux du marquis de Carabas ne me décideraient pas à l'épouser.

DE CHALVET.

Sans vous engager, vous pourriez prendre le temps de la réflexion.

MADELEINE.

Mais oui, réfléchis !

DE CHALVET.

Et peut-être ne pas repousser aussi **dédaigneusement** une solution en somme favorable à tous.

MADAME NIZIER.

Réfléchis. **Tu n'as plus beaucoup de chances de te** marier.

DE CHALVET.

Vous avez peut-être pensé à Henri... Il part demain à la première heure.

MADAME NIZIER.

Tu ne veux pas de monsieur Brassol ?... C'est bien. Tu as peut-être raison et je n'insiste pas. Tu ne me diras pas que je ne te laisse pas ta liberté, cette fameuse liberté dont tu nous rebats les oreilles... **Tu n'as** qu'à rentrer à la maison, tu ne le verras pas et **tu peux** compter sur moi pour l'empêcher de t'importuner.

PIERRETTE.

Monsieur Brassol n'est pour rien dans ma **décision**.

MADAME NIZIER.

« Ma décision ! »

PIERRETTE.

Il vaut mieux que nous ne discutions pas.

MADAME NIZIER.

Que pensera-t-on de toi, en ville, que pensera-t-on de toi !

DE CHALVET.

Jamais !... Jamais... dans notre famille, personne n'a fait ce que vous projetez de faire !

MADELEINE.

Mais pour toi ! pour toi !

PIERRETTE.

Eh bien ?

MADELEINE.

Tu n'as pas songé, Pierrette, à ce que sera ta vie, si

loin des tiens !... Enfin, tu peux tomber malade ! Ne te
doutes-tu pas de ce que peut être la maladie au milieu
d'étrangers... Ne viens-tu pas d'en avoir un exemple ?
(*Presque en larmes.*) Pierrette, tu ne veux pas mourir
comme cette malheureuse ?

PIERRETTE.

J'ai tout pesé.

MADAME NIZIER, *s'animant.*

Alors, moi, je ne compte pas. Ta mère ne compte pas :
tu as résolu ! Tu dis de ces énormités avec un sang-froid
qui me renverse. Je t'ai élevée jusqu'à trente ans. (*Se reprenant sur un geste de protestation de Pierrette.*) Oui,
jusqu'à vingt ans ! Depuis dix ans, tu gagnes ta vie, tu ne
me le laisses pas ignorer... Je t'ai élevée jusqu'à vingt
ans, et voilà comment tu m'en remercies ! Et tu es la
seule de mes filles à qui j'ai permis de me tutoyer ! Tu
n'es qu'une ingrate. Voilà ce que tu es : une ingrate !
(*Un silence.*) Tu ne réponds rien.

PIERRETTE.

Non, maman, parce que je ne veux pas qu'il y ait une
scène entre nous. Tout ce que tu peux dire, je le sais,
et tout ce que je puis te répondre, tu peux le deviner si
tu veux t'en donner la peine. Pourquoi cette discussion
qui ne changera rien et qui ne peut que nous faire du
mal à toutes les deux ? Nous avons des opinions différentes expliquées par nos âges. Mais nous nous aimons
bien. Tu m'aimes, je le sais, et tu sais que je t'aime.
Accepte donc de bon cœur cette séparation. Après tout,
ce n'est pas si loin, la Norvège ; tu auras des nouvelles
souvent, très souvent, et dans six mois, peut-être avant,
quand je reviendrai...

MADAME NIZIER.

Si tu pars, tu ne me reverras pas.

PIERRETTE.

Pourquoi ?

MADAME NIZIER, *s'attendrissant sur elle-même.*

Parce que je ne survivrai pas à un coup pareil... Je n'avais plus tant de jours à vivre, mon Dieu, et tu aurais bien pu attendre que je ne sois plus là pour voyager.

Elle pleure.

MADELEINE, *très émue, allant à elle.*

Mère, je vous en prie ! Pierrette changera peut-être d'avis. Ne pleurez pas !

DE CHALVET.

Votre attitude, Pierrette, fait plus d'honneur à votre volonté qu'à votre piété filiale, je ne vous le cache pas.

MADAME NIZIER, *à Pierrette.*

Je n'ai plus que toi pour me fermer les yeux... J'ai eu trois filles : l'une est morte, l'autre est mariée... Il m'en restait une que j'aimais par-dessus tout. Je la gâtais, je la cajolais, j'aurais voulu ne jamais la quitter d'une minute... Je ne savais quoi imaginer pour la rendre heureuse, pour me l'attacher... et voilà. Me voilà à mon lit de mort aussi seule qu'un chien perdu...

MADELEINE.

Mais non, mère, nous resterons là, nous deux !

MADAME NIZIER.

Oui, tu es bonne, toi. Mais tu as d'autres devoirs, et je n'accepterai pas que tu me les sacrifies. *(Prenant les mains de Pierrette.)* Enfin, ma pauvre chérie, est-ce que je t'ai jamais rien refusé ? Est-ce que tu n'es pas bien à la maison, dans ta petite chambre, près de ta mère ? Je ne parle pas de moi, de mon chagrin : je n'ai en vue que ton bonheur... Aller en Norvège, toute seule ! Chez des gens que tu ne connais pas... courir les aventures ! Mais il faudrait que je sois une mère dénaturée pour te laisser partir !

PIERRETTE.

Maman, je ne courrai pas les aventures, ni aucun

dänger. Tu veux mon bonheur, tu le dis et je te crois, eh bien, mon bonheur est là...

DE CHALVET.

Vôtre bonheur ? ce n'est pas sûr. Mais en tous cas vous nous l'auriez fait chèrement payer. A nous, et à votre mère !

PIERRETTE, *à sa mère, tendrement.*

Si je me trompe, j'en serai quitte pour ne plus m'en aller après mon premier congé... J'aurai eu la preuve que tu as raison, et tu me trouveras plus attachée que jamais et fixée auprès de toi, pour toujours. (*Essayant d'être gaie.*) Allons, c'est entendu ? Je te rapporterai de jolies choses, des belles fourrures.

MADAME NIZIER, *que Pierrette veut embrasser.*

Laisse-moi, laisse-moi. Je ne veux pas de tes caresses hypocrites. Tu ne m'aimes pas, tu ne m'as jamais aimée. Va-t'en... Abandonne-moi... Tu n'as pas de cœur. Qui va me soigner, maintenant ? J'ai eu trois enfants, et je n'ai plus d'enfants ! Toi qui me restais, toi que j'ai toujours préférée, toi que je mettais au-dessus de tes sœurs, tu t'en vas... Sans raison, sans motif, parce que tu as assez de moi, parce que tu es fatiguée de moi. Tu sais pourtant que je suis malade, mais je ne te suis plus bonne à rien, alors, tu pars, tu me fuis, tu n'as pas pitié, pas pitié de ta mère !

MADELEINE.

Pierrette ! Je t'en prie, aie pitié de maman !

DE CHALVET.

Pierrette, n'ayez pas un cœur aussi dur !

PIERRETTE.

Maman ! Je te jure, tu es injuste...

MADAME NIZIER.

Pas tant que toi ! Qu'est-ce que je t'ai fait pour que tu ne m'aimes plus, pour que tu te sauves de moi ?... (*La*

prenant fébrilement dans ses bras, s'accrochant à elle.) Je
ne veux pas que tu me laisses mourir toute seule ! Je ne
veux pas ! Tu ne t'en iras pas. Je te tiens, je ne te quitte
pas ! Tu es ma fille, tu dois avoir pitié ! Je veux que tu
aies pitié !... Il n'y a que toi qui saches me soigner... Je
ne te laisse pas t'en aller... Pierrette, ma petite Pierrette,
mon enfant chérie, ma fille !... Sans toi, je serais morte
depuis longtemps... Tu ne peux pas être aussi féroce... Si
tu pars, c'est comme si tu me donnais un coup de cou-
teau dans le cœur !

PIERRETTE, *affolée.*

Maman ! Tais-toi ! Tais-toi...

MADAME NIZIER, *au seuil d'une crise nerveuse.*

Oh ! que je suis maudite ! Qu'est-ce que j'ai fait ?
Qu'est-ce que j'ai fait ?... J'ai mal ! Oh ! que j'ai mal !
Oh ! la la la la ! Oh ! la la la la ! Oh ! la la la la !

PIERRETTE, *dans un cri.*

Maman !... Je reste !... Je t'en supplie... Calme-toi... Je
reste avec toi, je reste avec toi...

MADAME NIZIER.

Oui, n'est-ce pas que tu restes... N'est-ce pas ?... Oui,
c'est bien vrai ! Oh ! je le savais bien !

PIERRETTE.

Oui, je reste...

MADAME NIZIER.

Tu le jures, n'est-ce pas ?

PIERRETTE, *la couvrant de baisers.*

Oui, ma petite mère, je te le jure...

MADAME NIZIER.

Merci... Merci... Je vais...

*Elle sort accompagnée de Madeleine et de Chalvet
qui la soutiennent.*

SCÈNE XI

PIERRETTE, *seule. Pierrette, maintenant sans larmes et le front barré, regarde la porte par où sa mère vient de sortir. Puis, avec lenteur, elle va au tiroir où elle a rangé son contrat, l'en sort, le relit en allant à sa table de travail et le déchire doucement, posément, soigneusement, prenant soin de juxtaposer les angles du papier. Debout, appuyée à sa table, elle montre un visage dur et contracté. Entre Mérotte.*

SCÈNE XII

PIERRETTE, MÉROTTE.

MÉROTTE.

Me voilà, mademoiselle... Vous savez que la mère Pincettes est morte ?

PIERRETTE.

Oui, je sais.

MÉROTTE.

Et voilà !...

PIERRETTE.

Cela ne t'émeut pas davantage ?

MÉROTTE.

Bah ! Elle pouvait mourir.

PIERRETTE.

Et pourquoi ?

MÉROTTE.

Ben... personne n'avait besoin d'elle, n'est-ce pas ?

PIERRETTE,

C'est vrai.

MÉROTTE, gaiement.

Voilà, mademoiselle Pierrette : je venais vous demander si ce serait un effet de votre bonté de me donner du travail.

PIERRETTE.

Du travail ? Mais n'en as-tu pas à l'usine ?

MÉROTTE.

Je voudrais un petit travail de couture, pour le soir... Quand j'ai été reprendre mon petit à la garde et que je l'ai couché dans son petit berceau, j'aime bien rester à côté de lui, à l'entendre dormir. Et je suis contente surtout si je travaille pour lui.

PIERRETTE.

Tu n'es pas fatiguée après ta journée ?

MÉROTTE.

Je ne sens plus ma fatigue à ce moment-là. Je pense qu'avec ce que je suis en train de gagner, je pourrai lui acheter quelque chose : une belle robe, un ruban, un joujou, ou mettre un petit billet dans sa tirelire pour quand il sera grand.

PIERRETTE.

Tu t'occupes déjà du temps où il sera grand ?

MÉROTTE.

Oui. D'y penser, ça m'aide à vivre.

PIERRETTE.

Je comprends.

MÉROTTE.

Alors, voilà, je sais un petit peu coudre. Bien sûr, je ne parle pas de vous faire vos belles robes, mais des raccommodages... ou tenez, par exemple, des torchons à ourler... Je m'en tirerais très bien... Je vous ai apporté un échantillon de ce que je peux faire, vous allez voir...

C'est deux petits tabliers blouses que j'ai finis hier soir,
pour lui.

PIERRETTE.

Pour lui ?

MÉROTTE.

Mais oui, pour lui. (*Tout en défaisant son paquet.*) Je
voudrais que vous puissiez voir comme il est gentil là-
dedans... Voilà... (*Elle prend des deux mains, par les
épaulettes, un petit tablier qu'elle fait danser comme si
l'enfant était dedans et danse elle-même en ployant les
genoux, d'une façon ridicule et charmante.*) Regardez,
regardez, mademoiselle... Et quand je le fais sauter
comme ça, il rigole de toutes ses forces... Vous voyez,
mademoiselle, c'est bien cousu, et il a des petites poches
pour mettre ses mains dedans, comme une dame... Alors,
vous voyez que je puis faire des petits ouvrages dans ce
genre-là. Je vous les soignerai bien et vous me donnerez
ce que vous voudrez.

PIERRETTE.

C'est convenu... et j'ajouterai une petite piécette pour
la tirelire.

MÉROTTE.

Merci, mademoiselle, je lui dirai que c'est de votre
part.

*Elle plie le petit tablier après l'avoir admiré une
fois de plus au bout de ses bras tendus.*

PIERRETTE, *riant.*

Ça lui sera bien égal...

MÉROTTE.

Si vous voulez... Il comprend déjà bien des choses, je
vous assure, mais il ne le laisse pas voir toutes les fois.

PIERRETTE.

Alors, il est amusant ?

MÉROTTE.

Vous pouvez le dire. Il n'est bien qu'avec moi... La mère Vincent qui le garde, n'est-ce pas, c'est elle qui lui donne la becquée, eh bien ! malgré ça, quand il me voit, elle n'est plus que de la crotte de chien.

PIERRETTE.

C'est la moindre des choses. Enfin, tu es contente de l'avoir. Tu as été bien battue par tes parents, pourtant, avant sa naissance. Et depuis, tu as beaucoup de peine pour l'élever ?

MÉROTTE.

Oui.

PIERRETTE.

Avant d'entrer à l'usine, il fallait trimer dur ?

MÉROTTE.

Je lavais par terre chez les uns et les autres.

PIERRETTE.

Et puis tu portais des charges de bois.

MÉROTTE.

Oui.

A chacun de ses « oui », sa gaieté s'est augmentée.

PIERRETTE.

Et tu ne mangeais pas toujours à ta faim.

MÉROTTE, *en éclatant de rire.*

C'est pourtant vrai ! C'est pourtant vrai ! Mais voyez-vous, mademoiselle, un gosse, c'est comme tout, plus ça vous coûte, plus on y tient.

PIERRETTE, *intéressée, pressante, ardente.*

Enfin, pourrais-tu dire pourquoi tu l'aimes tant ?

MÉROTTE.

En voilà une question ! Parce que c'est mon fils !

PIERRETTE, *les yeux fixes.*

Oui, parce qu'il est ta chair, parce qu'il est toi-même.

MÉROTTE.

C'est moi, oui. C'est moi, et quelque chose de plus.

PIERRETTE, *de même.*

Tu es heureuse, hein, quand tu le tiens dans tes bras, quand tu sens sa chaleur à travers les vêtements ?

MÉROTTE.

Un petit à soi ! Quand on n'a pas passé par là, on ne sait pas ce que c'est !

PIERRETTE.

Et le père ?

MÉROTTE, *naïvement.*

Quel père ?

PIERRETTE.

Mais... son père.

MÉROTTE.

Son père !... Il peut courir.

PIERRETTE.

S'il revenait ?

MÉROTTE.

Je lui montrerais la porte. Je veux mon petit pour moi toute seule. (*Pendant ce qui précède, elle a fini de faire son paquet.*) Là...

PIERRETTE.

Reviens ce soir, je t'aurai préparé du travail.

MÉROTTE.

Merci, mademoiselle, merci... Je vais aller lui dire un petit bonjour en passant. Au revoir, mademoiselle Pierrette !

Elle sort en courant. Pierrette la suit des yeux.

RIDEAU.

ACTE TROISIÈME

Chez madame Nizier, à Grenoble. Salon d'autrefois. Juillet.

SCÈNE PREMIÈRE

MADAME NIZIER, PIERRETTE. *Au lever du rideau, madame Nizier fait de la tapisserie à points comptés. Elle chantonne un air des* Huguenots : *par exemple celui-ci :*

> Une dame noble et sa-a-a-age
> Dont les rois seraient ja-a-loux...

Après un moment, entre Pierrette, gaie.

PIERRETTE.

Eh bien, maman, je crois que tu avais raison.

MADAME NIZIER, *riant et comptant les points de son modèle avec une épingle.*

J'ai toujours raison.

PIERRETTE.

Enfin, cette fois, c'est moi qui l'aurai constaté la première.

MADAME NIZIER.

Bien !... Larde-moi d'épigrammes... Et en quoi ai-je raison ?

PIERRETTE.

Tu n'as rien remarqué, chez madame de Salnage, hier soir ?

MADAME NIZIER, *plus sérieuse.*

Oh ! si. Et j'aurais voulu que tu sois plus raisonnable.

PIERRETTE.

Il n'est pas question de moi.

MADAME NIZIER.

Je voulais précisément...

PIERRETTE.

Il est question de Caroline.

MADAME NIZIER.

Tu m'as beaucoup contrariée.

PIERRETTE.

Il est question de Caroline et de Brassol. Je parie que tu n'as rien vu.

MADAME NIZIER.

J'ai vu plus de choses que tu ne le crois.

PIERRETTE.

Au sujet de Caroline et de Brassol ?

MADAME NIZIER.

Au sujet de Caroline et de Brassol, aussi.

PIERRETTE, *disant volontairement une énormité.*

Tu crois qu'elle est sa maîtresse ?

MADAME NIZIER, *sursautant.*

Oh !

PIERRETTE, *faisant l'innocente.*

Qu'est-ce que tu as ?

MADAME NIZIER.

Je ne peux pas me faire à l'audace de tes plaisanteries.

PIERRETTE.

Je ne suis pas jalouse !

MADAME NIZIER.

Tu es sotte, voilà ce que tu es.

PIERRETTE.

Pour parler sérieusement, je crois qu'il y a promesse de mariage entre eux.

MADAME NIZIER.

A leur âge ?

PIERRETTE.

N'abîme pas mon Brassol, on voulait me le faire épouser il y a trois mois, pas plus.

MADAME NIZIER, *s'arrêtant de travailler et posant ses lunettes.*

Tu crois plaisanter ? Eh bien, tu dis la vérité en riant, voilà mon avis.

PIERRETTE.

Je ne ris pas. Et je viens de recevoir un coup de téléphone qui me fait penser que nous allons avoir, dans un moment, la confirmation de cette nouvelle.

MADAME NIZIER.

Un coup de téléphone ?

PIERRETTE.

De Caroline, qui me demande si elle peut venir nous voir.

MADAME NIZIER.

Il n'y a pas là...

PIERRETTE.

Attends... Avec monsieur Brassol.

MADAME NIZIER.

Eh ! Eh !

PIERRETTE.

Et sa voix était presque devenue celle d'une petite fille.

MADAME NIZIER.

Et elle est, en effet, curieuse à observer depuis quelque temps.

PIERRETTE.

Brassol a jadis été frappé en apprenant que Caroline était la fille de la baronne de Salnage...

MADAME NIZIER.

Et madame de Salnage, en effet, les couvait, hier soir, d'un œil maternel... Mais tu as beau me raconter des histoires étonnantes...

PIERRETTE.

Exprès...

MADAME NIZIER.

Tu n'échapperas pas à la gronderie que tu as méritée.

PIERRETTE.

Moi ?

MADAME NIZIER.

Ne fais pas l'innocente. Je ne plaisante pas. Tu m'as chagrinée et tu as gêné tout le monde, y compris, je crois bien, ton amie l'anarchiste.

PIERRETTE.

Caroline ?

MADAME NIZIER.

Elle-même. Alors, tu juges !

PIERRETTE.

Qu'ai-je fait ?

MADAME NIZIER.

Tu le sais bien.

PIERRETTE.

Pas du tout.

MADAME NIZIER.

Allons, allons !

PIERRETTE, *contrefaisant toujours l'innocente.*

Je cherche... Serait-ce par hasard lorsque j'ai défendu la liberté, pour une femme, d'être mère en dehors du mariage ?

MADAME NIZIER.

Tu énonces ces énormités avec une révoltante candeur. Et encore, maintenant, on voit bien que tu plaisantes, mais hier soir, ma parole, tu avais l'air d'être sincère.

PIERRETTE.

Je l'étais et je le suis.

Elle devient grave peu à peu.

MADAME NIZIER.

Oh !... Et ta comparaison entre la fille-mère et la femme...

PIERRETTE.

Elle est tout à l'avantage de la première. Entre une fille-mère et une femme mariée volontairement stérile, mon respect ne va pas à l'épouse légitime.

MADAME NIZIER.

Tu présentes les choses d'une telle façon qu'on ne sait quoi te répondre.

PIERRETTE.

Parce qu'il n'y a rien à répondre. Voyons... Tu ne nieras pas qu'autrefois il arrivait souvent qu'un homme noble prenait une femme simplement pour avoir un enfant, pour perpétuer sa lignée, et la délaissait ensuite.

MADAME NIZIER.

Je ne dis pas.

PIERRETTE.

Pourquoi, aujourd'hui, une femme ne prendrait-elle pas un homme pour avoir également un enfant et ne le remettrait-elle pas dans la circulation après en avoir obtenu le résultat désiré ?

MADAME NIZIER.

Tu es abominable !

PIERRETTE.

Je suis logique.

MADAME NIZIER.

Une femme qui veut être mère n'a qu'à se marier.

PIERRETTE.

Le moyen n'est pas infaillible.

MADAME NIZIER.

Mais tais-toi donc !

PIERRETTE.

Pourquoi me faire taire lorsque je formule les idées les plus simples et les plus sensées ?

MADAME NIZIER.

Si tu avais vu la figure de madame de Salnage en t'entendant dire cela, hier soir...

PIERRETTE.

Je l'ai vue. Elle avait exactement les traits de l'hypocrisie sociale. Moi, je dis que chacun de nous est maître de soi. Et la fille qui veut être mère, sans avoir à supporter un mari, a bien le droit d'agir en conséquence.

MADAME NIZIER.

Et dire qu'il faut entendre cela !

PIERRETTE.

Allons, maman, bien sincèrement, tu n'es pas de mon avis ?

MADAME NIZIER.

Mais tu me manques de respect rien qu'à me le demander !

PIERRETTE.

Remarque bien que je ne parle pas d'une fille séduite, trompée, abandonnée, mais d'une jeune fille réfléchie...

MADAME NIZIER.

Consciente ! Tu vas dire consciente !

PIERRETTE.

Mais oui... A ton avis, comment son action serait-elle jugée ?

MADAME NIZIER.

Comme une cochonnerie !... Voilà que je vais finir **par** parler le langage mcderne, moi !

PIERRETTE.

Alors, je te réponds dans les mêmes termes. La cochonnerie, c'est de faire l'amour, dans le mariage ou hors du mariage, en se gardant d'avoir jamais un enfant ! Mais celles qui agissent ainsi, on les respecte, tandis qu'on mépriserait une fille qui n'aurait voulu que les responsabilités et les joies de la maternité... Enfin, une jeune fille de notre monde qui ferait cela, comment la jugerait-on, à Grenoble ?

MADAME NIZIER.

A Grenoble et partout, elle serait mise au ban de la société, on ferait le vide autour d'elle et de sa famille... Elle serait isolée et méprisée à tout jamais.

PIERRETTE.

Alors, elle n'aurait qu'à s'expatrier ?

MADAME NIZIER.

Parfaitement.

PIERRETTE.

C'est ce que je pensais... Eh bien, à mes yeux, elle ne mériterait ni mépris, ni condamnation publique si elle était décidée, mais bien décidée, à tous les efforts et à tous les sacrifices pour élever l'enfant qu'elle aurait voulu !

MADAME NIZIER, *après l'avoir regardée pendant quelques instants.*

Ma parole ! Tu parlerais pour toi que tu n'y mettrais pas plus de feu !

Entre Lisa.

LISA.

Monsieur Brassol et mademoiselle Caroline Legrand demandent à dire un mot à ces dames.

MADAME NIZIER.

Priez-les d'entrer.

SCÈNE II

MADAME NIZIER, PIERRETTE, BRASSOL, CAROLINE LEGRAND. *Entrent Caroline Legrand et Brassol. Ils sont légèrement changés, Brassol plus réservé, plus timide. Caroline Legrand moins exubérante. Toilette plus féminine. Elle n'est pas à la mode, mais elle n'a rien de ridicule. Elle paraît rajeunie. Pendant toute la première partie de la scène, où Brassol parle presque seul, il aura, à plusieurs reprises, des regards à Caroline Legrand, solliciteurs d'approbation. Plus tard, Caroline Legrand fera de même à l'égard de son fiancé.*
Salutations. Caroline Legrand va s'asseoir très modestement auprès de Pierrette.

BRASSOL, *on sent à ses premières phrases qu'il récite une leçon dictée par Caroline.*

Madame et mademoiselle, nous avons tenu, mademoiselle Legrand de Salnage et moi, à ce que vous fussiez les premières instruites d'une détermination qui nous... (*Se reprenant.*) qui me remplit de joie.

MADAME NIZIER *et* PIERRETTE.

Très flattées, cher monsieur, nous supposons...

BRASSOL.

Attendez... Mais avant de vous la faire connaître, je dois, (*A Pierrette.*) mademoiselle, m'excuser auprès de vous de l'insistance avec laquelle j'ai sollicité un honneur dont je me sens indigne.

Il s'arrête comme un enfant qui a achevé sa leçon et regarde Caroline Legrand.

PIERRETTE.

Mais, monsieur Brassol, je me suis au contraire sentie très honorée de votre recherche.

BRASSOL, *plus naturel.*

Non... Je devais bien me douter que j'étais trop vieux pour vous. (*Il s'aperçoit de sa gaffe et s'arrête.*) Heureusement, mademoiselle de Salnage... Je n'avais pour moi que ma fortune : elle ne vous a pas séduite... Heureusement, mademoiselle de Salnage... (*A pleine voix, voulant se rattraper.*) Enfin, j'ai compris que vous étiez encore trop jeune pour moi.

PIERRETTE.

Et vous n'avez pas eu la patience d'attendre que je sois à point.

BRASSOL.

... D'autant plus que moi-même, n'est-ce pas... Mademoiselle de Salnage réunit toutes les qualités que je recherchais, elle a bien voulu fermer les yeux sur mes défauts et nous nous sommes fiancés.

MADAME NIZIER.

Je vous fais mon compliment bien sincère à tous deux.

PIERRETTE.

Vous épousez une amie très chère à moi. Je connais les grandes et rares qualités de son cœur.

MADAME NIZIER, *à Caroline Legrand.*

Et vous, mademoiselle, un brave homme dans toute la force du terme.

CAROLINE LEGRAND, *dans un rêve.*

Quelqu'un qui m'aurait, il y a seulement trois mois, prédit ce qui m'arrive...

Elle regarde Brassol comme si elle le voyait pour la première fois, mais avec sympathie.

BRASSOL.

Je suis très fier qu'une personne de sa condition...

CAROLINE LEGRAND, *doucement, l'arrêtant.*

Mon ami...

BRASSOL.

Ma future belle-mère, madame la baronne de Salnage...

CAROLINE LEGRAND.

Mon ami, voulez-vous me permettre de faire connaître à ces dames la seconde des nouvelles que nous venions leur annoncer.

BRASSOL.

Faites, ma chère amie, faites. Je vous demande pardon.

CAROLINE, *à madame Nizier.*

Monsieur Brassol me donne en cadeau de noce une somme importante en me priant de l'employer comme commandite pour la réalisation du grand projet de Pierrette.

MADAME NIZIER.

Oh! que je suis contente! Oh! que c'est aimable à vous, monsieur Brassol! Pierrette, tu as entendu?

PIERRETTE, *redevenue grave.*

Je vous remercie de tout mon cœur, monsieur Brassol. Et vous aussi, Caroline, mais...

MADAME NIZIER.

Il ne faut pas de « mais »... Tu as besoin d'activité. Tu as bien voulu me sacrifier ton voyage en Norvège. Tu as bien fait. Depuis que tu es ici, je suis beaucoup mieux.

Je ne veux pas que, pour moi, tu renonces à ce grand travail qui t'a passionnée si fort.

PIERRETTE.

Je vous remercie, monsieur Brassol, mais je ne puis accepter.

BRASSOL.

Oh ! mademoiselle !

MADAME NIZIER.

Comment, tu ne peux... Eh bien, moi, j'accepte pour toi.

PIERRETTE.

Non...

MADAME NIZIER.

J'accepte pour toi, je te dis !

PIERRETTE.

Maman, je te supplie de ne pas insister.

MADAME NIZIER.

Donne tes raisons.

PIERRETTE, allant près de sa mère.

Il y a sur le guéridon, dans ta chambre, une lettre que je t'ai écrite et où tu trouveras les motifs de mon refus.

MADAME NIZIER.

Une lettre ?

PIERRETTE.

Une lettre.

MADAME NIZIER.

De toi ?

PIERRETTE.

De moi.

MADAME NIZIER.

A moi ?

PIERRETTE.

A toi. Va...

MADAME NIZIER, *à Caroline Legrand et à Brassol.*

Tout s'expliquera certainement et je vous prie d'excuser Pierrette... Je ne vous en suis pas moins reconnaissante, monsieur Brassol.

Salutations de départ. Madame Nizier sort.

PIERRETTE, *à Brassol.*

Voulez-vous me laisser Caroline pendant quelques instants, je voudrais causer seule avec elle.

BRASSOL.

Très volontiers, mademoiselle... J'espère que vous reviendrez sur votre décision.

PIERRETTE.

Hélas ! Il n'y faut pas compter.

BRASSOL.

J'espère que ma fiancée saura trouver les arguments qui vous décideront. A bientôt, mademoiselle.

PIERRETTE.

C'est cela... Et merci encore. (*Chaude poignée de mains.*) Votre générosité et votre délicatesse m'ont profondément émue.

BRASSOL, *à Caroline Legrand.*

A bientôt.

SCÈNE III

CAROLINE LEGRAND, PIERRETTE.

CAROLINE LEGRAND.

Ma bonne petite Pierrette ! (*Elle l'embrasse.*) Crois-tu, ce qui m'arrive !... Tu ne dois plus me reconnaître... me

voilà sentimentale!... Enfin, je tâcherai de m'y habi-
tuer... Ce n'est pas plus désagréable que cela, d'ailleurs...
Mais pourquoi refuses-tu cette commandite ?

PIERRETTE.

Je vous le dirai tout à l'heure.

CAROLINE LEGRAND.

Tu ne voudrais pas me tutoyer ?

PIERRETTE.

Oh ! si !... Mais elle est charmante, ma Caroline ! Je te
le dirai tout à l'heure... Parlons de toi... tu entends ?...
de toi... Quelle aventure !

CAROLINE LEGRAND.

Crois-tu !

PIERRETTE.

Mais comment cela s'est-il fait ?

CAROLINE LEGRAND.

Je n'y comprends rien. J'en suis tout abasourdie... En
trois mois ! Que d'événements !

PIERRETTE.

Enfin, comment !...

CAROLINE LEGRAND.

Curieuse !... Voilà... Je voyais bien qu'il avait pour moi
mille prévenances. J'ai commencé par en être fortement
agacée, et je ne le lui ai pas caché. Il ne s'est pas rebuté,
et j'ai fini par ne rien dire... Ça a commencé réellement
par un bouquet. Je crois bien qu'il est le premier
homme qui m'ait envoyé des fleurs. Je ne me serais
jamais doutée, avant, de l'importance que peut prendre
l'envoi d'un bouquet pour celle qui le reçoit... Quand
j'ai compris qu'il me faisait la cour (que c'est drôle de
m'entendre dire ces mots-là !) j'ai d'abord cru qu'il se
moquait de moi, puis j'ai eu envie de rire... Mais ça n'a
pas duré, ma pauvre Pierrette !... Sans doute, j'avais au

fond du cœur des vieilles choses charmantes que j'ignorais et qui se sont réveillées... On va se moquer de moi, hein ?

PIERRETTE.

Tu es délicieuse !

CAROLINE LEGRAND.

... A mon âge !... Et au sien... Je sais bien que nous sommes ridicules... lui surtout... ou moi... Enfin, qu'est-ce qu'on va dire, en ville ?... Seulement, tout de même, celui ou celle qui se moquera de moi de trop près s'apercevra que l'ancienne Caroline Legrand n'est pas morte !

PIERRETTE.

Tant mieux !

CAROLINE LEGRAND.

Maintenant, dis-moi pourquoi tu refuses l'offre de Brassol ?

PIERRETTE.

Parce que je ne reste pas ici.

CAROLINE LEGRAND.

Tu ne...

PIERRETTE.

Je ne puis pas rester ici.

CAROLINE LEGRAND.

Tu ne peux pas...

PIERRETTE.

Il me faut être au loin.

CAROLINE LEGRAND.

Parce que ?

PIERRETTE *se cache la figure dans le cou de Caroline Legrand et lui dit quelques mots à l'oreille.*

Voilà...

Un long silence embarrassé.

CAROLINE LEGRAND, *à mi-voix*.

Oh ! (*Un long silence.*) Henri ?

PIERRETTE, *de même*.

Henri.

CAROLINE LEGRAND.

Oui...

PIERRETTE.

J'ai trouvé, en Suisse, une petite pension où l'on reçoit celles qui sont dans mon cas. J'ai des économies... Assez pour y attendre la naissance de mon enfant et quelques mois encore.

CAROLINE LEGRAND.

Après ?

PIERRETTE.

Après ? Je chercherai du travail à Genève, dans les Pyrénées... en Norvège, à la rigueur, et j'élèverai mon petit dans la paix et dans la joie.

CAROLINE LEGRAND.

Quand pars-tu ?

PIERRETTE.

Demain.

CAROLINE LEGRAND.

Et... ta mère... les tiens ?

PIERRETTE.

Je voulais d'abord m'en aller sans rien dire en laissant seulement une lettre à maman et une à Madeleine. Mais il m'a paru que ce départ aurait l'air d'une fuite et qu'il manquerait de dignité, de fierté, de courage. Madeleine a reçu sa lettre ce matin et maman lit la sienne en ce moment même... Mais je suis un peu déconcertée. J'ai mis en pratique nos théories. Je croyais que tu allais me sauter au cou... me louer de mon évasion... La Caroline Legrand d'il y a trois mois l'eût déjà fait. Tu as donc oublié les belles choses que nous avons lues sur le droit à la maternité ?

CAROLINE LEGRAND.

Je suis un peu comme une mère qui, après avoir appris à nager à son enfant, éprouverait mille angoisses à le voir s'éloigner du rivage.

PIERRETTE.

Tu as peur que je me noie... Tu approuvais si fort notre petite ouvrière Mérotte !

CAROLINE LEGRAND.

Elle ne faisait pas, comme toi, partie de moi-même.

PIERRETTE.

Alors, tu me désapprouves ?

CAROLINE LEGRAND.

A l'heure qu'il est, je ne puis que t'approuver. Et je me reproche de ne pas mieux accepter la part de responsabilité que je puis avoir dans ton acte. Une théorie qu'on expose, c'est une pierre qu'on lance : on ne sait pas où elle tombera et si ce ne sera pas sur la tête de l'un des siens.

PIERRETTE, *se forçant à rire*.

Caroline ! Le mariage ne te réussit pas ! Les apôtres doivent rester célibataires, décidément.

CAROLINE LEGRAND.

En tout cas, ma chérie, je t'aiderai de toutes mes forces.

PIERRETTE.

Garde-moi toute ton affection, je ne te demande rien de plus. Je compte bien n'avoir besoin de l'aide de personne. Va. Je comprends tes scrupules. Mais j'ai besoin de tout mon courage pour le rude assaut que va me livrer ma mère. Je te promets que je saurai me défendre mieux que je ne l'ai fait jadis.

CAROLINE LEGRAND.

Jure-moi malgré tout que, si par malheur tu te trouvais un jour dans une crise, tu m'appellerais avant tout
autre.

PIERRETTE.

Je te le promets.

CAROLINE LEGRAND.

Je tiens à te revoir avant ton départ.

PIERRETTE.

Moi aussi. Reviens tantôt. Voici maman.

> *Elle l'accompagne à la porte. Elles s'embrassent*
> *fiévreusement. Madame Nizier est entrée. Elle*
> *s'est assise, accablée, auprès de la table. Pierrette*
> *s'approche d'elle, résolue, presque agressive.*

SCÈNE IV

MADAME NIZIER, PIERRETTE.

MADAME NIZIER, *lui tendant les bras.*

Ma pauvre petite ! Ma pauvre petite fille !

PIERRETTE, *désarmée, se met à ses genoux.*

Maman ! Maman !

> *Elle pose sa tête sur le sein de sa mère. Toutes*
> *deux restent silencieuses pendant quelque*
> *temps.*

Relève-toi. C'est toi !... Toi... (*Ses mains soutiennent sa*
tête grise.) Oh ! Pierrette !... Mon enfant.

> *Pierrette, debout, toute droite, décontenancée, est*
> *suffoquée d'émotion.*

PIERRETTE, *d'une voix étranglée, sans intonation, sans savoir ce qu'elle dit.*

C'est ma lettre... Tu as lu ma lettre...

MADAME NIZIER.

J'ai lu ta pauvre lettre... ta lettre déchirante... Oui, j'ai lu ta terrible lettre... J'ai une grande pitié, une grande pitié... Le malheur est tombé sur nous... Tu as été folle, et tu vas payer durement ta folie... Je te vois promise à tant de malheurs, que ma pitié a tué ma colère...

PIERRETTE.

Mais non ! Mais non !

MADAME NIZIER.

Toute ta vie et toute la mienne sont bouleversées.

PIERRETTE.

Mais non ! Mais non !

MADAME NIZIER.

Nous étions maintenant si heureuses... Tu es si gentille pour moi depuis que tu es revenue !

PIERRETTE.

Toi, maman, tu t'es montrée si bonne !

MADAME NIZIER.

Oui. J'ai fait de mon mieux. J'avais du remords de l'avoir empêchée de partir pour la Norvège... J'ai compris ce que tu m'as sacrifié et j'ai voulu te rendre la vie agréable pour que tu n'aies plus l'idée de me quitter... Et voilà !

PIERRETTE, *dans le même sentiment.*

Il n'y a pas que de ma faute.

MADAME NIZIER.

Quelle catastrophe ! Quand on saura cela !

PIERRETTE.

On ne le saura pas...

MADAME NIZIER.

Quels affronts on va nous faire !

PIERRETTE.

Mais non !

MADAME NIZIER.

Je ne vais plus jamais oser sortir.

PIERRETTE.

Je te demande pardon... Tu es bonne.

MADAME NIZIER.

Il y a peut-être de ma faute... Si je t'avais laissée t'en aller... Enfin ! (*Se redressant un peu.*) Il faut voir comment nous pourrons nous tirer de là le moins douloureusement possible. Comment ? Pierrette, que va-t-on faire ?...

PIERRETTE.

Je ne sais plus... Figure-toi, maman, je croyais que tu allais me maudire...

MADAME NIZIER.

Tu peux croire que j'en ai eu envie.

PIERRETTE.

Me traiter comme la dernière des dernières. Je m'étais armée contre ta colère, mais devant ta tendresse, je suis toute troublée... Je suis pourtant bien certaine d'avoir le droit d'agir comme je l'ai fait...

MADAME NIZIER.

Ça c'est autre chose... Dans tous les cas, il y a dans ta lettre des mots qui obligent au pardon.

PIERRETTE.

Que tu es bonne !

MADAME NIZIER.

Je suis ta mère... Tu verras plus tard tout ce qu'il peut

y avoir de faiblesse et d'indulgence dans le cœur d'une maman... En temps ordinaire, on peut être égoïste, geignarde, exigeante comme je l'étais... Quand le malheur arrive, on n'est plus qu'une bête qui défend son petit... (*Un silence.*) Comment allons-nous sortir de là ?...

PIERRETTE.

Je te l'ai dit...

MADAME NIZIER.

Tu as écrit à Madeleine ?

PIERRETTE.

Quelques lignes seulement.

MADAME NIZIER.

Elle ne nous donnera aucune idée. Son mari peut-être...

PIERRETTE, *se ressaisissant un peu.*

Mais je n'ai besoin de personne... J'ai de quoi vivre en Suisse pendant plus d'une année ! Je ne demande aucun secours.

MADAME NIZIER.

Ce misérable ne t'a pas écrit ?... (*Silence.*) Henri ?

PIERRETTE.

Si. J'ai brûlé ses lettres sans les ouvrir.

MADAME NIZIER.

Elles venaient bien de là-bas ?

PIERRETTE.

Oui.

MADAME NIZIER.

Tu en es sûre...

PIERRETTE.

Le timbre des enveloppes...

MADAME NIZIER.

C'est que... Brassol m'a dit avoir lu son nom sur la liste des passagers d'un bateau de retour.

PIERRETTE.

Ce n'est pas possible !

MADAME NIZIER.

Je ne comprends pas que, s'il est marié, il n'ait pas envoyé une dépêche le jour de la cérémonie. Qui sait si...

PIERRETTE.

Tu oublies que mon oncle et lui se sont quittés fâchés ; lui, en jurant de ne jamais nous revoir...

MADAME NIZIER.

Oh ! ces serments-là... Si Henri...

PIERRETTE.

Ne me parle pas de lui. Je le hais de toutes mes forces.

MADAME NIZIER.

Tu le hais ?

PIERRETTE.

Oui !... Par moment, je m'imagine que j'ai commis un crime et je le hais comme on peut haïr un complice méprisé. Heureusement, je sais comment me racheter si j'ai besoin d'être rachetée. J'ai toute ma vie à consacrer à mon enfant... Je sais que je lui devrai le bonheur. Le seul bonheur que je veux est celui qu'un enfant peut donner. Je l'aurai, ce bonheur-là... Je n'ai jamais envié personne comme j'ai envié Mérotte, un jour qu'elle faisait danser devant moi le tout petit tablier qu'elle avait cousu pour son enfant.. Moi aussi, je vais avoir à coudre une layette... pour mon fils... Si tu avais entendu Mérotte dire : « Mon fils ! »

MADAME NIZIER.

Je sais... je sais... je sais... Quand je croyais que tu te marierais, j'ai fait des rêves comme les tiens et je disais : « Mon petit-fils ! »

PIERRETTE.

Toute ma vie est à lui ! Je ne vis que pour l'amour de
celui qui va naître. Et plus il m'aura coûté de chagrins,
de douleurs, de souffrances, plus je l'aimerai... (*Rayonnante.*) Un enfant... à moi... à moi... (*Presque féroce.*)
A moi toute seule !

MADAME NIZIER.

Oui... Qui sait ?... Alors, tu vas le mettre au monde
loin d'ici, loin de moi ?

PIERRETTE.

Pas si loin, je t'ai dit en Suisse.

MADAME NIZIER, *d'une voix profonde et timide.*

Et il ne t'est pas venu à l'idée de me demander de
t'accompagner ?

PIERRETTE.

Tu ferais cela ?

MADAME NIZIER, *ne disant pas tout ce qu'elle pense,
et dans une grande tendresse.*

Tu seras mieux de ne pas être seule... Moi aussi... Et
puis, en me voyant avec toi, on croira plus facilement
les histoires que nous serons obligées d'inventer. Veux-
tu de moi ?

PIERRETTE.

Oh ! maman ! maman !
> *Etreinte. Entre Madeleine, grave.*

MADAME NIZIER.

Madeleine !

PIERRETTE.

Qu'y a-t-il ?

MADELEINE.

Rien. Rien de triste, tout au moins. (*A madame Nizier.*)
Mère, François est venu avec moi. Il est au salon. Il a
besoin de vous parler. Tout de suite.

MADAME NIZIER.

Bien. J'y vais.

*Elle sort. Un long silence jusqu'au moment où elle
aura fermé la porte derrière elle.*

SCÈNE V

MADELEINE, PIERRETTE.

MADELEINE, *un peu sévère.*

Ma pauvre chérie!... Je ne te fais pas de reproches,
mais comme je te plains!

PIERRETTE, *sans force.*

Ne me plains pas.

MADELEINE.

Est-il possible que toi... Toi!... Tu as été folle, ma
pauvre petite sœur.

PIERRETTE, *qui a perdu son assurance.*

Peut-être. Je ne sais plus... Oui, peut-être, en effet, ai-je
été folle... C'est possible. Mais si j'ai besoin d'excuse...
Rappelle-toi. Tout a conspiré, ce jour-là, à me rendre
folle. Rappelle-toi... Vous veniez, maman, ton mari et
toi, de briser ma volonté. Par une violence sentimentale,
vous m'aviez arraché le renoncement à la vie plus libre
à laquelle j'aspirais. Tu m'avais repris ta fille... Tu
m'avais repris Mireille. La demande de Brassol m'avait
cruellement fait sentir mon âge. Lui, Henri, partait...
J'ai eu tout d'un coup la révélation de mon avenir. Ma
destinée s'est montrée à moi : mourir comme est morte
cette pauvre vieille à côté de son chat crevé, après avoir

vécu comme Caroline Legrand... Et Mérotte, elle, était si
complètement, si agressivement heureuse ! J'ai eu peur
de la solitude qui m'était promise. Je n'ai pas voulu
d'une vie sans amour et sans responsabilités. Je n'ai pas
voulu que personne n'ait besoin de moi... Je n'ai pas
voulu vieillir sans avoir à serrer contre moi un être à
moi, un être pour qui je compte, un être qui me doive
quelque chose ! Les bras vides, c'est effroyable ! Je n'ai
pas voulu vivre les bras vides !... Et lui, Henri, était là,
lui, que j'aurais voulu pour mari, lui que j'aimais et qui
allait partir pour apporter ma part de bonheur à une
étrangère... Il partait, pour toujours... tu entends... le
lendemain pour toujours... Je ne devais plus le revoir.
Jamais je ne devais le revoir, tu entends. Jamais il ne
serait devant moi pour me reprocher mon action. J'ai
entrevu une autre existence... J'ai voulu être mère... Je
te dis cela. Tout est moins simple, moins direct... Il y
a eu cet état d'esprit. Mais pas cela seulement. Lorsque
j'ai trouvé un prétexte pour aller dans sa chambre, je
n'ai pas agi pour réaliser un projet aussi nettement dé-
libéré. J'éprouvais surtout — sais-tu quel sentiment ? —
de la colère contre lui, contre vous tous, contre tous.
J'étais indignée de voir à quel sort j'étais vouée... de la
révolte contre le destin, contre tout... Ne crois pas que je
l'aie abordé avec des mots d'amour. Je lui ai jeté des
railleries, des sarcasmes, des allusions blessantes à ses
bonnes fortunes. Sa surprise, sa réserve m'ont exaspérée
et poussée à plus d'audace... Alors, il a perdu la raison...
Et, à ce moment même, moi, j'ai retrouvé la mienne,
j'ai vu subitement l'abomination de ce que je faisais. J'ai
voulu me reprendre, m'échapper... Il y a eu entre nous
une lutte sauvage, silencieuse, silencieuse, c'en était effroyable... la lutte des bêtes. Une femelle, un mâle, voilà
ce que nous étions. Et cette horreur s'est terminée par
une sorte de viol auquel les instincts primitifs qui sont
restés en nous m'ont amenée à consentir ! Et il vou-

lait ne plus partir ! Je me serais tuée. Il l'a compris. Mes remords, je ne te les dis pas : je n'ai pas le dessein de t'apitoyer. Enfin, peu à peu, j'ai réussi à me convaincre que je n'étais pas sans excuse, si j'en avais besoin d'une. Si j'avais quelque chose à racheter, je pouvais me racheter. L'idée de me vouer à mon enfant m'a donné la paix... Alors, tu comprends bien, cette paix, je ne puis pas accepter qu'on vienne la troubler. Je l'ai gagnée. Je pars.

MADELEINE.

Tu es moins malheureuse qu'on ne pouvait craindre. Henri est de retour.

PIERRETTE.

Henri !

MADELEINE.

Il vient pour t'épouser.

PIERRETTE.

Jamais ! Jamais !... Ecoute. Un jour, il m'a raconté l'histoire de je ne sais quelle jeune fille qui, pour se faire épouser, s'est offerte à lui... Alors, il croirait que, moi, j'ai fait comme celle-là dont il m'a parlé avec tant de mépris ?

MADELEINE.

Il t'aime, il ne pensera pas à cela.

PIERRETTE.

J'y penserai, moi... Et à la moindre scène, à la moindre parole moins affectueuse, je croirai saisir une allusion. Je ne puis accepter l'idée de vivre toute ma vie avec quelqu'un devant qui j'aurai honte. Il m'aime aujourd'hui, dis-tu. Bien. Mais, faible comme il est, m'aimera-t-il toujours ? Et, quand il ne m'aimera plus, il se souviendra de ce qui s'est passé, il pensera que sa vie

eût été meilleure là-bas et se rappellera comment il a
été amené à en choisir une autre... Je ne veux pas qu'on
puisse me prendre pour une vieille fille qui, désespérant
de se marier, a voulu avoir un enfant pour avoir un
mari. Non ! Non ! Pas ça ! Pas ça ! Pas moi !

MADELEINE.

Que veux-tu !... Toute faute se paye.

PIERRETTE.

Mon acte ne sera une faute que si j'en tire un profit.

MADELEINE.

Tu es bien certaine, Pierrette, que ton acte n'est pas
une faute, rien que par lui-même ? Réfléchis... Je t'en
prie, réfléchis... Comment, jadis, aurais-tu jugé, toi, celle
qui aurait fait ce que tu as fait ? Je ne veux pas insister,
je ne veux pas te forcer à rougir devant moi, mais...
vraiment ?... Allons ?...

PIERRETTE.

J'accepte toutes les conséquences...

MADELEINE.

Elles seront graves et ne tomberont pas que sur toi.

PIERRETTE.

Allons donc !

MADELEINE.

Tu ne penses pas au déshonneur que tu avais jeté sur
notre famille... Tu hausses les épaules !... C'est in-
croyable... Ne parlons plus de cela. Il se trouve que tout
peut être réparé... Nous n'admettrons pas que tu refuses
à rentrer dans la régularité, alors qu'une chance inespérée te le permet.

PIERRETTE.

Vous n'admettrez pas ?... Qui donc te donne le droit
d'admettre ou de ne pas admettre quelque chose dans
ma vie ?

MADELEINE.

Je veux que tu sois une honnête femme.

PIERRETTE.

A ta manière.

MADELEINE.

Il n'y en a qu'une.

PIERRETTE.

Vraiment ! Et c'est sans doute au nom de cette honnêteté unique que tu me conseillais de me vendre à
Brassol parce qu'il apportait une commandite à ton
mari et un château à ma mère, c'est-à-dire de faire ce
que font tant de jeunes filles qui acceptent l'argent, re-
fusent l'enfant et se donnent à un mari qu'elles mé-
prisent ! Moi, j'accepte l'enfant, je repousse la fortune et
je n'épouse pas. Allons, parle, où est-elle, l'honnêteté,
la vraie ? Où sont le dévouement et la dignité ? (*Un silence. Elle marche, puis revient à sa sœur.*) Mais crois-le
bien, Madeleine, je n'aurais pas demandé mieux que de
trouver un mari. Malheureusement, il n'y en a pas eu
pour moi, de même qu'il n'y en a pas pour tant d'autres,
tant, tant !... Ceux qui ont échappé au massacre, il faut,
pour la plupart, les acheter à un prix qui est au-dessus
de mes moyens. Ce que j'ai fait, apprends-le, Madeleine,
ce que j'ai fait d'autres le feront : elles seront les volontaires de la maternité, et ces volontaires-là, il en faut,
puisque l'armée légitime se refuse à faire son devoir.

MADELEINE.

Henri...

PIERRETTE.

Et quant à Henri, qu'il retourne au Brésil !

MADELEINE.

Il n'y est allé que pour reprendre sa parole.

PIERRETTE.

Ah ! vraiment !

MADELEINE.

Il implore ton pardon.

PIERRETTE.

Je n'ai rien à lui pardonner.

MADELEINE.

Il est angoissé de remords.

PIERRETTE.

Qu'il oublie !

MADELEINE.

Il veut un nom à son enfant.

PIERRETTE, *bondissant.*

Son enfant, tu as dit « son enfant » ! Mon enfant à
moi, à moi, oui, mais rien qu'à moi ! Son enfant ! Il
prétend avoir des droits sur lui. D'où lui viennent-ils,
ces droits ?

MADELEINE

Il ne nie pas ses devoirs.

PIERRETTE.

Mais alors, des devoirs, il en a beaucoup d'autres semblables. Il a des droits et des devoirs aussi sur les enfants
qui ont pu naître de bonnes fortunes aussi passagères
dont il a été le héros et qu'il m'a presque racontées.
Parce qu'il a accepté, comme il en a accepté tant d'autres,
une étreinte fugitive, il réclamerait des droits ! L'enfant
serait à lui autant qu'à moi ! Quelle sottise ! Quelle sottise ! Un enfant appartient à sa mère, à elle seule. Plus
tard, le père peut acquérir les droits de la paternité s'il
assure la vie matérielle et morale de cet enfant. Alors,
oui, il peut se dire le père, mais jusqu'alors, non, non !
Avoir un enfant, c'est un honneur ! Et, pour être digne
de cet honneur-là, il faut le mériter ! Je sais, moi, ce que

mon petit me coûtera de douleurs, d'efforts, de sacrifices, d'inquiétudes et même d'affronts de la part de
quelques imbéciles. Tout cela, je l'ai prévu, je l'ai voulu,
et j'aurai payé d'avance la joie que j'attends de lui et
qu'il me donnera. Tu diras tout cela à Henri, si tu veux.
Ses droits! Laisse-moi rire!

MADELEINE.

Il n'est pas venu pour réclamer des droits, mais pour
implorer le pardon de ta famille et le tien.

Entre de Chalvet.

SCÈNE VI

PIERRETTE, MADELEINE, DE CHALVET,
puis MADAME NIZIER.

DE CHALVET, *allant à Pierrette et lui tendant les mains.*
Bonjour, ma pauvre et chère enfant.

PIERRETTE.

Bonjour, François...

DE CHALVET.

Madeleine vous a appris le retour d'Henri et sa demande en mariage?

PIERRETTE.

Je ne veux pas! Je ne veux pas!

DE CHALVET.

Vous devez épouser Henri.

PIERRETTE.

Non. Je n'aime pas les hommes sans courage

DE CHALVET.

Sans courage, lui ! Ses blessures...

PIERRETTE.

On peut être, hélas ! courageux devant la mort et lâche devant la vie.

DE CHALVET.

Si la vie lui a fait peur, la vie de labeur que nous lui offrions, il n'est pas sans excuses ! Il n'est pas le seul, parmi ceux qui sont revenus, parmi les combattants, il n'est pas le seul qui ait perdu, avec son sang, l'énergie et la foi dans la vie. Ils ont été vidés de force nerveuse et le spectacle qui leur a été offert à leur retour, par les gens de l'arrière, n'était pas pour les réconforter... Henri m'a dit leurs déceptions. On leur avait promis, au bout de leur chemin de douleur, une France rayonnante de bonheur et de gloire dans une humanité à jamais délivrée de la guerre. Ils avaient élevé leurs espérances à la hauteur de leurs sacrifices. Ils sont tombés de haut. D'abord, ils n'ont pas compris, ils sont restés stupéfaits. Ils ont vu la ruée à l'argent et aux plaisirs, ils ont vu l'exploitation de leurs misères par ceux qui avaient su y échapper. Comment n'auraient-ils pas reculé devant l'effort en voyant que les actes surhumains qu'ils venaient d'accomplir avaient abouti à cet abaissement dont leurs yeux ahuris ne pouvaient accepter le spectacle ! On leur reproche de se dérober devant le mariage : l'attitude des femmes et des jeunes filles n'est pas pour les y encourager. Je sais : la plupart des femmes de France ont été admirables, mais ces femmes admirables, ce sont celles qu'ils ne voyaient pas. Ils ne voyaient que les autres ! Et le plus grand crime de celles-ci a été justement de jeter le scepticisme, le doute et la désolation dans le cœur de ceux qui venaient de nous sauver. Voilà, Pierrette, voilà comment on peut répondre aux reproches que vous avez adressés à Henri. Mais il ne les mérite plus. Il n'est plus le jeune homme léger et gouailleur et désabusé que vous avez connu. Déjà, le remords avait fait de lui un être singulièrement plus haut...

PIERRETTE.

Je ne veux pas qu'on me parle de lui ! Je vous en supplie, épargnez-moi ! Par pitié ! Par pitié !

DE CHALVET.

Allons... nous reprendrons cette conversation plus tard. Vous êtes énervée, très émue, je le conçois, et vous n'avez pas la liberté de votre jugement.

PIERRETTE, rassemblant son énergie

S'il faut que nous ayons un entretien à ce sujet, s'il le faut absolument, que ce soit tout de suite... tout de suite... Je ne veux pas vivre plus longtemps dans cette fièvre, je ne veux pas subir pendant des heures encore la pression que vous voulez exercer sur ma volonté... Parlez... tout de suite... Mais je vous préviens que vous n'obtiendrez rien de moi.

DE CHALVET.

Je dois vous dire, avant tout, mon enfant, que votre attitude et votre langage ne sont pas ce qu'il conviendrait. Je ne puis plus, comme je le voulais par respect pour vous, feindre d'ignorer ce que je sais. Madeleine m'a tout dit. Je vais, je le sais, vous paraître « vieux jeu », mais je n'ai pas la prétention ni le désir de me ranger aux idées nouvelles. Au contraire. Je vous parle au nom d'un passé d'honneur, et au nom de l'honneur de ma famille, honneur compromis par vous et que je viens sauver.

PIERRETTE.

Je pars, vous n'entendrez plus parler de moi. Pour-

quoi, alors, venez-vous me tourmenter ? Tout ce que
nous avons à nous dire se réduit à ceci : je me suis sous-
traite aux tristesses d'une vieillesse solitaire. Je me ré-
signe à l'irrégularité. Henri est revenu. Vous voulez que
je l'épouse. Moi, je ne veux pas. Ai-je le droit de disposer
de moi, oui ou non ?

DE CHALVET

Non.

PIERRETTE.

Non ?

DE CHALVET.

Non. Je sais, moi, que vous êtes une victime. Mais le
monde ne le croira pas et, quoi que vous prétendiez,
vous n'êtes pas seule. Vous avez une mère, vous avez
une famille qui — quoi que vous fassiez — est solidaire
de vos actes et qui en subira le retentissement. Voilà
pourquoi je suis venu, pourquoi je devais venir.

PIERRETTE.

J'ai le droit...

DE CHALVET.

Assez parlé de vos droits. Je parle de vos devoirs. Vous
devez épouser Henri.

PIERRETTE.

Je le dois ! Pourquoi ?

DE CHALVET.

Parce que ce mariage est notre seul moyen de salut.
Malgré toutes les précautions, malgré les mensonges auxquels vous nous obligeriez, malgré le soin que vous
pourrez prendre à vous cacher, votre situation ne sera
pas ignorée autour de nous. Nous en serons tous dimi-
nués. Si, à la rigueur, on peut laisser un fou réclamer
le droit de danser dans la boue, il convient de l'arrêter

lorsqu'il éclabousse ses proches. Je viens défendre contre vous les miens, moi et vous-même. Je défends ma fille...

PIERRETTE.

Mireille...

MADELEINE.

Oui, Mireille...

DE CHALVET.

Vous n'avez pas pensé à elle, vous qui l'aimez tant ? Je défends ma fille, je vous dis, ma femme, votre mère, la famille ! Je défends nos morts !

PIERRETTE, *faiblissant.*

Laissez les morts dormir en paix !

DE CHALVET.

Ils ne dorment pas, ils vivent en nous. Tout ce que vous êtes, tout ce que je suis, tout ce que nous sommes, nous le leur devons. Notre rang social et moral, nous le devons aux sacrifices qu'a pu leur coûter l'observation de certaines règles que vous voudriez vous arroger le droit de mépriser.

PIERRETTE, *à mi-voix.*

Je connais le refrain ! La famille, la tradition, la continuité, Galaor, le fameux Galaor ! Faut-il que je retrouve encore devant moi cette image de l'obéissance aux morts !

DE CHALVET.

Les morts sont les vrais vivants. Nous, nous vivons dans nos descendants. Vous vivrez dans votre enfant et vos actes d'à présent auront leur force, leurs conséquences, leur réalisation lorsqu'il aura vingt ans, et plus tard, indéfiniment. Vous ne vous êtes point dit cela ? Vous ne pensez qu'à vous. Vous êtes donc une égoïste ?

PIERRETTE.

Si quelqu'un est égoïste dans la famille, ce n'est pas moi.

DE CHALVET.

Vraiment ! Que voulez-vous ? Que cherchez-vous ? Vous
venez de le dire : n'être pas seule plus tard, ne pas rester
des bras vides. A quel prix ? La rançon de votre geste
déraisonnable, ce sera notre réputation et plus, et surtout l'avenir de celui que vous avez appelé à la vie pour
peupler votre solitude. Eh bien, je n'admets pas que
vous imposiez à votre enfant une tare dont il ne pourra
jamais se débarrasser. Pour assurer la paix et la douceur
de votre vieillesse, vous jetez dans la vie un être qui sera
diminué, qui portera sur son acte de naissance la marque
de l'indignité de sa mère, qui sera flétri du nom d'enfant
naturel, qui, dans la société, sera une sorte de paria.

PIERRETTE.

Un paria ! Sur sept naissances à Paris, il y en a une
dite naturelle. Si ce que vous dites était vrai, les parias
s'y compteraient par centaines de mille. On ne s'en
aperçoit pas.

DE CHALVET.

Vous êtes bien certaine qu'ils ne s'en aperçoivent jamais, eux ? Et si vous avez une fille, croyez-vous qu'elle
se mariera aussi facilement avec un état civil portant la
mention : « Père inconnu » ?

MADELEINE.

Si on lui refuse celui qu'elle aimera, si on le lui refuse
à cause de ce qu'on appellera le mystère de sa naissance,
elle viendra te demander des explications. Que lui répon-
dras-tu, Pierrette ? Que pourras-tu lui dire sans rougir
devant elle et sans redouter le jugement qu'elle portera
sur toi ?

DE CHALVET.

Représentez-vous votre fils à l'âge d'homme... Com-

ment supporterez-vous son regard ? Vous n'aurez pas
voulu rester les bras vides... Il repoussera vos bras tendus ! Qu'y aurez-vous gagné ?

MADELEINE.

Tu n'auras pas voulu être seule, tu seras abandonnée.
N'est-ce pas plus douloureux...

DE CHALVET.

Allons, ma petite sœur, écoutez-nous, nous qui vous
aimons bien...

MADELEINE.

Laisse-nous te conduire...

DE CHALVET.

N'ai-je pas raison...

PIERRETTE.

Hélas !

DE CHALVET.

Ce que je vous dis, n'est-ce pas la vérité ?

MADELEINE.

N'est-ce pas vrai ?

Entre madame Nizier, très émue.

DE CHALVET, *à madame Nizier.*

Eh bien, vous l'avez vu ?

PIERRETTE, *avec effroi.*

Tu l'as vu, lui ! Il est là !

MADELEINE.

Eh bien ?

MADAME NIZIER.

Je ne sais pas, mon enfant, si tu as le cœur plus dur
que le mien, mais, moi, je n'ai pas pu garder ma force
devant cette douleur et ce repentir.

DE CHALVET.

Devant moi non plus, Pierrette, il n'a cherché à dissimuler ni à atténuer son crime.

PIERRETTE.

Son crime ! Mais moi... Mais, je...

MADELEINE.

Pierrette ! Tais-toi...

DE CHALVET.

A ses premières révélations, à ses premiers aveux, j'ai eu envie de lui sauter à la gorge. Mais je l'ai vu si abattu, si désespéré, si désireux de réparer sa faute que j'ai fini par pleurer avec lui. Il prévoyait votre refus. Nous avons causé longuement, longuement. Il s'est confessé et confié à moi complètement, de plein cœur. Et j'ai compris les raisons de sa veulerie, et j'ai accepté, moi, moi dont il venait de souiller le nom jusqu'ici sans tache, j'ai accepté, moi, d'être auprès de vous son défenseur. Et, lorsqu'il a su votre état, j'ai vu passer dans ses yeux le plus noble et le plus courageux des regards. L'enfant qui lui viendra de vous a éveillé son orgueil et sa confiance en lui imposant des responsabilités. Un homme s'élève par les responsabilités qu'il accepte. Henri a accepté les siennes. Il vous rend justice. Il avoue, la honte au front, ses sollicitations incessantes, ses promesses, même ses violences. Il vous aime d'un amour tel que toute femme serait fière de l'avoir inspiré. De sa faute il sort grandi. Il n'aspire qu'à obtenir votre pardon...

PIERRETTE.

Sa faute... Mon pardon...

MADELEINE, *dans l'oreille de sa sœur.*

Tais-toi, Pierrette... Laisse-lui l'avantage de son beau mensonge.

DE CHALVET.

Il se joue ici, en ce moment, Pierrette, l'honneur d'une famille, votre bonheur et celui de votre enfant.

PIERRETTE.

Allons, je cède... Je suis bien certaine d'avoir raison, cependant... Mais j'ai raison trop tôt. Je fais à mon enfant le sacrifice de mon orgueil... Je cède.

RIDEAU.

PUISQUE JE T'AIME !

COMÉDIE EN UN ACTE

Représentée pour la première fois à la COMÉDIE-FRANÇAISE,
le 6 mai 1929.

PERSONNAGES

PIERRE	M. Brunot.
LUCIE	Mlle Madeleine Renaud.
DENISE	Mmes de Chauveron.
MARIE.	Lherbay.
UNE VIEILLE DAME.	Roussel.

Un salon.

PUISQUE JE T'AIME !

ACTE UNIQUE

SCENE PREMIERE

LUCIE, PIERRE, MARIE. *Au lever du rideau, la scène est vide. Par la porte du fond, entrent successivement : Lucie (28 ans), en toilette de ville. Pierre (35 ans), pardessus, chapeau, gants, canne. Entre deux âges. Embonpoint naissant. Rien de ridicule, mais rien du « jeune premier ». Lucie est morne, Pierre furieux. Pierre commence à retirer son pardessus, et se dirige vers la porte de droite. Entre Marie, femme de chambre, par la gauche. Elle vient débarrasser Lucie de son chapeau et de son manteau.*

LUCIE.

Pierre !...

PIERRE.

Laisse-moi tranquille !
> *Il va pour sortir, par la porte de son cabinet, à droite.*

LUCIE, *le poursuivant.*

Jure-moi que tu ne la connais pas !

PIERRE.

Tu m'ennuies !
> *Il sort.*

MARIE (5o *ans*).

Madame a appris quelque chose?

LUCIE.

Oui.

Silence et soupir.

MARIE, *confidentiellement.*

J'ai les papiers de la corbeille.

LUCIE.

Vous me les donnerez tout à l'heure, quand je serai seule.

MARIE.

Et puis il y a une lettre, qu'on a portée à la main. La voici.

Elle la tire d'une poche de son tablier.

LUCIE.

Donnez. Merci... On a téléphoné?

MARIE.

Oui, madame. Trois fois.

LUCIE.

Des malades?

MARIE.

Oui.

LUCIE.

Que vous connaissez?...

MARIE.

J'en connais un. Il attend monsieur le Docteur ce soir.

LUCIE.

Les autres?

MARIE.

Des demandes de consultation.

LUCIE.

Des dames?

MARIE.

Oui

LUCIE.

Des nouvelles?

MARIE.

Je crois.

PIERRE, *à la porte de droite.*

Eh bien, Marie ! Vous n'entendez pas ? Voilà deux fois que je vous sonne. Apportez-moi le livre d'appels du téléphone.

MARIE.

Oui, monsieur le Docteur.

LUCIE, *humble.*

Pierre !...

PIERRE.

Laisse-moi tranquille !

Il sort.

LUCIE, *allant à la porte du fond par où est sortie Marie.*

Marie !...

MARIE, *revenant avec le livre.*

Madame...

LUCIE.

Passez par là... Que je n'aie pas l'air de l'avoir vu. Vous me le rapporterez avec les papiers de la corbeille... Et tâchez de savoir quelque chose.

MARIE.

Oui, Madame.

Elle sort.

SCÈNE II

LUCIE, *seule. Longue scène muette. Lucie regarde longuement la lettre, de chaque côté. Elle la flaire, la pose, la reprend, soupire, la reprend encore.*

LUCIE.

On a pris la précaution de ne pas l'envoyer par la poste... (*Elle se dirige vers la porte du cabinet de son mari, écoute et dit entre ses dents :*) Une femme, naturellement !

Après un moment, entre Denise (30 ans), par la porte de gauche. Elle est en toilette d'intérieur.

SCENE III

DENISE, LUCIE.

DENISE, *gaie.*

Déjà finie, la matinée ?

LUCIE.

Non.

DENISE.

La pièce était ennuyeuse ?

LUCIE.

Je ne sais pas.

DENISE.

Alors ?

LUCIE.

Ah ! tu as bien fait de ne pas venir.

DENISE.

Que s'est-il passé ?

LUCIE.

Rien. Le hasard a fait que la loge voisine de la nôtre
était occupée par une des maîtresses de Pierre. Ce côte-
à-côte ne m'a pas paru désirable, je suis partie, il m'a
suivie, voilà tout.

DENISE.

Il a dû te démontrer que tu t'étais trompée.

LUCIE.

Il n'a pas dit un mot pendant notre retour.

DENISE.

Et toi ?

LUCIE.

Moi non plus.

DENISE.

Lucie, tu as tort ; à force de parler du diable, tu le
feras venir.

LUCIE.

Je n'ai adressé aucun reproche à mon mari.

DENISE.

On dit beaucoup de choses, quand on ne dit rien.

LUCIE.

Je devrais le remercier, peut-être ?

DENISE.

Méfie-toi : on soupçonne les gens, on les irrite... vienne une occasion, ils se figurent avoir payé d'avance, et se laissent aller.

LUCIE.

Va, va, excuse-le... Ah ! je te jure que ma fille n'épousera pas un médecin !

DENISE.

Elle a quatre ans : elle ne doit pas y penser.

LUCIE.

Les médecins devraient être comme les prêtres, obligés au célibat.

DENISE.

Parce que ?

LUCIE.

Parce que, d'avance, celle qui en épouse un est condamnée à être trompée.

DENISE.

Mon mari n'était pas médecin, et cependant...

LUCIE.

D'accord. Mais il était forcé de se cacher...

DENISE.

Il le faisait si mal...

LUCIE, *s'exaltant.*

Tout de même il n'avait pas, par profession le droit de s'enfermer avec une femme... Mais oui, voilà ma situation. De l'autre côté de cette porte, il peut être avec sa maîtresse, avec une de ses maîtresses, et il peut tirer le verrou, et moi je puis peut-être ici, à deux pas, les entendre, ou ne pas les entendre parce qu'ils parlent bas, et je n'ai pas le droit de les déranger ! Et si malgré tout j'entrais et que je le trouve avec une femme toute nue, c'est moi qui devrais m'excuser ! Mais qu'on permette ça, dans un siècle de progrès, c'est une abomination ! Alors, pour un médecin, il n'y a plus de morale, plus de fidélité ! Il a tous les droits, on le sait, on le recon-

naît, on l'approuve ! Et l'on dit que nous sommes civi-
lisés ! Mais dans un pays un peu honnête, elle devrait
être défendue cette profession-là !... Tiens ! il a une consultation, en ce moment... tu n'as pas entendu le
timbre de la porte d'entrée ? Moi, je l'ai entendu... C'est
une femme !... Tais-toi, écoute ! Elle crie ; elle lui fait
une scène...

DENISE.

Je n'entends rien...

LUCIE.

Moi non plus. Parce qu'ils chuchotent... Parce qu'ils
s'embrassent.

Elle pousse un cri de douleur.

DENISE.

Qu'est-ce que tu as ?

LUCIE.

Rien.

DENISE.

Tu m'as fait peur. Tu as crié comme si tu t'étais
blessée.

LUCIE.

Ah ! c'est que j'ai eu tous mes nerfs arrachés... Elle et
lui, je les ai vus, je les ai vus, se pâmer...

DENISE.

Tu n'as pas pu les voir, allons !

LUCIE.

J'ai cru les voir, c'est pareil !... Tu ne peux pas t'imaginer le déchirement... Mais je ne vais pas accepter cela
plus longtemps... Mais c'est intolérable ! Mais je suis
trop bête, à la fin !

*Folle de colère, elle frappe à la porte des deux
poings.*

DENISE.

Lucie, calme-toi... Tu es folle !... Viens.

LUCIE, *calmée.*

Tu as raison, je suis folle... Folle... Mais je suis si
malheureuse ! Qu'est-ce qu'il va dire !

*La porte s'ouvre. Paraît une très vieille dame,
puis Pierre.*

SCENE IV

LUCIE, DENISE, LA VIEILLE DAME, PIERRE.

PIERRE, *mélancolique.*
Oui, madame... ce sont mes enfants qui jouaient...
Ils sont très turbulents... Excusez-les, je vous prie.

LA VIEILLE DAME.
Je crois bien !... Les pauvres petits mignons !

PIERRE.
Si vous voulez bien sortir par ici, c'est plus court.

LA VIEILLE DAME.
Oh ! pardon... J'ai oublié vos honoraires, Docteur.

PIERRE, *pressé de la voir partir.*
Ce sera pour la prochaine fois.

LA VIEILLE DAME, *sortant de son petit sac l'ordonnance que lui a donnée le docteur.*
Alors, n'est-ce pas, un cachet avant le déjeuner... Une demi-heure avant ?

PIERRE, *pour dire quelque chose.*
Quarante minutes.

LA VIEILLE DAME.
Ah ! Très important !... J'avais entendu une demiheure. Vous voyez que j'ai bien fait de vous le faire répéter... Dans un peu d'eau ?...

PIERRE.
Dans un peu d'eau...

LA VIEILLE DAME.
Combien ?

PIERRE.
Un demi-verre...

LA VIEILLE DAME.
A madère ou à bordeaux ?

PIERRE.
A madère...

LA VIEILLE DAME.
De l'eau sucrée, naturellement ?

PIERRE.

Naturellement...

LA VIEILLE DAME.

Merci, Docteur... Et pas de purgatif, vraiment ?

PIERRE.

Ça ne se fait plus...

LA VIEILLE DAME.

Merci, Docteur... A mardi.

PIERRE.

A mardi.

La vieille dame sort.

LUCIE.

Pierre, écoute-moi...

Pierre, sans répondre, va rentrer dans son cabinet.

LA VIELLE DAME, *revenant.*

Mon cher Docteur... (*Il revient. Elle lui demande à voix basse.*) Et pour la...

PIERRE.

Un lavage intestinal.

LA VIEILLE DAME.

Avec de l'eau tiède...

PIERRE.

Sucrée. Oui, Madame... Je vous demande pardon. On m'attend, un client...

LA VIEILLE DAME.

Mais je suis une cliente...

PIERRE.

Une excellente cliente. Au revoir, Madame...

Elle sort.

LUCIE, *humble.*

Pierre !... (*Il sort sans répondre.*) Je te promets...

SCENE V

LUCIE, DENISE.

LUCIE.

Il est fâché... Denise, sois gentille... Va lui parler... Va
lui dire que je lui demande pardon...

DENISE.

Tu ferais mieux d'y aller toi-même.

LUCIE.

Non. Toi... Je t'en prie...

DENISE.

Je t'assure...

LUCIE.

Demande-lui seulement de consentir à m'écouter...

DENISE.

Tu me promets d'être raisonnable ?...

LUCIE.

Je te le promets... Sois une bonne petite sœur... Continue ici ton métier d'infirmière bienfaisante. Sois
bonne pour moi... Tiens, donne-lui cette lettre... On
vient de l'apporter.

DENISE.

Tu ne te demandes pas comment je vais être reçue ?

LUCIE.

Très bien... Tu n'en doutes pas... (*La rappelant.*)
Ecoute... (*Timidement.*) Si tu peux savoir de qui elle est,
cette lettre-là...

DENISE.

Tu recommences ?

LUCIE.

Non... Seulement elle est si parfumée...

DENISE.

Tu trouves ?...

LUCIE.

Oh ! un parfum commun... Va...
    Denise sort à droite.

SCENE VI

LUCIE, *puis* MARIE.

LUCIE, *à elle-même, après un silence.*
... Si elle n'avait pas été vieille, il ne l'aurait pas fait sortir par ici... Jamais il ne fait sortir les clients par ici... Mais celle-ci, il a voulu me la montrer... Il me croit plus bête que je ne suis, décidément... Il s'est moqué de moi.
Entre Marie.

MARIE.
Madame, il y a du nouveau. On a apporté une lettre de l'agence. .

LUCIE.
Donnez, donnez... (*Elle ouvre la lettre.*) Nous allons bien voir ! J'ai copié sur son agenda la liste des visites qu'il avait à faire hier. (*Elle tire une feuille de papier de son tiroir et la confronte avec la lettre de l'agence. Désolée :*) C'est d'accord.

MARIE.
Il a très bien pu inscrire sur son agenda, à un faux nom, une visite qui n'était pas une visite de médecin.

LUCIE.
C'est vrai.

MARIE.
Oh ! je suis fine... Le mien m'en a tellement fait voir... Un jour...

LUCIE, *gênée tout de même par tant de familiarité, s'éloigne un peu de Marie.*
Oui, vous m'avez déjà raconté cela... Je voulais vous dire, Marie... j'ai été amenée à vous faire des confidences, vous m'êtes très dévouée, et je sais le reconnaître, mais... vous comprenez... on peut entendre, alors, quand vous parlerez de Monsieur le Docteur... ne dites pas « il », dites Monsieur le Docteur... Et puis quand vous lui parlez, à lui, ne prenez pas un ton qui...

MARIE.

Il... Monsieur le Docteur s'est plaint ?... Je l'ai entendu reprocher à Madame de m'avoir engagée, et de ne vouloir dans la maison que des servantes de cinquante ans au moins... Est-ce vrai ?

LUCIE.

Oui. Je préfère cela...

MARIE.

Pas lui...

LUCIE.

Que voulez-vous dire ?

MARIE.

Oh ! rien, rien !... J'apportais à Madame les papiers de la corbeille de Monsieur le Docteur, que Madame m'avait demandé de mettre de côté... Madame veut-elle toujours les voir ?

LUCIE.

Mais oui... Donnez-les-moi un par un, et mettez-les dans votre autre poche quand je les aurai vus, afin que si on entrait tout à coup, on ne nous surprenne pas...

MARIE.

Bien, Madame... Oh ! il n'y en a pas beaucoup.

LUCIE.

Il n'y a que cela ?...

MARIE.

Pour faire gagner du temps à Madame, j'ai commencé un petit triage... il n'y a rien...

LUCIE, *honteuse.*

Alors, puisque vous avez... il est inutile que je... Remportez...

MARIE.

Maintenant, n'est-ce pas, quand on a un peu de jugeote, les papiers intéressants, on les met au feu de la cheminée et non pas dans la corbeille...

LUCIE.

Oui... vous avez raison... Je renonce à ces recherches qui ne peuvent aboutir... Vous cesserez de m'apporter ces papiers...

MARIE.

J'y jetterai un coup d'œil moi-même, et si j'en trouve un qui paraisse intéressant, je l'apporterai à Madame.

LUCIE.

Comme vous voudrez. Allez... (*Apercevant Denise qui va rentrer.*) C'est bien, Marie. Je vous donnerai demain matin des ordres pour le déjeuner.

MARIE.

Madame ne peut pas me dire si Monsieur le Docteur déjeunera ?

LUCIE.

Je ne sais pas...

MARIE.

Bien, Madame.
        Elle sort.

SCENE VII

LUCIE, DENISE.

LUCIE.

Eh bien ?

DENISE.

Il va venir. Il veut avoir une explication complète avec toi.

LUCIE.

Il est furieux ?

DENISE.

Il n'est pas content.

LUCIE.
Qu'est-ce que je lui ai fait ?

DENISE, *riant.*
Tu demandes... Tu es admirable !

LUCIE.

Il voudrait que j'accepte tout sans rien dire.

DENISE, *de même.*

Tu ne te prives pas de dire quelque chose.

LUCIE.

Moi ?

DENISE.

Il paraît qu'au théâtre, tout à l'heure, tu as abasourdi la dame de la loge voisine.

LUCIE.

Je ne lui ai rien dit de désobligeant.

DENISE.

Oh !

LUCIE.

Elle ne quittait pas Pierre des yeux. Alors, je lui ai dit, très poliment : « Madame, je vois que je vous gêne, je me retire ». Et je suis partie.

DENISE.

Il paraît qu'elle n'a rien compris à ton algarade.

LUCIE.

C'est lui qui le dit... Alors, par-dessus le marché, il boude ?

DENISE.

S'il le faisait, avoue qu'il serait bien un peu excusable.

LUCIE.

Tu vas prendre sa défense, maintenant ?

DENISE.

Et la tienne, contre toi-même. Voilà quinze jours que je suis ici. S'en est-il fini un sans que tu m'aies rendue témoin d'une scène ? (*Doux reproche.*) Tu me gâtes un peu mes vacances, tu sais. Les autres années, tu n'étais pas ainsi. Il ne s'est rien passé, cependant ? Vous avez tout pour être heureux et vous vous déchirez !

LUCIE.

Voilà ! Je devrais être heureuse !...

DENISE.

Mais oui ! Tu as un mari qui possède toutes les qualités. Un homme de haute valeur... Un grand médecin...

LUCIE.

Je ne dis pas le contraire.

DENISE.

Tu ne le pourrais pas. Ni moi. Il m'a sauvé la vie, il y a trois ans... Il est bon, modeste, il exerce sa profession de la façon la plus généreuse, la plus noble... Je m'y connais un peu.

LUCIE.

Oui. Il se donne à ses malades au point d'oublier qu'il a une femme.

DENISE.

Alors, comment pourrait-il avoir une maîtresse ? Il t'aime, il t'aime profondément, complètement... Je voudrais que tu t'en rendes compte. J'ai beaucoup de peine de le voir souffrir et de te voir souffrir aussi sans motifs.

LUCIE.

Enfin ! c'est moi qui ai tous les torts...

DENISE.

Mais oui, ma chérie... Le voici. Je vous laisse. Sois calme. Je te jure que tu te trompes : il n'a pas de liaison, il t'est fidèle... Alors, les quelques jours que j'ai encore à demeurer ici, fais-les-moi passer dans la joie de vous voir heureux.

Elle sort par la gauche. Entre Pierre, à droite.

SCÈNE VIII

LUCIE, PIERRE.

LUCIE.

Denise t'a remis la lettre ?

PIERRE.

Oui.

LUCIE.

Elle était précieuse : on n'a pas voulu la confier à la poste.

PIERRE.

C'est une demande de visite, rue de la Victoire.

LUCIE.

Je ne t'interroge pas... Déjà avant-hier, tu allais chez cette personne ?

PIERRE.

Non.

LUCIE.

Je t'ai vu. Tu allais du côté de chez elle.

PIERRE.

J'allais prendre le métro.

LUCIE.

Et hier ?

PIERRE.

Eh bien, puisque tu me guettes par la fenêtre, tu as pu voir qu'hier...

LUCIE.

Tu es parti dans l'autre sens. Naturellement. Pour me donner le change.

PIERRE, *commençant à rager.*

Oh !

LUCIE.

Tu es revenu bien parfumé.

PIERRE, *colère.*

J'étais allé me faire couper les cheveux !

LUCIE.

Curieux : le parfum du coiffeur et celui de la lettre se ressemblent.

PIERRE.

La malade est peut-être la femme du coiffeur !

LUCIE.

Tu étais bien gai au retour...

PIERRE, *qui s'exaspère.*

Comme une petite folle...

LUCIE.

Tu l'avais vue, la petite folle.

PIERRE.

Mais avant-hier, tu as dû être contente : j'étais triste.

LUCIE.

Elle n'avait pas été gentille...

PIERRE.

Tu as réponse à tout.

LUCIE.

Ou alors, tu avais dépensé ta bonne humeur auprès d'elle. D'ailleurs tous les soirs tu rentres grognon.

PIERRE.

Oui. Ce que j'ai vu dans la journée n'est pas réjouissant. J'aurais besoin, en rentrant chez moi, de me détendre, de trouver de la gaieté, de la tendresse.

LUCIE.

Et moi, je n'en ai pas besoin, peut-être ? Dès ton retour, tu te fourres le nez dans tes bouquins.

PIERRE.

J'ai à me tenir au courant.

LUCIE.

Hier, tu ne lisais pas, tu faisais semblant, pour pouvoir penser plus librement à elle. Ton livre de médecine était une contenance.

PIERRE, *de même.*

Pour une fois c'était un roman.

LUCIE.

D'amour ?

PIERRE.

Naturellement.

LUCIE.

La pratique ne te suffit pas. (*Subitement en larmes comiques.*) Et puis j'ai bien vu que tu avais mis ton veston neuf !

PIERRE, *hors de lui, trépignant, les bras au ciel.*
Aaah ! Aaah ! Aaah !

LUCIE.

Mon Dieu ! mon Dieu ! Il va me battre !

PIERRE.

J'en meurs d'envie ! Tiens, je viens de comprendre l'assassinat.

LUCIE.

Tu menaces de me tuer, à présent !

PIERRE, *se dominant.*

J'ai tort... Tu as fini par me mettre dans mon tort ! Je te demande pardon.

LUCIE.

Je ne t'en veux pas... Il y aurait moyen de tout arranger.

PIERRE.

Lequel ?

LUCIE.

Ne plus me donner l'occasion de te soupçonner.

PIERRE.

Je ne puis pourtant pas changer de profession.

LUCIE, *doucement.*

Tu pourrais te spécialiser...

PIERRE.

Comment cela...

LUCIE.

Mais oui... dans les maladies des vieillards, par exemple.

PIERRE.

Tu deviens folle et tu me pousserais aux actes les plus déraisonnables.

LUCIE.

Tu ne cherches qu'un prétexte pour me quitter.

PIERRE.

Tu finiras par m'en donner envie.

LUCIE.

Tu veux te rendre libre...

PIERRE.

Je ne veux plus être assassiné à coups d'épingle.

LUCIE.

Écoute. Si tu avoues, je te pardonnerai.

PIERRE, *sincère, conciliant.*

Mais ma pauvre enfant, je n'ai rien à avouer, puisque je n'ai rien fait de mal. Je te le jure ! Allons, aie pitié de moi. Songe que, le soir, je rentre fourbu, exténué d'avoir monté des étages et des étages, inquiet parfois sur le sort d'un malade en danger, d'autres fois, assombri par la vue de tant de misères souvent répugnantes...

LUCIE.

Oh ! tu n'es pas gai !

PIERRE.

Tu aurais dû épouser un clown.

LUCIE.

Non, mais !... Appelle-moi saltimbanque, pendant que tu y es.

PIERRE.

Non, mais songe que je voudrais, en rentrant chez moi, trouver la consolation d'un visage ami, d'un sourire, d'une tendresse. Tu ne comprends pas que j'ai besoin de cela. Tu ne te doutes pas du mal que peut faire une jalousie. Evidemment, c'est comique tous ces petits combats de ruse, les sorties guettées, les lettres flairées, les insinuations. Ça commence comme un vaudeville, ça peut finir comme un drame.

LUCIE, *butée*.

Si tu avoues, je te pardonnerai.

PIERRE.

Je n'ai rien à avouer.

LUCIE.

Si tu avoues, je te pardonnerai.

PIERRE.

Tu veux que j'avoue ! Eh bien, j'avoue ! j'avoue s'il le faut pour avoir la paix ! Si ce n'est pas vrai encore, ce le sera bientôt. Puisque j'en ai la honte, il est juste que j'en aie le bénéfice.

LUCIE, *en sanglotant, courant après lui*.

Non ! Non ! Je reconnais que j'ai tort. Ne fais pas cela. Je sais que j'ai tort de t'accuser. Si tu comprenais comme j'ai mal ! Comme j'ai mal !... Quand je me raisonne, j'ai honte de moi, je vois toute la peine que je te fais. Ne t'en va pas ! Ne m'abandonne pas ! Je te jure de ne plus recommencer... et puis, je recommence. C'est comme si j'étais deux, une tendre et une méchante... Pierre, je suis une martyre.

PIERRE.

Un bourreau aussi.

LUCIE.

Fais-moi enfermer... Les femmes comme moi, on devrait les enfermer.

PIERRE.

Ça ferait trop de vides, dans les salons.

LUCIE.

Ne sois pas méchant... Je te dis, c'est plus fort que
moi. Ne t'en va pas! Ne t'en va pas!

PIERRE.

Allons! calme-toi!... Reprends-toi. Tâchons d'oublier.

LUCIE.

Si tu veux bien être gai, je tâcherai d'oublier tout...
Tu m'aimes tout de même, n'est-ce pas?

PIERRE.

Oui.

LUCIE.

Tu le dis, mais ce n'est pas possible... Après ce que
j'ai fait, ce n'est pas possible. Tu ne sais pas tout! Il y
a madame Durand qui a téléphoné. Je lui ai dit que tu
étais en voyage... Mais je vais la rappeler, lui dire que
je m'étais trompée... Il y en a encore une autre, mais j'ai
oublié son nom. Tu vois, je te dis tout. Et puis, j'ai
pris une résolution. Mais je veux te la soumettre...

PIERRE.

Voyons.

LUCIE.

Les enfants...

PIERRE.

Eh bien?

LUCIE.

Tu as voulu les mettre dans un internat.

PIERRE.

Moi?

LUCIE.

Non. Pas toi... Nous... Moi. Mais je l'ai fait parce que
je voulais me consacrer tout entière à toi.

PIERRE.

Alors...

LUCIE.

Alors, si tu veux, on va les reprendre.

PIERRE.

Pauvres petits, ils apprendront à se disputer... Il vaut
mieux les laisser où ils sont, va.

LUCIE.

Tout s'apaisera, j'en suis sûre, lorsqu'ils seront de retour... Tu n'aimes pas tes enfants?

PIERRE.

Si.

LUCIE.

Tu ne serais pas content de les voir chaque jour?

PIERRE.

Si j'étais certain que nous ne nous les jetions pas à la tête...

LUCIE.

Nous n'aurons plus de chamailleries... Tiens, j'avoue que, parfois, j'ai tort...

PIERRE.

Ah! si tu pouvais rester dans ces bonnes dispositions, mais...

LUCIE.

Je te le promets.

PIERRE.

Nous retrouverions la paix et le bonheur. Mais...

LUCIE.

Je me sens redevenue ce que j'étais.

PIERRE.

Tu m'as déjà dit ces mêmes paroles bien des fois...

LUCIE.

Aujourd'hui, c'est vrai.

PIERRE.

Tu étais tout aussi sincère, ma pauvre enfant.

LUCIE.

Je ne voyais pas clair en moi comme j'y vois aujourd'hui... Je suis calme, et je comprends tout. Regarde-moi.

PIERRE.

Oui. Il me semble que tu reprends peu à peu ta physionomie des bons jours passés.

LUCIE.

Maintenant, je respire.

PIERRE.

Et moi!... Si cela pouvait être vrai... et durer!

LUCIE.

Il faut m'aider... ne pas douter de moi.

PIERRE.

Je n'ose y croire.

LUCIE.

Crois-le, crois-le !... Je me rappelle toutes mes sottises, mais il me semble que c'est une autre qui les a commises... Mon pauvre gros ! Que je te demande pardon !... Quand les enfants vont être là, je serai comme exorcisée... Où en étais-je tombée, grand Dieu ! A m'entendre avec la femme de chambre pour t'espionner.

PIERRE, *riant à demi.*

Ah ! oui... la corbeille à papiers.

LUCIE.

Tu t'en étais aperçu !... Et tu ne disais rien... Comme tu es bon !

PIERRE.

Et le livre des appels téléphoniques...

LUCIE.

J'ai été bien torturée, mais aussi bien avilie... Je veux tout te confesser.

PIERRE.

A quoi bon ?... Je crois ne rien ignorer.

LUCIE.

Ton portefeuille...

PIERRE.

Mon portefeuille... Et l'agence...

LUCIE.

Tu as su l'agence aussi ?...

PIERRE.

Ils m'ont proposé — moyennant finance, bien entendu — de rédiger moi-même les rapports qu'ils t'enverraient.

LUCIE.

Et tu as accepté ?

PIERRE.

A peu près.

LUCIE.

Tu m'as méprisée, dis ?

PIERRE.

Je t'ai plainte, surtout.

LUCIE.

Oui, j'étais à plaindre. Ni jour ni nuit je n'avais de repos. Ah ! que je fus habile à me faire souffrir ! Tout fait m'était une preuve : j'en aurais trouvé une aussi forte dans le fait contraire. La nuit, la nuit même, je t'épiais. Je ne dormais pas.

PIERRE.

Eh bien ? Tu m'entendais ronfler, puisqu'il paraît que je ronfle.

LUCIE.

Ça m'était bien égal... Je souffrais ! Et je souffrais !... Mais c'est une maladie, la jalousie, c'est une maladie, une maladie effroyable... Tu dois savoir cela, toi qui es médecin ?

PIERRE.

Oui.

LUCIE.

Tu n'y connais pas de remède ? Il n'y en a pas ?

PIERRE.

S'il y en avait un, on pourrait le vendre cher ! Pour celle-là comme pour tant d'autres, ce qu'on peut faire de mieux est de ne pas contrarier la nature et d'attendre la crise bienfaisante.

LUCIE.

Elle est venue, la crise bienfaisante. Le souvenir de nos enfants a été l'événement heureux, la bonne crise.

PIERRE.

Bien vrai, ma chère Lucie, bien vrai ?

LUCIE.

Oui !... Je m'étais détachée d'eux. C'est abominable !... Je les avais éloignés parce qu'ils me gênaient pour te surveiller. J'ai honte.

PIERRE.

Je commence à croire qu'ils nous auront sauvés... Mais veille bien sur toi-même. Tu sais que rien n'est plus grave que les rechutes.

LUCIE.

J'aurai mes anges gardiens.

PIERRE.

Est-il possible que ce soit vrai, grand Dieu !

LUCIE.

Oui, mon bon Pierre. J'ai senti tout d'un coup le mal que je nous faisais à tous. J'ai compris. Je me rends compte de mon devoir envers toi. Mais de ton côté, il faut être sage... (*Sur un geste de Pierre.*) Oui... oui. N'en parlons plus. Je dois te donner un foyer paisible et heureux. Tu l'auras entre ta femme et tes enfants. Ecoute, j'ai déjà télégraphié pour savoir quand on nous les rendra.

PIERRE, *rasséréné.*

Tu as fait cela, déjà ?

LUCIE.

Oui. Tu verras, comme on va être bien, tous les quatre... Tu seras libre. Je ne te poserai plus aucune question. Tu iras où tu voudras. Mais tu me diras où tu es allé ? Moi, je resterai avec eux. Je t'attendrai en leur faisant répéter leurs leçons, bien confiante et bien calme.

PIERRE, *à lui-même.*

Dire que je vais encore m'y laisser prendre !... (*Haut.*) Mais ma bonne chère femme, mais si c'est vrai... tu m'ouvres le paradis... Pour un peu, je danserais de joie...

LUCIE.

Tu peux danser !... Je te jure, Pierre, que tu peux danser...

PIERRE.

Permets-moi, tout de même, d'attendre jusqu'à demain... Ouf !... Quel tunnel nous venons de traverser, et que la lumière est belle ! La bonne idée que tu as eue là !

LUCIE.

C'est Denise qui me l'a inspirée.

PIERRE, *avec une grande joie.*

Denise !... Ah ! la brave fille !... Je te dis, c'est une âme d'élite.

LUCIE.

Déjà elle avait fait tout le possible pour me calmer. Je lui en suis profondément reconnaissante.

PIERRE.

Ah ! la bonne Denise ! Je veux la remercier tout de suite... Elle est dans sa chambre ?

LUCIE, *toujours très gaie.*

Oui.

PIERRE, *criant.*

Denise !... (*A Lucie.*) Elle va être si contente de nous voir heureux...

LUCIE.

On va lui demander de rester huit jours de plus.

PIERRE.

C'est cela ! Nous le lui devons bien... (*Appelant.*) Denise !

Entre Denise.

SCENE IX

DENISE, LUCIE, PIERRE.

DENISE.

Voilà, voilà !...

LUCIE.

Viens ! nous voulons te remercier.

PIERRE.

Tous les deux.

LUCIE.

Grâce à toi, il n'y a plus de nuages dans notre ciel bleu. Merci. Tu es une bonne petite sœur. (*Elle l'embrasse.*)

PIERRE, *dans le même mouvement de joie.*

Et moi aussi, je veux vous embrasser.

DENISE, *enjouée.*

Lucie va m'embrasser une fois de plus, ce sera la même chose,

LUCIE.

Non ! non ! Embrasse-la.

PIERRE *l'embrasse. Puis, la tenant encore par les mains.*

Denise, je vous suis infiniment reconnaissant.

LUCIE, *sur le visage de qui une ombre a passé, mais qui s'est reprise aussitôt.*

Viens... Viens t'asseoir là.

DENISE.

Voilà.

LUCIE.

J'ai à t'annoncer une nouvelle : tu ne pars plus jeudi.

DENISE.

Mais si.

PIERRE.

Mais non.

LUCIE.

Tu nous donnes huit jours de plus.

DENISE.

Je voudrais bien, mais je ne puis pas.

PIERRE.

Vous allez rester... Qui vous attend, dans votre province ? Personne ?

DENISE.

J'ai promis.

LUCIE.

Tu te dégageras.

PIERRE.

Vous n'avez pas d'enfants...

DENISE.

Hélas ! Je n'ai que ceux du dispensaire... Mais ils m'ont bien.

LUCIE.

Tu n'as plus de mari...

DENISE.

Heureusement !

PIERRE.

Alors ?

LUCIE.

Tu restes.

PIERRE.

Vous restez.

DENISE, *à Pierre.*

Vous le voulez ?

LUCIE.

Mais moi aussi, je le veux.

DENISE, *prenant les mains de Lucie.*

Merci... Je reste.

LUCIE.

J'attends une dépêche m'annonçant le jour. d'arrivée des enfants.

PIERRE.

Lucie m'a dit que c'est vous qui lui avez donné l'idée de les faire revenir. Cette pensée ne pouvait partir que d'un cœur comme le vôtre.

LUCIE, *à Pierre, encore gaiement.*

J'allais prendre, de moi-même, cette bonne décision, tu sais.

PIERRE, *maladroit.*

J'en suis sûr. Mais c'est Denise qui en a parlé la première.

LUCIE, *encore gaie.*

Je ne le conteste pas. Je te l'ai dit moi-même.

PIERRE, *à Denise.*

Vous ne sauriez croire combien je suis sensible à l'amitié que vous nous témoignez.

DENISE.

Lucie est ma sœur, et je vous considère un peu comme un grand frère. De plus, je vous dois d'être encore vivante.

PIERRE.

Vous le devez à vous-même, à votre équilibre physique et moral.

DENISE.

Les médecins me déclaraient perdue.

PIERRE.

Justement. J'ai pu être audacieux.

DENISE.

Vous voyez bien... Et même, d'abord, je vous en ai beaucoup voulu.

PIERRE.

Vraiment ? De quoi ?

DENISE.

De m'avoir rendue à la souffrance. J'étais si désespérée !

PIERRE.

Il n'y a pas d'homme dont l'abandon justifie une douleur éternelle.

LUCIE.

Cela dépend de l'homme...

DENISE.

Il m'avait quittée si bassement. J'avais la vie en horreur.

PIERRE.

Vous voyez bien que vous y avez repris goût.

DENISE.

Grâce à vous encore, à vos bonnes paroles. Vous avez aussi guéri mon âme.

LUCIE.

Parce que, elle aussi, est saine. Parce qu'elle est sereine et claire.

DENISE.

En me suggérant l'idée de m'occuper des enfants du dispensaire, il m'a redonné une raison de vivre.

LUCIE, *d'un ton différent.*

Tu avais la vocation.

PIERRE.

Je crois bien ! Rien que pour deux ou trois visites, les pauvres petits bougres vous adoraient.

LUCIE.

C'est si naturel ! Je suis certaine que, moi aussi, j'aurais su me faire aimer d'eux. Tu ne crois pas ?

PIERRE.

Mais si. (*A Denise.*) Vous rappelez-vous le petit attardé à la salle trois ?

DENISE.

Mais vous savez qu'il fait des progrès surprenants.

LUCIE.

Il n'avait besoin que d'un peu d'amour.

DENISE.

Il vous a réclamé...

LUCIE, *à Denise, avec un commencement d'amertume.*

Comme tu devais être heureuse de te sentir aimée par tous ces bambins !

DENISE.

Oui. C'était très doux.

LUCIE.

Je comprends !

DENISE.

Quel apaisement ! Je dois tout cela à ton mari. Je te l'ai toujours dit : c'est un homme admirable.

PIERRE, *gaiement.*

Je me sauve. Vous me forceriez à rougir.

DENISE.

Alors...

PIERRE, *de même.*

D'ailleurs, j'ai une consultation. (*Riant, à Lucie.*) Chez un vieillard !

LUCIE.

Va !

PIERRE.

Pour la première fois depuis longtemps, je te quitte en pensant à la joie du retour.

Il sort.

SCENE X

DENISE, LUCIE.

LUCIE.

J'ai trouvé le moyen de tout arranger.

DENISE.

Lequel ?

LUCIE.

Je te le dirai plus tard... Et pourquoi pas maintenant ? Je suis certaine que tu vas m'approuver. D'ailleurs, je suis tout à fait décidée.

DENISE.

Parle.

LUCIE.

Je vais demander à Pierre de vendre sa clientèle.

DENISE.

Quelle idée ! Que fera-t-il ?

LUCIE.

Il ouvrira une clinique pour enfants. Et je serai sa collaboratrice.

DENISE.

Tu n'y penses pas...

LUCIE.

Je puis bien faire ce que tu as fait.

DENISE.

Sans doute, mais cependant...

LUCIE.

J'ai compris en vous écoutant là, tout à l'heure, ce qui m'a manqué... Vous m'avez fait entrevoir, tous les deux, qu'il faut savoir conquérir l'âme de celui dont on veut être aimée. J'ai compris toutes mes erreurs. Je viens de prendre conscience de mon indignité !

DENISE.

Ne t'expose pas à faire à Pierre un nouveau chagrin.

LUCIE.

Tu crois alors que je ne pourrai jamais que le rendre malheureux ?

DENISE.

Mais non... Je n'ai pas dit cela.

LUCIE.

Tu l'as pensé. Et j'ai peur que tu aies raison. (*Silence.*) Il lui aurait fallu une femme comme toi.

DENISE.

Quelle idée !

LUCIE.

Et il le sent bien !

DENISE.

Tu rêves...

LUCIE.

Oserais-tu soutenir que s'il pouvait choisir, à présent, entre nous deux, ce n'est pas toi qu'il choisirait ?

DENISE.

Mais tu te trompes !

LUCIE.

Je ne suis pas aveugle...

DENISE.

Tu ne vas pas te mettre à être jalouse de moi, à présent ?

LUCIE.

Jalouse ? Non... La jalousie est une lutte où l'on espère la victoire. L'état où je suis est la sensation profonde d'une défaite... d'une défaite définitive.

DENISE.

Une défaite ! Tu es au contraire victorieuse de toi-même.

LUCIE.

Mais pas de toi.

DENISE.

Je n'ai rien à voir ici, moi.

LUCIE.

C'est toi qu'il aurait dû épouser.

DENISE.

Il n'y a jamais pensé... Tu vas encore te rendre malheureuse.

LUCIE.

Mon mal nouveau est plus grave et plus profond. Est-ce de la jalousie ? Je ne sais plus. C'est une autre jalousie, en tout cas. Je sens maintenant qu'en échangeant une fantaisie avec une cliente, il me restait, il pouvait m'aimer tout de même. Mais de lui, tu m'as pris bien autre chose.

DENISE.

Moi ?

LUCIE.

Toi.

DENISE.

Quoi ?

LUCIE.

Son estime. Je l'ai perdue, et tu l'as gagnée... Par
la beauté de ton âme, comme il dit.

DENISE.

Tu ne l'as pas perdue. Tout au contraire, il te sait un
gré infini de t'être reprise, de ta conversion, si tu veux,
de ton repentir, et de tes bonnes promesses. Tu n'as
pas vu avec quelle tendresse il te regardait ?

LUCIE.

Comme il eût regardé un enfant qu'il faut encourager.
Il te regardait, toi, d'un regard tout différent. Un regard d'égal, un regard d'admiration, de respect,
d'amour.

DENISE.

Ne parlons plus de cela. Tu inventes des chimères.
Il t'aime et tu l'aimes.

LUCIE.

Il ne m'aime plus et je ne l'aime plus. Je me sens
trop loin de lui. Toi, tu en es tout près. Vous étiez sur
le point de le dire tout à l'heure : vous étiez faits l'un
pour l'autre. Et il le sait bien.

DENISE.

Oh ! encore !...

LUCIE.

Allons ! Il n'a pas pu me comparer... Et moi, je n'ai
pas à lui offrir des souvenirs comme ceux que vous
évoquiez devant moi... Vous en aviez presque oublié
que j'étais là.

DENISE.

Tu deviens insupportable, ma bonne Lucie. Tu te
rends malheureuse et tu répands le malheur autour de
toi.

LUCIE.

Et sur ceux que j'aime. Je le sais. Mais j'aurai le
courage qu'il faut...

DENISE.

Quel courage ?

LUCIE.

Celui qu'il faut.

DENISE.

Je renonce à deviner les énigmes.

LUCIE.

Allons, allons ! Ne me suppose pas plus candide que je
ne le suis. Tu sais bien qu'il t'aime...

DENISE.

Mais jamais ! jamais !

LUCIE.

Tu le sais bien. Une femme sait toujours quand elle
est aimée.

DENISE.

Je te jure !

LUCIE.

Ne mens donc pas ! Je t'en prie, ne mens pas ! Tu te
diminues.

DENISE.

Jamais ! jamais entre lui et moi...

LUCIE.

Tu te défends trop, Denise ! Et tu me donnes à penser...

DENISE.

Quoi ? Parle !

LUCIE.

C'est bon... Qui sait si...

DENISE.

Quoi ?

LUCIE.

Je me croyais habile, il l'est bien plus que moi. Tu
l'aimes et il t'aime... Et il est habile... Denise, tu ferais
mieux de tout avouer... Tu sais que je suis décidée à
vous rendre libres... Plus je saurai que votre amour est
grand et définitif, plus il me sera facile...

DENISE.

Adieu, Lucie...

> *Elle va pour sortir.*

LUCIE, *l'arrêtant brusquement.*

Tu es sa maîtresse, dis ?

DENISE.

Oh ! Lucie ! C'est abominable !

LUCIE.

Tu peux bien me dire oui, maintenant. Tu es sa maîtresse, dis ? Allons, je le sais...

DENISE.

Je ne veux pas t'écouter plus longtemps.

LUCIE.

Il me l'a presque avoué...

DENISE.

Tu es atroce, Lucie ! Je m'en vais ! Je ne veux plus
te voir.

Entre Pierre.

SCENE XI

Les Mêmes, PIERRE.

PIERRE.

Qu'est-ce qu'il y a ?

LUCIE.

Il y a que Denise n'ose pas désavouer en face son
amour pour toi.

PIERRE.

Denise ?

LUCIE.

Oui, Denise, ma sœur, ta maîtresse.

PIERRE *bondit sur elle, et étouffe ses paroles.*
Malheureuse !

DENISE.

Pierre !

LUCIE, *en se dégageant.*

Écoute-la ! Elle t'appelle « Pierre ». Elle va te tutoyer
devant moi ! Je sais tout maintenant. Tout m'est révélé...
Par vous deux... Malgré vous. Mais clairement ! clairement... Moi qui cherchais ma rivale au dehors ! Elle
était ici, ici chez moi... Tu l'y faisais venir. Tu voulais
la garder. Et quand on t'appelait en consultation, en

province, c'est à elle que tu allais donner tes soins. A elle, à ma sœur, à Denise, à toi qui avec tes airs de sainte nitouche, as réussi à me voler mon mari. Adieu

Elle sort violemment.

SCENE XII

DENISE, PIERRE.

DENISE, *frémissante, retenant ses larmes.*
Oh ! qu'elle est méchante ! Qu'elle est méchante !
PIERRE, *très ému.*
Ma pauvre chère amie ! Je vous demande pardon pour elle. Ne pleurez pas ! Vous supposer, à vous, une telle bassesse !... Elle est irresponsable... Ne pleurez pas. (*Il l'embrasse fraternellement.*) Vous me rendriez plus malheureux encore...
DENISE.
Je vous plains, mon pauvre Pierre, je vous plains de tout mon cœur.
Tous deux très abattus, désolés, inertes.
PIERRE.
Je ne sais plus que faire... Je n'ai plus de foyer. Désormais, j'aurai peur de rentrer chez moi où la haine, une haine toujours renouvelée, m'attendra. (*Il se lève. Puis avec force.*) Ma vie est perdue.
DENISE.
Non. Le travail console de tout. Vous vous donnerez de plus en plus à votre tâche, mon ami. Votre mission est si haute, si belle... Vous en avez une compréhension si noble...
PIERRE.
J'ai honte de vous le dire qu'il n'en est plus ainsi. J'ai l'impression de ne plus faire aussi bien mon devoir.
DENISE.
Ah ! Je sais que là, vous vous trompez !

PIERRE, *s'animant, mais pas dramatiquement.*

Je n'ai plus de goût à rien. Je vais ici ou là, je monte des escaliers... je fais des visites, je donne des consultations. Réduit à cela, mon métier est un sale métier. Je n'ai plus la foi... (*Un silence.*) Denise, si j'ai l'impression de manquer à ma conscience professionnelle, je suis une épave. Je perds toute confiance en moi-même, et par conséquent toute raison de vivre.

DENISE.

Pensez à vos malades.

PIERRE, *hors de lui.*

Je m'en f..., des malades ! Qu'ils crèvent tous, et moi aussi !

DENISE.

Oh ! Pierre !

PIERRE.

Je vous dis que Lucie a tué, à petits coups d'épingle, ce que je pouvais avoir de meilleur. Elle m'abaisse, elle me ramène à ses mesquines préoccupations... Elle me force à m'y intéresser, elle me les impose... Mon esprit en est réduit à prévoir ses reproches, à m'en justifier, à inventer des habiletés pour lui enlever l'occasion de me soupçonner... A ne pas laisser dans ma corbeille à papiers des lettres déchirées qu'elle pourrait mal interpréter, à prendre mon chemin d'un côté ou de l'autre en sortant, à surpayer une agence de renseignements... Voilà où j'en suis.

DENISE.

Vous allez revoir vos enfants. La paix reviendra avec eux, et avec la paix, votre confiance et votre énergie.

PIERRE.

Croyez-vous ? Savez-vous pourquoi j'ai accepté, pour eux, l'internat ? Afin qu'ils ne soient plus témoins de mes disputes avec leur mère... S'ils restent, ils finiront par ne plus m'aimer.

DENISE.

Ils sont trop jeunes pour comprendre.

PIERRE.

Ils n'ont pas besoin de comprendre. Rien ne m'est plus douloureux que de voir leurs yeux effrayés... Et lorsque, énervés par cette atmosphère de colère, de haine, de fureurs, ils se mettent à pleurer en criant, allant de l'un à l'autre, de moi à elle, pour nous faire taire, et qu'on les repousse durement !... lorsqu'ils en arrivent aux sanglots, aux cris, comme devant un désastre, alors, alors, j'ai un spasme qui me serre la gorge et le cœur... Les pauvres petits ! Ils souffrent... Elle me fait haïr par eux... Pour se justifier, elle m'accuse... Elle dénature, elle grossit des petits faits... ou elle se plaint, sans dire de quoi ; elle se borne à répondre à l'enfant qui lui demande la cause de ses larmes : « Ton père m'a fait du chagrin ». Alors, comme ils aiment leur mère, ils me haïssent. Un jour, la petite que je voulais prendre sur mes genoux et qui se débattait, m'a volontairement lancé un coup de pied... Son frère, lui, on dirait qu'il a l'intuition de la vérité.

DENISE.

Avant peu il comprendra...

PIERRE.

Mais je ne veux pas qu'il comprenne ! S'il comprend, c'est sa mère qu'il prendra en aversion. Et je ne veux pas qu'il haïsse sa mère, vous sentez bien cela !...

DENISE.

Quel brave homme vous êtes...

PIERRE, *se levant, marchant*.

Eh bien, vous savez maintenant dans quel milieu il se débat, le brave homme ! Quand la famille du brave homme est assemblée, elle vit dans une atmosphère baignée de méfiance et de haine. Toute parole, même innocente, peut déclancher une scène, déterminer une tempête. Alors, j'ai pris le parti de ne plus rien dire. Personne ne parle, à table. Je lis. Les petits, terrorisés, regardent avec épouvante leur père et leur mère semblables à deux mauvaises bêtes qui se guettent pour se déchirer... Denise, je mérite qu'on ait pitié de moi... Je ne peux plus continuer cette existence... Je suis trop malheureux. (*Il pleure, simplement, gauchement, avec une grimace, sort son mouchoir, se mouche, tout en disant :*) Je ne peux plus... Je suis ridicule de pleurer... Si, si, je sais, c'est ridicule un homme qui pleure...

Mais devant vous, ça m'est égal d'être ridicule... C'est une marque de faiblesse, je le sais aussi. Mais je ne puis pas vous le cacher ; je suis faible... Si je ne l'étais pas, est-ce que j'aurais tout supporté ?... Je suis épuisé, épuisé au point de crier « au secours ! » Denise, je vous en prie, entendez-moi... Je crie au secours. A vous, je crie au secours...

> *Il est assis. Denise lui caresse les cheveux mater-nellement et se penche vers lui, un bras sur son épaule.*

DENISE.

Reprenez-vous...

PIERRE, *se redressant.*

Oui. Vous avez raison... je me reprends. Je vous demande pardon de cette crise... Je me reprends...

DENISE.

Calmez-vous.

PIERRE, *avec autorité.*

Denise, vous, vous me sauverez.

DENISE.

Je vous en prie...

PIERRE.

Denise, vous, vous me sauverez !

DENISE.

Reprenez-vous.

PIERRE, *sans l'entendre.*

A mon mal, je ne vois qu'un remède. Partir... Si je reste, elle en sera tout aussi misérable, et moi, et les petits... Rester ? Autant me suicider.

DENISE.

Oh !

PIERRE.

Ce serait la même chose... Eh bien ! j'ai encore assez d'énergie pour m'y refuser... Je suis encore assez jeune pour me refaire une existence... Mon devoir est de partir.

DENISE.

Déserter ?

PIERRE.

Non. Ne pas me laisser tuer inutilement.

DENISE.

Vous ne trouverez pas le bonheur dans cette désertion.

PIERRE.

J'y trouverais au moins de ne pas souffrir.

DENISE.

Vous changeriez de souffrance, voilà tout. Et votre souffrance nouvelle serait sans noblesse.

PIERRE.

Vous la trouvez noble, celle d'aujourd'hui ?

DENISE.

On ne peut pas du moins vous accuser d'égoïsme et vous ne vous préparez pas, pour plus tard, les reproches justifiés de vos enfants... Réfléchissez... ne refusez pas de réfléchir à ce que je vous dis. Comment ! Il y aura quelque part une femme qui est la vôtre, que vous avez aimée, qui vous a aimé, et deux enfants qui sont les vôtres et qui sont le prolongement de vous-même, qui sont vous-même, et vous vous condamneriez à ne plus les voir ?

PIERRE.

Tous les divorcés sont dans ce cas... Combien ont su se créer un nouveau foyer, et trouver le bonheur en rompant les liens noués par erreur, et en s'unissant à la femme qui leur était destinée ! (*Tout à coup.*) Mais n'êtes-vous pas divorcée vous-même ? Vous regrettez, vous, de vous être séparée de celui pour qui vous n'étiez pas faite ?

DENISE.

Ne parlez pas de moi !

PIERRE.

J'en parle... et vous savez bien pourquoi j'en parle... Et votre trouble en ce moment montre que vous avez deviné ma pensée, et que vous vous efforcez de chasser un rêve qui est le même que le mien... Denise...

DENISE, *dans un cri.*

Non, Pierre ! Jamais ! Jamais !

> *Long silence. Il comprend que Denise ne cédera pas.*

PIERRE.

Quelle audace de dire « jamais » quand on n'est que deux pauvres êtres humains !

DENISE.

Jamais !

Entre Lucie, un télégramme à la main.

SCENE XIII

LUCIE, DENISE, PIERRE.

LUCIE, *donnant le télégramme à Pierre.*
Les enfants arriveront demain.
Un long silence.

DENISE.

Je vais partir.

LUCIE, *les yeux encore rouges.*
Va, ma pauvre Denise. J'irai me mettre à tes genoux avant que tu quittes cette maison.

DENISE.

Adieu, Pierre.

PIERRE.

Adieu, Denise.
Elle sort.
Nouveau silence, très long.
Le rideau baisse lentement pendant que Lucie, qui a tout oublié, dit :

LUCIE.

Qu'est-ce que c'est au juste que cette madame Durand chez qui tu dois aller ?...

FIN

LA RÉGENCE

PIÈCE EN CINQ ACTES

PERSONNAGES

LE RÉGENT.
JEAN LASS (JOHN LAW).
LE CHEVALIER DE RIONS.
LE MARÉCHAL DE VILLEROY.
LE DUC DE LAUZUN.
WATTEAU.
IBAGNET.
LE DUC DE BRANCAS.
LE MARQUIS DE LA FARE.
LE PRINCE DE CONTI.
M. LE DUC.
LE MARÉCHAL D'ESTRÉES.
LE DUC D'ANTIN.
LE DUC DE LA FORCE.
M. DE FOURQUEUX.
LE PRÉSIDENT DE MESMES.
ANTOINE DUBOUT.
PHILIPPE LANGLOIS.
CARDON.
JEAN DOYEN.
RENE GALLOIS.
LE PRÉSIDENT LAMBERT DE VERNON.
LE MARQUIS DE CANILLAC.
LÉONARD.
LE CRIEUR PUBLIC.
UN JEUNE HOMME.
L'HOMME A LA GÉLINOTTE.
LANGUEDOC.
THIERRY.
BOURDON.
HAUDRY.
PYRENNE.
ARTAUT.
DUMONT.

LA DUCHESSE DE BERRY.
MADAME DE MOUCHY.
MADAME D'ARPAJON.
MADAME DE PARABERE.
MADAME DE FALLARI.
MADAME DE GESVRES.
LA COUSINE.
L'AMIE DE LA COUSINE.
UNE FILLE.
UNE AUTRE FILLE.
LA CHAUMONT.

GENTILSHOMMES, BOURGEOIS, ABBÉS, AGIOTEURS, FILLES, ETC...

LA RÉGENCE

ACTE PREMIER

Un coin de parc au Luxembourg.

Au milieu de la scène, un haut et très long banc de pierre surélevé d'une marche. A droite de ce banc, sur un haut socle, un groupe de marbre.

Le duc de Lauzun a plus de quatre-vingts ans. Il est petit et extrêmement vif. Le maréchal de Villeroy, soixante-treize ans, est grand, droit, robuste, un peu ridicule à force de vanité, mais plein de noblesse.

SCENE PREMIERE

LAUZUN, VILLEROY. *Tous deux arrivent très rapidement. Lauzun, le premier, alerte, Villeroy essoufflé.*

VILLEROY.
Non, non, je n'irai pas plus loin de ce train-là...
LAUZUN, *gaiement.*
Vous êtes essoufflé, Villeroy ?

VILLEROY.

On le serait à moins. Le parc du Luxembourg est grand et vous venez de m'en faire faire le tour au pas de charge.

LAUZUN.

Le tour ! Vous vous trompez !

VILLEROY.

Non. (*Un temps.*) Enfin quelle folie vous pousse ?

LAUZUN.

Je voulais aller voir la ménagerie arrivée hier.

VILLEROY.

Vous n'y êtes point entré.

LAUZUN.

Je voulais voir Audran et ses tableaux.

VILLEROY.

Vous ne les avez pas regardés.

LAUZUN.

Je voulais me promener dans le parc.

VILLEROY.

A ce train-là, que n'alliez-vous sans moi !

LAUZUN.

Je ne voulais pas être seul.

VILLEROY.

Parce que ?

LAUZUN.

Seul, j'aurais eu peur.

VILLEROY.

De quoi ?

LAUZUN.

Des fantômes.

VILLEROY.

En plein jour ?

LAUZUN.

Ici, oui, il y en a pour moi en plein jour. Vous voyez cette fenêtre, mon cher Villeroy, c'est celle de la pièce où mademoiselle de Montpensier, après avoir reçu les ambassadeurs de Hollande, me fit part du demi-consentement que donnait Louis XIV à mon mariage avec elle.

Il y a presque cinquante ans de cela, et depuis je n'étais
pas venu au Luxembourg.

VILLEROY.

Est-ce possible !

LAUZUN.

Il ne faut pas oublier que j'ai passé dix ans dans la
forteresse de Pignerol, que je suis allé en Angleterre,
que je me suis marié et qu'aujourd'hui madame la
duchesse de Lauzun ne trouverait peut-être pas bon que
je rêve trop dans ces parages qui furent les témoins
d'un amour dont elle n'était pas l'objet. Sans le prétexte du serment que prêtera tantôt mon petit-neveu
comme premier écuyer de la duchesse de Berry, je n'aurais pas osé y venir encore.

VILLEROY.

Et c'est pour cela que vous m'avez promené de la
ménagerie au logis d'Audran ?

LAUZUN.

Pour détourner les soupçons, oui, mon ami. N'étant
pas seul, je puis mieux m'arrêter un moment ici, sans
que nul ne pense à deviner le pourquoi de notre promenade.

VILLEROY, *encore essoufflé.*

Quelle course !

LAUZUN, *le regardant en riant.*

Et vous êtes plus jeune que moi de dix ans ! Vous
n'êtes âgé que de soixante-treize ans, Villeroy, ne l'oubliez pas ! Seulement vous avez à porter un grand corps
dont vous êtes encore fier, à tort, je vous l'ai toujours
dit... (*Regardant autour de soi.*) Rien n'a changé. Voici
la statue et son grand socle qui fait une si bonne cachette... Et le banc... Ah ! ce banc ! C'est ici même
qu'on m'appela monsieur le duc de Montpensier, pendant toute une journrée.

VILLEROY, *joyeux.*

Mais le lendemain tout était rompu ! et vous n'étiez
plus que le duc de Lauzun !

LAUZUN.

Quel besoin de me le rappeler ! Croyez-vous que je l'aie

oublié? Je ne veux aujourd'hui me souvenir que des temps heureux... Voyez!... Le bel abri pour des amoureux! Il n'en est pas de meilleur dans le jardin. On voit venir les fâcheux de loin, et on peut s'enfuir lorsqu'ils approchent. Je me rappelle un jour... la princesse et moi, nous nous promenions, venant de tout là-bas... Là où vous voyez ce gentilhomme et cette dame. Arrivé à cet endroit, je voulus continuer par là, sachant bien que Mademoiselle désirait me conduire ici, mais voulant m'en faire prier... C'est assise sur ce banc qu'elle laissa tomber une fleur de son corsage, croyant peut-être, la naïve, avoir inventé cette petite malice... Elle me donnait ainsi une occasion de me mettre à ses genoux... Moi... (*Subitement.*) Mais... ces deux promeneurs!... Je ne me trompe pas...? C'est madame la duchesse de Berry et... Avec qui cause-t-elle si librement?

VILLEROY.

Ébaucherait-elle une nouvelle aventure?...

LAUZUN.

Ils s'arrêtent... Est-elle avec M. de La Haye, son ancien amant?

VILLEROY.

Elle est devant lui, je ne puis plus distinguer... C'est M. de Montal, son amant actuel...

LAUZUN.

Il est renvoyé depuis six mois, et dans ses terres. Mais, c'est mon petit-neveu, le chevalier de Rions!

VILLEROY.

L'amant de demain.

LAUZUN.

Ils s'avancent de ce côté. Villeroy, Villeroy... disparaissons... (*A lui-même, souriant.*) Le drôle essaierait-il de jouer avec la petite-fille de Louis XIV le jeu que j'ai joué alors avec celle de Henri IV?... L'impertinent!... Ah! voici mesdames de Mouchy et d'Arpajon qui les rejoignent... et toute la cour qui vient de ce côté...

*Entrent par la droite, premier plan, les gentils-
hommes et les dames.*

SCENE II

LE MARQUIS DE LA FARE, GENTILSHOMMES *et* DAMES, *puis* LE REGENT, LA DUCHESSE DE BERRY, MADAME DE PARABERE, LE CHEVALIER DE RIONS, LE PRINCE DE CONTI, LE DUC DE LA FORCE, D'ANTIN, M. LE DUC. *Entrent par la droite, premier plan, les gentilshommes et les dames.*

LE MARQUIS DE LA FARE, *aux nouveaux arrivants.*

Mesdames, messieurs, Leurs Altesses, prévenues de votre arrivée, recevront ici, si vous le voulez bien, vos compliments...

Petite conversation générale. Entrent le Régent, la duchesse de Berry — vingt-deux ans — et leur suite. Salutations élégantes et cérémonieuses.

LA DUCHESSE, *sur la marche, très « reine ».*

Messieurs, je suis heureuse de vous recevoir chez moi, au Luxembourg, et d'y agréer vos hommages. J'y réponds par mes meilleurs souhaits de bienvenue.

LE RÉGENT.

Messieurs, je vous serais fort obligé de demeurer ici quelques moments après le Conseil de Régence que nous allons tenir au Palais. Je voudrais profiter de la présence d'une aussi rare assemblée de gens de goût, et vous demander de me donner votre avis sur quelques fragments de mon nouvel opéra, *Aristée*, dont la répétition a été interrompue. *(Murmures d'acquiescement respectueux.)* Je vous demanderai vos critiques en toute sincérité, en vous priant d'oublier les raisons de préséance qui pourraient enlever la moindre liberté à vos jugements.

LA DUCHESSE.

Nous désirons qu'il n'y ait ici, en dehors du Conseil, que des égaux et des amis.

Nouveaux murmures de remerciements. Les atti-

*tudes deviennent moins gourmées. La Duchesse
et le Régent s'asseyent sur le banc de pierre, à
côté l'un de l'autre, et les dames autour d'eux,
sur un signe d'invitation. Madame de Parabère,
sur la marche, aux pieds du Régent.*

LA DUCHESSE.

Mon père, voulez-vous permettre à monsieur de La
Fare de vous présenter monsieur le chevalier de Rions,
dont je vais faire mon premier écuyer ?

LE RÉGENT.

Volontiers.

Le marquis de La Fare fait la présentation.

LE MARQUIS DE LA FARE.

Monsieur le chevalier de Rions, premier écuyer de Son
Altesse Madame la duchesse de Berry.

LE RÉGENT, *à de Rions.*

Soyez le bienvenu, Monsieur. (*Salutations.*) Qui êtes-
vous ? D'où venez-vous ? Vous êtes depuis peu à Paris ?

DE RIONS, *vingt-quatre ans, très jeune d'allures.*

Monseigneur, j'appartiens à la maison de Lauzun ; ma
cousine, madame de Pons, a bien voulu parler de moi à
Son Altesse, qui m'a fait la grâce de m'accueillir.

LE RÉGENT.

Il y a longtemps que vous êtes ici ?

DE RIONS.

J'ai quitté mon pays natal, il y a quinze jours... pour
la première fois.

LE RÉGENT.

Pour trouver fortune à Paris ?

DE RIONS.

Oui, Monseigneur.

LE RÉGENT.

Vous paraissez en voie d'y réussir. Mais pourquoi ne
point rester dans votre château ? Toute la noblesse semble ne pouvoir respirer qu'à Paris.

DE RIONS, *aimable.*

Monseigneur, un gentilhomme ne peut être qu'à la
cour, s'il se refuse à vivre à peu près comme ses paysans, qui mangent de l'herbe. Nos campagnes sont dé-
sertes.

LE RÉGENT.

Je sais. Je viens de rendre vingt-cinq mille soldats à
l'agriculture et je compte ne pas m'arrêter là. A vous,
monsieur, je serais mal venu, aujourd'hui à reprocher
votre arrivée à Paris ; mais je désire que l'on accepte de
rester dans ses terres. Pour y encourager, j'ai décidé de
dispenser d'impôts, pendant six années, les champs
qu'on remettra en culture. Restez ici, vous, monsieur de
Rions. (*Aux autres.*) Mais je voudrais, messieurs, que
vous me secondiez en dissuadant vos parents et vos
amis des provinces de venir à Paris.

CONTI.

A Paris ou autre part, la noblesse est dans la misère.

D'ANTIN.

Toute la richesse est entre les mains des financiers.

CONTI.

Surtout entre les mains des fournisseurs aux armées
et de tous ceux qui depuis vingt-cinq ans ont profité
des guerres.

LE RÉGENT.

On va leur faire rendre gorge. Tout à l'heure je vais
proposer au Conseil l'institution d'une Cour de Justice
qui obligera tous les détenteurs de grosses fortunes nouvelles d'en expliquer l'origine, et de restituer aux finances du royaume les bénéfices excessifs ou non justifiés.

PLUSIEURS.

Très bien ! très bien !

MONSIEUR LE DUC.

Et tout cet argent, monsieur, sera destiné à relever
l'éclat de la noblesse ?

LE RÉGENT.

Non pas, monsieur le duc, à soulager la misère du
peuple.

CONTI.

Et nous, que deviendrons-nous ? nous sommes tous
ruinés. Il faut faire revenir le temps du dernier règne
avant madame de Maintenon.

MONSIEUR LE DUC.

Le Roi disposait des charges.

D'ANTIN.

Au lieu de vivre dans l'oisiveté comme à présent, nous employions toute notre activité à les mériter.

LE RÉGENT.

A les solliciter, tout au moins.

CONTI.

Nous devons pouvoir soutenir notre rang.

LE RÉGENT.

J'offrirai à votre activité de nouveaux moyens de s'employer. Il va être décidé que tout gentilhomme pourra se livrer au commerce sans déroger.

DE LA FORCE.

Ce serait bien.

D'ANTIN.

Oui. Mais il n'y a plus de commerce.

LE RÉGENT.

Le commerce va renaître. La banque de monsieur Jean Lass va être déclarée Banque royale. Je vous ai déjà dit ses projets, dont les moindres ne sont pas l'abolition des barrières intérieures et la mise en valeur de nos colonies. Le système ingénieux du crédit organisé rendra la richesse au royaume. Les actions de la banque ont déjà doublé de valeur. De nouvelles vont être créées qui sont certaines d'une grande hausse.

CONTI.

Alors il faut nous en assurer.

MONSIEUR LE DUC.

Nous devons avoir un privilège sur ces actions.

LA FORCE.

Oui, qu'on nous donne des actions, si elles doivent monter.

D'ANTIN.

Voilà le moyen de nous rendre justice sans faire tort à personne.

LE RÉGENT.

Vous serez satisfaits, Messieurs. Allons travailler.

Depuis quelques instants, la duchesse, ses femmes et quelques seigneurs sont sortis.

UN OFFICIER, *s'approchant du Régent.*

Monseigneur, monsieur Jean Lass sollicite, de Votre

Altesse, quelques instants d'entretien. C'est, dit-il, d'extrême urgence.

LE RÉGENT.

C'et bien. Qu'il vienne ! (*Aux gentilshommes.*) Je vous suis, Messieurs.

Ils sortent.

SCENE III

LE REGENT, JEAN LASS, LE PRESIDENT DE MESMES.
Entre Jean Lass, à peine cinquante ans, mise très simple et très élégante. Il est grand, de belle allure, fin et un peu austère — voir le portrait de Belle à la National Gallery.

JEAN LASS, *très ému.*

Je viens me mettre sous votre protection, Monseigneur.

LE RÉGENT.

Qui vous menace ?

JEAN LASS.

Le Parlement.

LE RÉGENT, *après réflexion.*

Le premier Président, monsieur de Mesmes, est là. Voulez-vous vous expliquer devant lui ?

JEAN LASS.

Très volontiers !

LE RÉGENT, *à l'officier qui vient d'introduire Jean Lass.*
Monsieur... Voulez-vous prier monsieur le Président, que je viens de voir là, de venir immédiatement.

L'OFFICIER.

Bien, Monseigneur.

Il sort.

LE RÉGENT.

Soyez rassuré, monsieur Jean Lass, j'estime trop les

services que vous rendez au royaume pour ne pas vous défendre contre vos ennemis, quels qu'ils soient.

L'OFFICIER, *annonçant*.

Monsieur le premier Président du Parlement de Paris.

Entre M. de Mesmes, important et somptueux.

LE RÉGENT, *à M. de Mesmes*.

Monsieur, monsieur Jean Lass prétend avoir à se plaindre de vous.

LE PRÉSIDENT.

J'aimerais savoir en quoi, Monseigneur.

LE RÉGENT.

Parlez, monsieur Jean Lass.

JEAN LASS, *au Président*.

Toutes vos dispositions sont prises pour me faire arrêter.

LE PRÉSIDENT, *narquois*.

Vous l'affirmez, je vous dois la politesse de le croire.

LE RÉGENT.

Ne le prenez point sur ce ton, monsieur. Est-ce vrai ?

LE PRÉSIDENT.

Si vous m'ordonnez de parler, Monseigneur, j'obéirai.

LE RÉGENT.

J'ordonne.

LE PRÉSIDENT.

Notre devoir est de défendre le royaume contre ses ennemis.

JEAN LASS.

En quoi suis-je un ennemi du royaume ?

LE PRÉSIDENT.

Les débats l'établiront.

JEAN LASS, *au Régent*.

Monseigneur, vous me connaissez. Mes projets ne peuvent être mal interprétés. J'offre d'établir à mes frais un système qui sauvera la France, et dont un commencement d'exécution a déjà eu d'heureux résultats. J'y engage la fortune que j'ai apportée avec moi en France. Et j'y mets aussi ma tête comme enjeu.

LE PRÉSIDENT.

Que voulez-vous ?

JEAN LASS.

Je veux multiplier les richesses par la création du crédit. Je veux que le travail de demain favorise le travail d'aujourd'hui. Je veux que les impôts soient payés par chacun selon sa richesse, et non selon les caprices des fermiers généraux. Ceux-là, je veux les supprimer, ainsi que les quatre-vingt mille gabelous qui se font payer par le peuple pour le persécuter.

LE PRÉSIDENT.

Le peuple mérite-t-il tant de sollicitude ?

JEAN LASS.

Un ouvrier qui gagne vingt sous par jour est plus précieux à l'Etat qu'un capital en terres non cultivées de vingt mille livres.

LE PRÉSIDENT, *riant*.

Voilà une opinion qui vous est personnelle.

JEAN LASS, *au Régent*.

Je supplie Votre Altesse Royale de me soutenir contre les ennemis du Roi, de Votre Altesse et de l'Etat.

LE RÉGENT.

Êtes-vous réellement menacé ?

JEAN LASS.

Monseigneur, des agents dont j'ai les noms devaient tout à l'heure se saisir de moi. Le Parlement, réuni par une convocation dont j'ai le texte, devait me juger, prononcer contre moi un jugement préparé à l'avance, dont j'ai le texte également. Et je devais être pendu à l'intérieur du palais, dans les trois heures.

LE RÉGENT, *au Président*.

Eh bien, monsieur ?

LE PRÉSIDENT, *essayant de railler*.

Si monsieur Jean Lass possède des preuves de ce qu'il dit, il me faudra bien me rendre à l'évidence.

LE RÉGENT, *à Jean Lass*.

Vous êtes mon hôte, monsieur. Je vous prie de me faire la grâce d'habiter le Palais Royal. Nous verrons si on aura la pensée d'aller vous y chercher. Voyez monsieur de Nancré et dites-lui mon désir. (*A mi-voix en l'accompagnant.*) Mais ne vous éloignez pas tout de

suite. Je désire que vous assistiez au Conseil de Régence.
Votre banque sera déclarée Banque royale, et vous pourrez ainsi procéder à une nouvelle émission.

JEAN LASS.

Merci, Monseigneur.

Il sort.

SCENE IV

LE REGENT, LE PRESIDENT, *puis* MESDAMES DE
PARABERE *et* D'AVERNE.

LE PRÉSIDENT, *ému, inquiet.*

Monseigneur... L'erreur est le fait de l'homme... Si...
Mais vous ne pouvez pas douter de notre dévouement.

LE RÉGENT.

Du vôtre ?

LE PRÉSIDENT.

Du mien surtout !

LE RÉGENT.

Envers qui ?

LE PRÉSIDENT.

Envers le Roi... envers vous, Monseigneur, envers
vous.

LE RÉGENT, *tirant un papier de sa poche.*

Envers moi, ou envers l'Espagne ?

LE PRÉSIDENT.

Envers l'Espagne ?

LE RÉGENT, *après un silence.*

Monsieur, vous avez assuré l'Espagne, notre ennemie,
du dévouement du Parlement.

LE PRÉSIDENT.

Oh ! Monseigneur !

LE RÉGENT.

J'ai lu votre lettre à Philippe V. Vous entendez... La

voici. Je l'ai-lue. (*Remettant la lettre dans sa poche.*)
On a pendu des gens pour moins que cela.

LE PRÉSIDENT, *tremblant de tous ses membres.*
Monseigneur...

LE RÉGENT.
Et je puis vous faire pendre. (*Un silence.*) Je n'y mettrai point de hâte. Ma conduite dépendra de la vôtre.
Vous m'avez entendu.

LE PRÉSIDENT.
Votre Altesse Royale n'a aucune raison de se montrer
plus sévère à mon égard qu'elle ne l'est pour d'autres
personnes qui la touchent de près.

LE RÉGENT.
Vous voulez parler de mes roués. Ils prétendent qu'on
les appelle ainsi, parce qu'ils sont toujours prêts à se
faire rouer pour moi. Non ! C'est parce qu'ils sont bons
à rouer. D'Effiat est vendu au duc du Maine, et Nocé,
et Canillac et Broglie... Je suis sans haine contre eux, ce
qui ne veut pas dire que je sois sans mépris. Laval
conspirait contre moi parce qu'il était pauvre ; je l'ai
enrichi. Et à d'autres, je me suis contenté de faire peur.
Mais ce n'est pas pour vous parler de cela que je vous
ai mandé. Vous et le Parlement poursuivez de votre
haine un homme pour qui j'ai grande estime et reconnaissance.

LE PRÉSIDENT.
Alors, il n'est point question de John Law, de Jean
Lass, comme on dit.

LE RÉGENT, *se levant.*
C'est de lui qu'il est question, monsieur, et je vous
défends d'en parler sur ce ton.

LE PRÉSIDENT.
Votre Altesse Royale sera obéie.

LE RÉGENT.
J'y compte. A la mort du feu roi, les dépenses dépassaient les revenus de quarante millions, les dettes des
six années dernières n'étaient pas payées, les revenus
des trois autres années suivantes étaient dépensés. Aujourd'hui l'ordre dans les finances est rétabli. Le commerce est ranimé, les travaux publics ont été repris :

on creuse des canaux, on trace des routes. Une richesse
a été révélée à la France. Les douanes intérieures ont
été abolies, le blé peut circuler librement, on n'en verra
plus pourrir dans une province alors que la famine dé-
vaste la province voisine. On a pu rappeler les soldats
de l'armée et les rendre à l'agriculture ; on a pu remettre les impôts à des paysans trop malheureux ; bientôt on ne paiera plus pour recevoir l'instruction indispensable, et la taille proportionnelle graduelle sera
établie. Il n'y a plus de faillite. Les industries se déve-
loppent et le peuple, soulagé, respire. La confiance re-
naît et le travail avec elle. Voilà ce que nous devons à
Jean Lass. Vous le savez et vous voulez le perdre ! Allons !
(*Sur un geste du Président.*) Taisez-vous, Monsieur. Je
le sais ! Vous voulez le perdre ! Et pourquoi ? Êtes-vous
guidé par le souci de l'intérêt général ? Non. Rien que
par le vôtre ! Vous avez appris qu'il se proposait de vous
racheter vos charges et de rendre ainsi la justice acces-
sible à tous. Voilà ce qui vous dresse contre Jean Lass.

LE PRÉSIDENT, *piteux.*

Monseigneur, j'avais pensé moi-même à ce rachat des
charges ; mais j'y ai renoncé lorsque j'ai vu combien
de juges, d'avocats et d'huissiers en seraient ruinés.

LE RÉGENT.

C'est cela ! Crève le peuple pourvu que vous continuiez
à vivre ! Voilà ce qu'est devenu le Parlement : l'union
des orgueils et des égoïsmes. Je n'admettrai point qu'il
empiète sur la puissance royale : je la rendrai à la
majorité du roi, telle que je l'ai reçue. Allez, monsieur.
Dites cela à vos amis, et tenez-vous tranquilles, tous, si
vous ne voulez pas qu'un jour j'envoie siéger à Pontoise
le Parlement de Paris, sans préjudice des châtiments
particuliers qui auront pu être mérités par n'importe
qui, depuis le dernier robin jusqu'au premier Président.

LE PRÉSIDENT.

Monseigneur...

Il chancelle.

LE RÉGENT, *à un officier qui était dans la coulisse.*

Monsieur ! Aidez à sortir monsieur le premier Président qui ne sait comment me remercier pour la bonne

nouvelle que je viens de lui apprendre et qui ne tient
plus sur ses jambes.

> *Mesdames de Parabère et d'Averne, qui attendaient
> que le Régent fût libre, viennent le prendre
> chacune par un bras et l'entraînent, en riant
> avec lui. Entrent de l'autre côté la duchesse de
> Berry et le chevalier de Rions.*

SCENE V

LA DUCHESSE DE BERRY, DE RIONS, *puis* WATTEAU.

LA DUCHESSE, *à de Rions.*

Reprenons notre promenade, voulez-vous ? Non, pas
par là... j'ai peur du lion. Par ici... (*Elle conduit le chevalier de Rions vers la statue tout en parlant.*) Monsieur
mon premier écuyer... Vous savez que le serment du
premier écuyer comporte un vœu de fidélité, mais point
tout à fait cependant comme celui d'un chevalier de
jadis à sa dame.

DE RIONS, *gai, mais respectueux.*

Votre Altesse Royale daignera-t-elle croire que ma fidélité n'a pas besoin de serment pour être éternelle ?

LA DUCHESSE.

Soyez rassuré. Il n'est question que de la fidélité du
gentilhomme ; vous pouvez, ici, aimer qui vous voudrez... et je me demande même si la jeune madame de
Mouchy...

DE RIONS.

Hélas ! madame, on n'aime pas qui l'on veut... Et à
quelles moqueries ne m'exposerais-je pas, moi, petit cadet de Gascogne, si j'osais, comme semble me le con-
seiller ou le croire Votre Altesse, lever les yeux vers une
des dames de la Cour !

LA DUCHESSE.

Mais je ne vous ai point conseillé cela, chevalier,

Depuis quelques instants, un grand jeune homme timide, qui se dissimulait derrière un arbre, s'est approché un peu et prend un croquis des amoureux, son carton lui servant de table. La duchesse s'assied sur le banc et laisse tomber une fleur de son corsage. De Rions met un genou en terre pour la ramasser. Lauzun, farceur, passant derrière le jeune artiste, tousse bruyamment et disparaît. L'artiste — c'est Antoine Watteau — se sauve avec tant de précipitation qu'il laisse tomber son carton dont les dessins s'éparpillent. De Rions, surpris, s'est relevé tout d'un coup, inquiet. La duchesse a seulement froncé les sourcils.

LA DUCHESSE, *un peu irritée, à de Ryons.*
Qu'avez-vous ?...

DE RIONS.
J'ai entendu...

LA DUCHESSE.
Eh bien ?

DE RIONS, *très jeune.*
Je craignais que ce fût monsieur le Régent.

LA DUCHESSE, *de haut.*
Quand même c'eût été le Régent ! N'êtes-vous pas avec moi ? (*Elle se lève et aperçoit les papiers tombés. De Rions va les ramasser et les lui donne.*) Que sont ces papiers ?

DE RIONS.
Les dessins de ce jeune homme. Il a eu si peur qu'il a laissé tomber son carton... J'avais déjà cru l'apercevoir, l'autre jour, se dissimulant derrière un arbre...

LA DUCHESSE, *regardant les dessins.*
Oh ! mais c'est charmant... c'est charmant... Vite, vite, courez après lui et me l'amenez ! (*De Rions sort en courant. La duchesse continue à regarder les dessins.*) Mais c'est moi qu'il a voulu faire... (*Se souriant à elle-même.*) Serais-je donc aussi jolie ?... (*Rêveuse, un peu grave.*) Je le voudrais bien... (*Un long silence pendant lequel elle pose lentement le dessin à côté d'elle, sur*

le banc où elle s'est assise.) Ah! l'effronté, je vais lui
faire peur!

> *De Rions paraît, amenant presque de force Wat-
> teau, qui a l'air de ne pas avoir encore vingt
> ans et qui tremble de tous ses membres. Il est
> gauche et très pauvrement vêtu — voir son por-
> trait gravé par Boucher. — La duchesse fait un
> petit signe de doigt à de Rions qui s'éloigne.*

SCENE VI

LA DUCHESSE, WATTEAU.

LA DUCHESSE, *affectant la sévérité.*

Comment osez-vous, Monsieur, vous permettre de dessiner ainsi les gens en cachette et peut-être malgré eux ?

WATTEAU, *que le ton de la duchesse a fait se redresser.*

Cela leur fait donc du mal ?

LA DUCHESSE.

Qui êtes-vous ? Comment vous appelez-vous ?

WATTEAU.

Je m'appelle Antoine Watteau. J'habite chez monsieur
Audran, le concierge du château, qui a bien voulu me
recueillir, et je l'aide dans les travaux d'ornementation
dont il est chargé. Si l'on exige que je m'en aille, je
m'en irai. Il y a de l'air partout.

LA DUCHESSE.

Où gagnerez-vous votre vie ?

WATTEAU.

Je retournerai faire des saints Nicolas.

LA DUCHESSE.

Des saints Nicolas ?

WATTEAU.

Sur le pont Notre-Dame, il y a un marchand qui en
fabrique à la douzaine.

LA DUCHESSE.

Vous reprendra-t-il ?

WATTEAU.

Oui, parce que les autres ouvriers ne savent faire chacun qu'une partie du saint Nicolas, celui-là la tête, celui-ci le ciel, l'autre la robe. Moi je le fais tout entier, tout seul, je le sais par cœur... Adieu, madame.

Fausse sortie.

LA DUCHESE, *à part.*

Il me prend pour une de mes femmes. (*Haut.*) Et vos dessins ?

WATTEAU.

Vous pouvez les garder, j'en ferai d'autres. Seulement, je voudrais bien que vous me rendiez mon carton.

LA DUCHESSE.

Savez-vous à qui vous parlez ?

WATTEAU.

A madame la duchesse de Berry.

LA DUCHESSE.

A votre ton, j'ai pu croire que vous l'ignoriez.

WATTEAU.

Madame, vous aviez l'air très doux quand je suis arrivé ; alors, j'avais très peur.

LA DUCHESSE.

Comment cela ?

WATTEAU.

Peur de vous déplaire. Je craignais d'avoir froissé en vous quelque sentiment ignoré de moi...

LA DUCHESSE.

Et maintenant ?

WATTEAU.

Je n'avais peur que de cela. (*Geste évasif.*) Si vous vouliez, madame, avoir la bonté de me rendre mon carton ?

LA DUCHESSE.

Tout à l'heure... (*Il s'éloigne un peu.*) Allons ! je faisais semblant d'être fâchée... (*A part.*) Mais tout à l'heure c'est moi qui vais lui faire des excuses et des avances !... (*Haut.*) Approchez... Ils sont très jolis, vos dessins, le savez-vous ?

WATTEAU.

Je cherche.

LA DUCHESSE.

C'est moi que vous avez voulu faire là ?

WATTEAU.

Je ne suis pas un portraitiste... C'est vous, madame,
si vous voulez...

LA DUCHESSE.

C'est moi, et c'est mieux.

WATTEAU.

Oui. Mieux.

LA DUCHESSE, *souriant.*

Mais...

WATTEAU.

C'est vous, vue de mon rêve ; le rêve, c'est toujours
plus beau.

LA DUCHESSE.

Croyez-vous ?

WATTEAU.

Le rêve est plus beau que la vie. Heureusement !

LA DUCHESSE.

Vous dites cela, parce que vous êtes pauvre.

WATTEAU.

Je suis plus riche que vous. Je suis riche de tout ce
que j'imagine.

LA DUCHESSE.

Expliquez-vous mieux.

WATTEAU.

Vous, vous n'êtes riche que de ce que vous possédez,
et, tant que ce soit, c'est limité.

LA DUCHESSE.

Mais les rêves s'envolent.

WATTEAU.

Pas les miens, je les fixe sur mon papier.

LA DUCHESSE, *regardant d'autres dessins.*

Vous en avez de jolis.

WATTEAU, *naïf.*

N'est-ce pas, madame ?

LA DUCHESSE.

Des rêves d'amour.

WATTEAU.

De désir, c'est mieux aussi... Je me donne, par mon art, tous les bonheurs que je me sais condamné à ne sentir jamais.

LA DUCHESSE.

Jamais ? Pourquoi ?

WATTEAU.

Madame, ne me questionnez pas à ce sujet ; je suis capable d'éprouver ce sentiment dont je vous parlais tout à l'heure et que j'avais peur d'avoir froissé en vous.

LA DUCHESSE.

La pudeur ?

WATTEAU.

La pudeur d'âme...

LA DUCHESSE.

Mais je puis bien vous demander si vous êtes heureux.

WATTEAU.

Je suis heureux quand je travaille... parce qu'alors, moi qui suis fils d'un ouvrier couvreur, je vis au milieu de ces princesses élégantes qui sont les filles de mon caprice. Quand je veux, elles me sourient. Et j'entends les musiques de toutes les guitares que je dessine. Même quand il est désert, le parc est pour moi rempli d'élégantes figures de Gilles, d'Arlequins et de Colombines, d'amants discrets, de galants timides et de calmes amoureuses. Je les groupe à mon gré, de mille façons, sous ses grands arbres, qui eux aussi me sont amis.

LA DUCHESSE.

Puisque vous vous plaisez au Luxembourg, voulez-vous y demeurer ?

WATTEAU.

J'y demeure.

LA DUCHESSE.

Mais non pas chez Audran. Dans le palais, chez moi. Vous serez mon peintre. Vous serez attaché à ma personne.

WATTEAU, *doucement*.

Non, madame. Je ne veux pas être attaché. N'importe où, à n'importe qui.

LA DUCHESSE.

Vous êtes un insupportable petit orgueilleux.

WATTEAU.

C'est un droit que je paie par la pauvreté.

LA DUCHESSE.

Combien voulez-vous le vendre, ce dessin ?

WATTEAU.

J'aimerais mieux vous le donner que de vous le vendre.

LA DUCHESSE.

J'accepte.

WATTEAU.

Merci.

LA DUCHESSE.

Mais demandez-moi quelque chose.

WATTEAU.

Oui. Voilà. Monsieur Audran me parle souvent des soupers de Monseigneur le Régent au Palais Royal. Il y a, paraît-il, les plus belles femmes du royaume et les seigneurs les plus élégants. Il doit s'y dire les madrigaux les plus jolis, on doit y voir les attitudes les plus nobles et des plus galantes à la fois...

LA DUCHESSE, *à elle-même, avec un rire un peu retenu.*

Pauvre enfant ! (*Haut.*) Audran exagère un peu.

WATTEAU.

Non ! j'en suis sûr !

LA DUCHESSE.

Eh bien ?

WATTEAU.

Je voudrais qu'il me fût permis de m'y cacher un soir, dans un coin, et de dessiner...

LA DUCHESSE, *un peu mélancolique.*

Je vais vous répéter votre mot de tout à l'heure : « Le rêve est plus beau que la vie ». Continuez à nous voir comme vous nous avez vus dans ces croquis, cela vaut mieux pour tout le monde, pour nous surtout.

WATTEAU.

Vous ne voulez pas ?

LA DUCHESSE.

Non... Je vous fâche ?

WATTEAU.

Non, madame. Parce que je sens que c'est par bonté
que vous me refusez.

LA DUCHESSE.

Alors, demandez-moi autre chose.

WATTEAU.

Oui. Permettez-moi de dessiner à mon gré dans le
parc.

LA DUCHESSE.

Avec plaisir.

WATTEAU.

Je vais vous dire un secret. Depuis longtemps, je
rêve de faire un tableau, avec ce paysage, ce banc, cette
statue et une dizaine de figures. Je le vois, ce tableau...
Deux dames sont assises là où vous êtes... A droite, un
galant, le genou en terre... à gauche, un joueur de
guitare, et, assise sur cette marche, une autre élégante
lui tiendra le cahier de musique... Là-bas, un couple
dansera ; enfin, de ce côté, on verra un autre danseur et
deux ou trois petits personnages. Je l'appellerai : *l'Assemblée dans un parc.*

LA DUCHESSE.

C'est accordé... Mais ce tableau-là, vous voudrez bien
me le vendre ?

WATTEAU.

Oui, madame. Merci, madame. (*Très tendre.*) Voulez-
vous me rendre mon carton maintenant ?

LA DUCHESSE.

Le voilà.

WATTEAU, *un genou en terre.*

Merci, madame.

LA DUCHESSE, *avec une légère caresse.*

Quel âge avez-vous ? Vingt ans ?

WATTEAU, *simple.*

Plus. Mais j'ai souffert. (*Se relevant.*) Au revoir, madame !

Il sort.

SCENE VII

LA DUCHESSE, MADAME DE MOUCHY, LAUZUN, *puis*
DE RIONS.

LA DUCHESSE, *seule, regarde le dessin que Watteau
lui a laissé. Elle est d'abord triste, puis en colère...*
C'est comme un reproche, ce dessin !
*Elle le déchire et en jette les morceaux derrière
le banc. Entre madame de Mouchy.*
MADAME DE MOUCHY, *très émue.*
Ah ! Madame !... Madame... Monsieur de Rions... le
lion ! La ménagerie !

LA DUCHESSE.
Eh bien, monsieur de Rions ?

MADAME DE MOUCHY.
C'est un héros !... Le lion...

LA DUCHESSE.
Oui... Quoi ?... Le lion ?

MADAME DE MOUCHY.
Il s'est échappé.

LA DUCHESSE.
Dans le jardin ?

MADAME DE MOUCHY.
Oui, madame... Mais maintenant, il n'y a plus de
danger... Grâce à monsieur de Rions.

LA DUCHESSE.
Il n'est pas blessé ?

MADAME DE MOUCHY.
Non. Heureusement, mon Dieu !
LAUZUN, *qui vient d'entrer et qui a remarqué l'émotion
de la duchesse.*
Que Votre Altesse se rassure : il n'est pas blessé,
mais quelle hardiesse, quel courage ! (*Il feint d'être
ému.*) J'ai vu le moment où la bête féroce allait se jeter

sur lui, le déchirer de ses griffes puissantes, le terrasser, le mettre en lambeaux.

LA DUCHESSE, *à demi pâmée.*

Oh! le malheureux jeune homme!

LAUZUN.

Il n'a rien, madame... Je sais qu'il eût été heureux de donner sa vie pour Votre Altesse ; il me le disait encore hier, mais il n'a rien... (*Fausse émotion.*) Seulement mon cœur de grand-oncle a battu bien fort...

LA DUCHESSE.

Dites-moi ce qui s'est passé.

LAUZUN.

Voilà... Ce lion... L'avez-vous entendu rugir ? Terrible!... Ce lion, donc... Cette bête formidable avait sans doute brisé les barreaux de sa cage, on ne sait pas exactement... Tout à coup, on entend des cris dans la ménagerie : « Sauve qui peut! Sauve qui peut! » Et le lion apparaît... Villeroy se cache derrière un arbre. Où est-il, Villeroy ? Il est souffrant, peut-être... Pauvre Villeroy!... Je vais aller lui porter de l'eau de la Reine de Hongrie. Pauvre cher ami!

LA DUCHESSE, *impatientée.*

Eh! que m'importe votre Villeroy!... monsieur de Rions...

LAUZUN.

... Il faut que je raconte dans l'ordre, madame, sans quoi on ne saurait pas tout l'héroïsme de monsieur de Rions... Où en étais-je ?... Donc, Villeroy se cache derrière un arbre. A-t-il essayé d'y grimper, je l'ignore, je ne raconte que ce que j'ai vu. Les dames s'évanouissent, et le lion, les yeux injectés de sang, regarde de tous côtés comme pour chercher lequel de nous il va dévorer le premier. Soudain il prend son élan. Monsieur de Rions s'écrie : « Il se dirige du côté où se trouve madame la duchesse! » Monsieur de Rions s'avance vers le monstre et, se servant de son épée comme d'un fouet de chasse, il cingle, il fouaille la bête furieuse qui se dresse, mais bientôt reconnaît son vainqueur et, sous les coups, regagne en grognant la ménagerie, pénètre dans sa cage dont le gardien referme aussitôt la porte, et se

couche, domptée, vaincue, pendant que monsieur de
Rions remet au fourreau son épée qui n'y rentrait pas
facilement parce que de longs crins de la toison du fauve
s'y étaient enroulés.

LA DUCHESSE.

Qu'il est brave ! (*A madame de Mouchy.*) C'est bien
vrai qu'il n'est pas blessé ?... Les choses se sont bien
passées ainsi ; vous avez vu ?

MADAME DE MOUCHY.

Pas tout, parce que j'avais fermé les yeux en attendant la mort. Mais c'est bien ainsi, je le crois.

Entre le chevalier de Rions, très jeune, un peu
chiffonné.

LAUZUN.

Le voici. (*L'embrassant.*) Tu n'es pas blessé, au moins,
chevalier ? (*Montrant la dentelle de la manchette du*
chevalier.) Mais que vois-je... du sang !

LA DUCHESSE.

Il est blessé !

DE RIONS, *tout simple, disant vrai.*

C'est une épingle qui m'a égratigné.

LA DUCHESSE.

Racontez-nous, monsieur de Rions, racontez-nous votre
exploit.

DE RIONS, *riant plus fort. Très simple et joyeux,*
un peu ému tout de même.

Mon exploit !... Mais, madame, le lion était tout étonné
de ne plus être dans sa cage, il avait l'air d'un gros
chien dépaysé... Je suis allé vers lui pour le caresser ;
il m'a fait pffu ! pffu ! mais sans méchanceté... Puis,
me prenant sans doute pour son montreur et croyant
qu'il avait à faire le beau, il s'est mis debout, comme
il le fait dans ses exercices, je suppose, — bien docile-
ment, — et je crois qu'ensuite il a cru que son devoir
était de me donner la patte, car il l'a posée sur mon
bras, et comme il avait oublié de rentrer ses griffes, la
dentelle de ma manchette en a été un peu déchirée...
(*Il rit.*) Voilà tout.

LA DUCHESSE.

Mais ce sang...

DE RIONS, *de même.*

Je vous dis, madame, une épingle que j'avais mise ce matin pour retenir un pli...

MADAME DE MOUCHY.

Il aurait pu être dévoré... C'eût été dommage.

DE RIONS, *sans être vu de la duchesse ni de madame de Mouchy, envoie un baiser à celle-ci.*

Elle est gentille.

LAUZUN.

Lorsque la modestie s'égale au courage, elle devient la plus belle des vertus... (*A madame de Mouchy.*) Si Son Altesse le permet, madame, nous allons rassurer Monseigneur le Régent et prendre des nouvelles de ce cher Villeroy.

Signe d'acquiescement de la duchesse qui n'a d'yeux que pour de Rions. Lauzun et madame de Mouchy sortent.

SCENE VIII

LA DUCHESSE, DE RIONS.

LA DUCHESSE.

Vous n'êtes vraiment pas blessé ?

DE RIONS.

Mais non, madame, je vous assure.

LA DUCHESSE.

J'en eusse été chagrinée. Je suis bien reconnaissante à madame de Pons, votre parente, de vous avoir donné à moi.

DE RIONS.

Madame, vous vous moquez. Je sais bien mes gaucheries. Pas toutes, peut-être. Mais je veux si fort m'en corriger que je suis certain d'y arriver.

LA DUCHESSE.

Pour le ciel, ne changez pas !

DE RIONS.

Vous voulez donc que je sois votre bouffon, et rire de mes ridicules ?

LA DUCHESSE.

Non pas.

DE RIONS.

Je m'appliquerai à mériter votre indulgence en m'efforçant de ressembler très vite aux seigneurs qui vous entourent.

LA DUCHESSE.

Restez vous-même, je vous dis !

DE RIONS, *poursuivant son idée.*

Songez, madame, qu'il y a quinze jours à peine que je suis à Paris et que j'ai l'inestimable honneur de vous voir.

LA DUCHESSE.

Ce qui me plaît en vous, c'est votre âme simple et bonne.

DE RIONS.

« Bonne » est là pour faire passer « simple ». Je vous demande seulement, madame, un mois de patience. Déjà, j'ai fait des progrès et je ne suis plus autant le naïf, étonné de tout, que j'étais en arrivant. A vrai dire, je suis encore émerveillé. Mais le moyen que, dans le vieux manoir paternel, je pusse soupçonner tant d'élégance, de richesses, d'indépendance et de largeur d'esprit !

LA DUCHESSE.

N'admirez point autant ce que vous voyez. Il faut que je vous explique... Vous voulez bien être un peu mon élève ?...

DE RIONS.

Oh ! madame !...

LA DUCHESSE.

Eh bien, je dois vous prévenir. Le monde que vous voyez autour de moi n'est pas aussi corrompu qu'il le paraît.

DE RIONS.

Corrompu !

LA DUCHESSE.

Laissez-moi dire.

DE RIONS.

J'écoute... j'écoute...

LA DUCHESSE, *lui désignant la marche.*

Asseyez-vous là... Vous allez comprendre. Sous le feu roi, une sévère austérité était de commande ; alors on était hypocrite. On s'est trouvé libre tout à coup, et l'on est devenu fanfaron. Tout le monde est beaucoup plus vertueux qu'il ne le paraît.

DE RIONS.

Ce serait malheureux !

LA DUCHESSE, *riant.*

Voyez-vous cela ! Voulez-vous bien vous taire ! Mais vous faites trop de progrès, monsieur, je vous parle sérieusement ! (*Avec une pointe de mélancolie.*) Pour que vous pensiez me faire votre cour par des réponses pareilles, qu'a-t-on pu vous dire de moi, mon Dieu ! Peut-être est-ce vrai, tout ce qu'on vous a dit. Mais on n'a pas cherché à m'excuser.

DE RIONS.

Madame, n'êtes-vous pas libre ? et, quoi que vous fassiez, n'est-ce pas bien fait ? Et peut-on concevoir l'insolence qui se permettrait de vous critiquer ?

LA DUCHESSE.

Oui, cela est vrai... Tout de même, quelqu'un qui n'est pas un insolent vient de me critiquer... Oh ! sans le savoir et sans le vouloir !... Ce petit dessinateur que vous savez. L'élégance qu'il prête à ceux qui m'entourent les fait meilleurs qu'ils ne sont. J'ai ressenti le vif regret que mes dames et mes gentilshommes ne justifient pas mieux son impression. Et j'en ai été sottement colère. (*A elle-même.*) Pourquoi ne pas égaler le rêve de cet humble petit bonhomme ? Pourquoi ne pas se façonner une autre vie ?... Moi-même... Je n'ai que vingt-deux ans, après tout... (*A de Rions.*) Mais vous aussi, monsieur de Rions, vous m'êtes un reproche... Un reproche qui pourrait être bienfaisant. Vos yeux laissent voir une âme si saine et si jeune !... Croyez-moi ; restez vous-même... Je vais vous dire autre chose. Vous me montrez si simplement tant d'amitié que cela me donne la dernière confiance en vous. Je ne veux plus rien faire sans votre avis.

DE RIONS, *il la considère pendant un moment, puis se met à rire.*

Votre Altesse manque de générosité. Sur l'innocent que je suis, votre victoire est trop aisée, madame, et votre raillerie un peu cruelle. Enfin, je l'avoue, pendant un moment je suis tombé dans le piège que votre grâce me tendait, et vous pouvez ne point tout regretter... Seulement, vous êtes allée un peu trop loin et vous vous êtes démasquée. Mon grand-oncle Lauzun m'avait bien prévenu, pourtant! Vous avez voulu vous rendre compte de mon degré de crédulité. Elle est grande, mais non point sans limites...

Il se lève en riant discrètement.

LA DUCHESSE, *un peu amère.*

Mes compliments à monsieur le duc de Lauzun. Je vois que votre éducation est fort avancée et que vous n'avez guère à attendre de moi.

Un silence. Elle est un peu démontée, mais s'efforce de ne point le laisser voir. Un jeu d'éventail marque, en elle, un changement de sentiments et une résolution.

DE RIONS.

Aurais-je le malheur de vous déplaire, madame?

LA DUCHESSE, *à part, tendrement.*

Le sot! Nous allons bien voir. (*Haut.*) Ne vous croyez pas tout à fait initié, cependant. Un autre que vous eût cherché à tirer meilleur parti de la situation.

DE RIONS.

Je ne comprends pas.

LA DUCHESSE.

Vraiment?

DE RIONS.

Non.

LA DUCHESSE.

Il m'eût dit, par exemple, quelques galanteries.

DE RIONS.

Je ne suis ni fat, ni sot à ce point.

LA DUCHESSE.

Trop de réserve est trop.

DE RIONS.

Trop de respect n'est jamais trop.

LA DUCHESSE.

La parfaite raison fuit toute extrémité
Et veut que l'on soit sage avec sobriété.

C'est de Molière... (*Voyant l'embarras de Rions.*) Eh bien ? Vous voilà tout silencieux. Vous faites tort à votre pays d'origine, monsieur le Gascon...

DE RIONS.

Les gens y sont moins présomptueux et plus réfléchis qu'on ne croit.

LA DUCHESSE.

Vous redoutez ma colère ?

DE RIONS.

Je redoute vos railleries.

LA DUCHESSE.

Votre courage de tout à l'heure vous défend contre elles.

DE RIONS.

Vous serez donc bien contente, lorsque j'aurai dit quelque sottise ?

LA DUCHESSE.

Faut-il que je vous aide ?

DE RIONS.

Je veux bien.

LA DUCHESSE.

Allons. Tout à l'heure, paraît-il, lorsque ce lion s'est échappé...

DE RIONS.

Si tranquillement...

LA DUCHESSE.

Et qu'il a fait quelques pas.

DE RIONS.

Comme un très vieux gros chien.

LA DUCHESSE.

Vous vous êtes écrié, paraît-il : « Il se dirige du côté où se trouve madame la duchesse ». Est-ce vrai ?

DE RIONS.

Il est possible.

LA DUCHESSE.

Et vous vous êtes élancé en tirant votre épée... Qui vouliez-vous sauver en moi ! La duchesse ou la femme ?

DE RIONS.

L'une et l'autre.

LA DUCHESSE.

Mais c'est de Normandie que vous êtes sorti, et non de Gascogne !

DE RIONS.

Il y a moins de différence qu'on ne croit entre les deux provinces.

LA DUCHESSE.

Après tout, je suis sans doute très orgueilleuse et vous cherchez à me le faire sentir. C'est beaucoup de vanité de ma part, peut-être, de croire qu'à vos yeux la femme eût mérité le sacrifice que vous étiez prêt à faire à la duchesse. Mais m'avez-vous seulement regardée ? Vous n'avez d'yeux que pour madame de Mouchy.

DE RIONS.

Je ne suis pas assez fou pour convoiter l'inaccessible.

LA DUCHESSE.

L'inaccessible, c'est madame de Mouchy ?

DE RIONS.

Non, madame.

LA DUCHESSE.

A la bonne heure ! Ah ! comme je vous sais gré de m'épargner toutes les fadeurs auxquelles chacun se croit obligé ! Je ne me suis jamais entendue complimenter que par des hommes que je sais courtisans ou par des femmes que je sais menteuses ; il n'y a pas d'être, je crois, qui n'éprouve quelque plaisir à s'entendre louer ; mais que valent des louanges dont on sait l'insincérité ?... Et qu'elles sont banales ! « Vos yeux sont les plus beaux yeux du monde »... Je me demande un peu ! « Vos cheveux incomparables »... Incomparables ? « Votre teint éblouissant »... « Vos mains divines »... Qui serait assez sotte pour prendre tout cela comme argent comptant ?

N'ai-je point mon miroir, qui ne ment pas ? Il me dit
que mes yeux... Comment les trouvez-vous ?

DE RIONS, *troublé.*

Les plus beaux du monde !

LA DUCHESSE, *riant.*

Il a fallu que je vous le souffle !

DE RIONS.

Pardonnez-moi, madame... je suis un peu troublé...

LA DUCHESSE.

Mes cheveux... (*Moue.*) Mes mains, peut-être, ne sont
pas indignes tout à fait d'une courte seconde d'attention.
Mais qu'est-ce que cela à côté de l'extravagance des flat-
teries que je suis obligée d'entendre ! Ah ! un seul compliment, tout petit, tout petit, que je saurais sincère,
comme il me serait doux !

DE RIONS.

Ceux qui ont le désir de vous les adresser sont trop
loin de vous par le rang, peut-être.

LA DUCHESSE, *coquette.*

Ai-je donc l'air si terrible ?

DE RIONS.

On peut être à la fois belle et redoutable.

LA DUCHESSE, *l'encourageant.*

Allons !

DE RIONS.

Mais vous n'aimeriez pas les compliments d'un sot et
vous chasseriez un pauvre petit gentilhomme qui,
n'ayant pas compris qu'il peut être permis à une personne telle que vous de distraire un moment son ennui
à sa façon, serait balourd au point d'oublier qui vous
êtes et qui il est.

LA DUCHESSE, *brûlant ses vaisseaux.*

Tout de bon, chevalier, si une de mes femmes était
faite comme je suis, elle pourrait vous plaire ?

DE RIONS.

Je mourrais d'amour à ses genoux.

LA DUCHESSE.

Elle aimerait peut-être mieux vous voir vivre à ses
côtés.

DE RIONS.

Alors, je mourrais de joie.

LA DUCHESSE.

Je suis curieuse de savoir quels mots vous emploieriez
pour vous déclarer...

DE RIONS.

Oh ! je parlerais peu.

LA DUCHESSE.

Ah ! oui... le langage des yeux.

DE RIONS.

Il y a aussi celui des gestes.

*Silence. L'éventail de la duchesse est très agité.
Rions se met à genoux, s'approche. La duchesse
a un petit sourire de triomphe que voit de
Rions, qui se relève.*

LA DUCHESSE.

Que faisiez-vous ?

DE RIONS.

Excusez-moi, madame... J'avais cru voir, à vos pieds,
une de vos perles...

LA DUCHESSE, *portant instinctivement la main
à son collier.*

Une perle ?

DE RIONS.

Je m'étais trompé. Excusez-moi.

Petit geste de dépit de la duchesse.

LA DUCHESSE.

Mais ce sang sur votre dentelle... Vraiment, il vient
d'une égratignure d'épingle ?

DE RIONS.

Oui, madame.

LA DUCHESSE.

Vous êtes très capable de mentir...

DE RIONS.

Non pas.

LA DUCHESSE.

Vous êtes modeste, discret, réservé, retiré, sensitif...
Je suis certaine que vous mentez.

DE RIONS.

Mais non, madame.

LA DUCHESSE.

Allons, laissez-moi voir... (*Elle prend la dentelle, l'attire plus près de ses yeux et oblige ainsi de Rions à se mettre à genoux.*) Soyez docile... Mais ne bougez donc pas ! (*Elle retrousse un peu la manche et tient la main du chevalier dont elle explore un peu, des doigts, l'avant-bras.*) Oh ! C'était donc une bien grosse épingle !... Vous souffrez, si j'appuie ? Non ? Et là ?... Là non plus ?

DE RIONS.

Non, oh non !...

> *Le chevalier n'y tient plus et pose ardemment ses lèvres sur le bras nu de la duchesse. Celle-ci regarde avec amour la tête abaissée, sourit, dit tout bas à elle-même : « Enfin ! » et, après un bon moment, crispe son visage et feint l'irritation.*

LA DUCHESSE.

Vous vous oubliez, monsieur !

DE RIONS, *se relevant furieux mais se contenant, d'une voix sourde, dans un grand salut.*

Madame, vous avez mis quelque temps à vous en apercevoir.

LA DUCHESSE.

Vous dites ?

DE RIONS.

Mais voilà qui ne m'arrivera plus. Je vous prie de vouloir bien me permettre de retourner d'où je viens.

LA DUCHESSE.

Attendez mes ordres.

SCÈNE IX

Les Mêmes, MESDAMES DE MOUCHY, D'ARPAJON, *etc.*, LAUZUN. *Entrent madame de Mouchy et madame d'Arpajon.*

MADAME DE MOUCHY.

Madame la Duchesse... Voici Monseigneur le Régent...

MADAME D'ARPAJON.

Monseigneur était tout ému, il croyait Votre Altesse à moitié dévorée par le lion...

LA DUCHESSE.

Pauvre père, il devait être perdu d'émotion !

MADAME DE MOUCHY.

Je crois bien. Nous avions peine à le rassurer.

MADAME D'ARPAJON.

Je ne sais ce qu'avait pu lui dire M. le duc de Lauzun... Le voici.

> *Entre le Régent, suivi de mesdames de Parabère, de Fallari, du duc de Brancas, du marquis de La Fare et du duc de Lauzun. La duchesse fait une révérence à son père qui la salue cérémonieusement, puis l'embrasse. De Rions va causer avec madame de Mouchy, qui est avec les nouveaux venus, un peu à l'écart.*

LE RÉGENT, *tenant sa fille embrassée.*

Ma chère fille ! Tu n'as rien, vraiment ! Rien ? rien ?

LA DUCHESSE.

Non, mon père, rien, rien, je vous jure !

LE RÉGENT.

J'ai été affolé d'inquiétude. Je ne veux plus de cette ménagerie au Luxembourg.

LA DUCHESSE.

Elle part aujourd'hui même...

LE RÉGENT.

Songez donc quel malheur si... Je n'ose y penser... Nous allions commencer la répétition de mon opéra, madame de Parabère et de La Fare s'apprêtaient lorsqu'on est venu. Vraiment, tu n'as rien ?

LA DUCHESSE.

Mais je ne l'ai même pas vu, le lion...

LE RÉGENT.

Eh bien, allons le voir ensemble.

LA DUCHESSE.

Je ne serais pas fâchée de faire sa connaissance.

LE RÉGENT.

Lauzun me disait que ton premier écuyer...

LA DUCHESSE, *froide.*

Oui. Monsieur de Rions. Il était près de la cage lorsque
le lion est sorti, et il a aidé à le faire rentrer.

LE RÉGENT.

Félicitations, monsieur... (*A sa fille.*) Allons voir cet
animal. (*A sa suite.*) Venez aussi.

LAUZUN, *à de Rions.*

Restez avec moi.

Tout le monde sort, sauf Lauzun et de Rions.

SCENE X

LAUZUN, DE RIONS.

LAUZUN.

Restez. N'ayez point l'air d'aller querir des remerciements. Vous en serez mieux complimenté tout à l'heure.

DE RIONS.

Ah ! monsieur le duc, je suis bien malheureux.

LAUZUN, *faisant des pas de menuet.* (L'Indifférent
de Watteau.)

Traderidera lala ! Traderidera !

DE RIONS.

J'ai le malheur de déplaire. Je suis en pleine disgrâce. Je suis perdu.

LAUZUN, *de même.*

La, la, la, tra, tra, tra, traderidera la la !

DE RIONS.

Mais, monsieur le duc, se peut-il que mon malheur
ne vous inspire que de la gaîté ?

LAUZUN, *chantonnant et dansant.*

Vous êtes un sot, mon neveu, un grand sot, le plus
grand des sots.

Pirouette.

DE RIONS.

Hélas! vous avez raison, monsieur le duc. Mais je suis assez à plaindre pour mériter un peu de pitié...

LAUZUN.

Vous êtes, chevalier, l'homme le plus fortuné du royaume.

DE RIONS.

Je voudrais bien savoir pourquoi.

LAUZUN.

Parce que vous êtes aimé de Son Altesse Royale madame la duchesse de Berry, petite-fille de Louis XIV et fille de Monseigneur le duc d'Orléans, régent du royaume.

DE RIONS, *avec un dépit d'enfant.*

Il n'est pas bien à vous de railler de moi.

LAUZUN.

Je parle sérieusement.

DE RIONS.

Aimé!... Si vous saviez ce qui vient de se passer!

LAUZUN.

Je le sais.

DE RIONS.

Cette femme, monsieur le duc, est la plus perfide, la plus insensible.

LAUZUN.

Traderidera! Elle vous aime.

DE RIONS.

Elle s'est jouée de moi.

LAUZUN.

Elle vous aime.

DE RIONS.

Elle me méprise.

LAUZUN.

Vous n'y connaissez rien. Elle vous adore! Mon cher enfant, je sais ce qui s'est passé ici, tout à l'heure, entre la duchesse et vous, aussi bien que si j'avais été présent. Vous lui avez plu, et elle ne pensait qu'à vous rendre le plus heureux des hommes — à son avis du moins. Vos soins à madame de Mouchy l'avaient piquée,

et elle vous a fait des avances que vous n'avez pas com-
prises.

DE RIONS.

Tout au contraire... à ses amabilités, ma vanité s'y est
trompée. Non sans hésitation, non sans combat avec
moi-même, et je me suis conduit comme un manant.
J'ai pris à la fin pour de la perversité ce qui n'était
peut-être que de la bonté et je me suis laissé égarer
jusqu'à lui manquer de respect.

LAUZUN, *s'approchant de lui en confidence moqueuse.*

Pas autant qu'elle le désirait, mon neveu.

DE RIONS, *commençant à rire.*

Oh! monsieur le duc. N'avez-vous point vu de quelle
façon elle m'a traité devant Monseigneur le Régent?

LAUZUN.

Si, je l'ai vu... Et c'est ce qui m'a renseigné...

DE RIONS.

Je suis perdu... Ah! que le lion ne m'a-t-il croqué...

LAUZUN, *riant.*

Ah! jeunesse! jeunesse!... En somme, vous avez donné
à croire que vous étiez amoureux.

DE RIONS, *indigné.*

Mais je ne suis pas amoureux! (*Il rit, de jeunesse, de
santé.*) Je ne crois pas, du moins... Après tout, est-ce
bien certain? Elle m'a offert son amitié, ou plutôt elle
m'a demandé la mienne.

LAUZUN.

Quand une jeune femme demande son amitié à un
jeune homme, c'est qu'elle attend autre chose de lui.

DE RIONS.

Oh! songez qu'il s'agit de la princesse...

LAUZUN.

Mon Dieu, je ne veux pas médire d'une femme, mais
je ne puis cependant vous laisser ignorer ce que tout
le monde sait. Il y a déjà eu plusieurs occupants au
poste où vous êtes appelé.

DE RIONS.

Je ne comprends pas. Elle m'a dit au contraire sa
répugnance pour les mœurs faciles de ceux qui l'entourent...

LAUZUN.

Dans un mois au plus tard vous serez son amant, et dans six mois son mari, si vous m'obéissez.

DE RIONS.

Son mari, moi !

LAUZUN.

Son mari, le voulez-vous ?

DE RIONS.

Qu'est-ce qu'on dirait en Gascogne !... Je n'ose rêver une telle fortune...

LAUZUN.

Je vous la promets, à une condition...

DE RIONS.

Laquelle ?

LAUZUN.

Il faudra m'obéir.

DE RIONS, *gaiement*.

Aveuglément.

LAUZUN.

Trouver bon ce que je ferai.

DE RIONS, *de même*.

Je le promets.

LAUZUN.

Être, entre mes mains, un enfant docile, sans volonté, ne cherchant pas à comprendre.

DE RIONS.

Vous êtes le seul dont je puisse accepter un tel esclavage.

LAUZUN.

Vous l'acceptez ?

DE RIONS.

Je l'accepte.

LAUZUN.

Je commence. Vous serez avec la duchesse d'une froideur qui n'aura de limites que les exigences de la politesse. Elle est en ce moment dans une crise vertueuse.

Vous condamnerez les mœurs de la Cour... Dites, si elle vous presse, que vous avez envie de retourner en Gascogne.

DE RIONS.
Et si elle me prend au mot ?

LAUZUN.
Soyez tranquille. Elle vous retiendra.

DE RIONS.
Alors ?

LAUZUN.
Eh bien...

DE RIONS.
Si elle venait à m'aimer. Je ne puis répondre que de mon côté...

LAUZUN.
Il arrivera un moment où je laisserai à votre jeunesse le soin de conclure. Mais entendez-moi bien. Ne risquez aucune attaque qui ne devrait pas être suivie d'une victoire complète.

DE RIONS.
Quelle aventure !... Et, après cette victoire, si elle se réalise, quelle devra être mon attitude ?

LAUZUN.
Vous continuerez à être aussi désagréable que possible. Jaloux, exigeant, inexact aux rendez-vous, difficile sur les parures, coquet avec d'autres, jaloux auprès d'elle...

DE RIONS.
C'est là le secret pour être aimé des femmes ?

LAUZUN.
Je ne garantis le succès qu'auprès de la duchesse. Donc, le sourcil froncé et un petit air de condescendance.

DE RIONS, *pouffant de rire.*
Condescendance, chevalier de Rions, condescendance.

LAUZUN.
En un mot, qu'elle ne croie jamais vous tenir.

DE RIONS.
La sévérité n'est pas bien dans mon caractère.

LAUZUN.
Je serai là. D'ailleurs, j'ai déjà agi en votre nom. La duchesse voulait vous acheter un régiment. J'ai dit que

vous refusiez... J'ai de plus repoussé les bénéfices à votre
charge de premier écuyer.

DE RIONS.

Mais vous n'y pensez pas, monsieur le duc ! Je suis
sans fortune, de quoi vivrai-je !

LAUZUN.

Mes écuries et mon hôtel sont à votre disposition. Je
pourvoirai aussi à vos besoins journaliers.

DE RIONS, *s'inclinant.*

Monsieur !

LAUZUN.

N'êtes-vous pas mon neveu ? (*Apercevant la duchesse.*)
La voici. (*D'un ton irrité, feignant de ne point voir.*)
C'est ainsi que vous reconnaissez les bontés de madame
la duchesse ! Vous voulez partir ! Et quand je vous demande la raison, vous demeurez bouche close ? Qu'avez-
vous ? Un amour sans espoir ? Taisez-vous, voici Son
Altesse...

LA DUCHESSE.

Voulez-vous nous laisser, monsieur le Duc ?

LAUZUN, *saluant.*

Madame...

Il s'éloigne.

SCENE XI

LA DUCHESSE, DE RIONS.

LA DUCHESSE.

Mais que me disiez-vous, monsieur ! C'est un très méchant lion, et je serais morte de peur si vous l'aviez
laissé s'approcher de moi. Mon père, pour vous remercier, désire que je vous choisisse comme capitaine de
mes gardes.

DE RIONS, *ravi.*

Capitaine de...

LA DUCHESSE.

Oui. Cela vous déplaît-il ?

DE RIONS, *regardant du côté où est sorti son oncle.*

J'avais le désir de demander à Votre Altesse la permission de retourner auprès des miens...

LA DUCHESSE.

Je ne le permets pas...

DE RIONS, *joyeux.*

Mon devoir est d'obéir...

LA DUCHESSE.

Mais si vous aviez cependant une bonne raison...

DE RIONS.

Je n'en ai guère.

LA DUCHESSE.

Quelque amour sans espoir ?

DE RIONS.

Il en est donc ?

LA DUCHESSE.

Je me le demande.

DE RIONS.

Je croyais que vous alliez me répondre que l'espoir ne peut jamais être défendu.

LA DUCHESSE.

Cela a donc besoin d'être dit à quelqu'un de votre âge ? (*Un silence.*) A quoi pensez-vous ?

DE RIONS, *sans bien savoir ce qu'il dit.*

A mon oncle.

LA DUCHESSE.

Laissez là votre oncle. Avez-vous réellement le désir de vous en aller ?

DE RIONS, *sérieux, sincère.*

Oui, madame. Et tout de bon, si je reste ici, je sens que l'infortune m'y attend. J'ai pu, tout à l'heure, feindre de ressembler à ces seigneurs légers et joyeux qui vous entourent. J'essayais de mentir. Je ne suis point pareil à eux et ne veux point le devenir. L'amour est pour eux une frivolité. Pas pour moi. Si j'aimais, ce serait de tout mon cœur et pour toute ma vie. Et si j'aimais ainsi et que je ne fusse pas aimé, j'en mourrais.

LA DUCHESSE.

Oh! la jolie chanson nouvelle que vous me faites
entendre!

DE RIONS.

Sur ce sujet, je n'en connais pas d'autre.

LA DUCHESSE.

J'envie la femme qui sera aimée ainsi.

DE RIONS.

Vous n'avez personne à envier.

LA DUCHESSE.

Que voulez-vous dire ?

DE RIONS.

Ce que vous consentirez à comprendre.

LA DUCHESSE, *troublée.*

Ah !

Elle baisse les yeux, un silence.

DE RIONS.

Permettez-moi de partir, madame.

LA DUCHESSE.

Attendez. Je comprends que vous aimez d'amour ici
quelqu'un que vous ne voulez pas nommer, à qui vous
n'osez vous déclarer, et que par conséquent vous voulez
fuir. (*Vivement.*) Ne me dites pas oui, ne me dites pas
non. Peut-être avez-vous raison. Mais que répondriez-vous
si je vous demandais de triompher de cet amour, et de
rester... pour moi... J'ai besoin d'une amitié saine et
loyale. (*Silence.*) Mais, monsieur, je vous dis cela et vous
hésitez à m'offrir la vôtre ?

DE RIONS.

Parlez-vous donc sérieusement, madame ?

LA DUCHESSE.

Oui.

DE RIONS.

Comment pouvez-vous vous tromper au point de supposer qu'un petit gentilhomme comme moi puisse jamais servir de cette façon une personne de votre rang ?

LA DUCHESSE.

Mon rang ? Croyez bien que je ne l'oublie pas. Mais
depuis quelque temps, depuis certains sermons, depuis
que je vous connais, je me demande si je n'aurais pas

pu le tenir de meilleure manière. J'ai résolu de m'y
efforcer. Je ne réussirai pas si je suis seule, je veux
vous voir souvent, je veux recevoir de vous des conseils
et même des remontrances. Je suis dans la nuit, à côté
d'un abîme. Je vous demande l'appui de votre main.
Je suis un aveugle qui demande un guide. Refusez-vous
donc d'en être un pour moi ?

DE RIONS.

Je ne refuserais pas si j'étais certain de ne pas m'égarer moi-même.

LA DUCHESSE.

Oui. J'ai été tantôt coquette. Votre indifférence réelle
ou simulée m'irritait. J'ai eu tort. Je ne vous demande
maintenant que votre amitié.

DE RIONS.

Que pouvez-vous en attendre ?

LA DUCHESSE.

Il faut que vous m'aidiez à devenir autre.

DE RIONS.

Ce serait un malheur d'y parvenir.

LA DUCHESSE.

Vous ne pensez pas ce que vous dites. Ce serait un
bien pour moi et pour tous. Je vois en moi des choses
que je ne soupçonnais pas et qui me font peur. On ne
m'avait pas appris à regarder en moi-même. Si je mou-
rais maintenant, je pourrais m'excuser et dire : « Ma
mère ne m'a pas aimée, j'ai été mariée à quinze ans, je
n'ai vu autour de moi qu'hypocrisie et dépravation. J'ai
été veuve à moins de vingt ans ». Maintenant j'ai peur.
Un mot de ma grand'mère me revient à l'esprit :
« Chaque fois qu'il tonne, disait-elle, j'ai peur pour
Paris ». A qui m'adresser pour soutenir mon désir ?
Sans que j'y insiste, comprenez-vous qu'avant votre
arrivée je n'avais personne ?

DE RIONS.

Mais, madame, je ne suis ni assez vieux...

LA DUCHESSE.

Ah ! maintenant que je vous ai donné ma confiance,
je n'accepte plus votre refus. Il n'est pas indispensable,
pour la vertu, d'avoir l'âge de Villeroy ou la figure de

madame de Saint-Simon. D'ailleurs, vous ne me résistez plus que par timidité. Je suis votre amie. Vous êtes mon ami. C'est juré ?

DE RIONS.

C'est juré !

LA DUCHESSE.

De tout cœur !

DE RIONS.

De tout cœur !

LA DUCHESSE.

A genoux pour le serment !
Il s'agenouille.

DE RIONS, *bas.*

Je vous aime !

LA DUCHESSE, *très sincèrement troublée.*

Il ne faut pas ! Il ne faut pas !... Promettez-moi d'être sage... Ecoutez... Je vais vous faire un aveu... Moi aussi, je vous aime... Mais maintenant que vous le savez, soyez bon. Je me confie à vous. Ne soyons que deux amis. Vous me feriez tant de chagrin ! Rien que des amis. Vous me le promettez ?

DE RIONS.

Je vous le promets.

LA DUCHESSE, *lui tenant les mains.*

Je suis heureuse. C'est bon, n'est-ce pas ? de se dominer, de savoir qu'on s'adore et de ne pas céder.

DE RIONS.

Je vous aime ! (*Il appuie sa tête sur le sein de la duchesse.*) Je suis heureux !

LA DUCHESSE.

Je vous aime...

> *Elle lui prend la tête entre ses deux mains, ils se regardent longuement et échangent un long baiser d'amour.*

DE RIONS.

Je t'aime...

LA DUCHESSE, *aux anges.*

Oh ! comme c'est mal ce que nous faisons là !

> *Entrent les gentilshommes, les dames, puis le Régent, etc.*

SCENE DERNIERE

TOUT LE MONDE

LE RÉGENT.

Je vous annonce à tous, à ceux et à celles qui n'assistaient pas au Conseil de Régence, une grande et bonne nouvelle. Nous venons de décider que la banque de monsieur Jean Lass serait érigée immédiatement en Banque royale. Un grand nombre d'actions vont être émises dans des conditions telles qu'elles sont certaines d'une énorme plus-value. On pourra en souscrire à la banque ou en acheter rue Quincampoix. Déjà, sur ma demande, un bon nombre en est réservé à chacun de vous...

TOUS.

Bravo ! Bravo ! Merci, Monseigneur...

LE RÉGENT.

Et maintenant, je vais vous faire entendre un air de mon opéra, mais je vous demande votre avis en toute sincérité...

Murmure de protestations. On s'installe au milieu d'un brouhaha élégant. Depuis quelques instants, la duchesse regardait avec dépit de Rions et madame de Mouchy qui échangeaient des galanteries.

LA DUCHESSE.

Monsieur de Rions !

Elle brise son éventail et en jette les morceaux.

LAUZUN, à de Rions.

Très bien, mon garçon ! Ne bouge pas. (*Il se précipite et ramasse l'éventail.*) Un éventail brisé ! Voilà qui porte bonheur.

VILLEROY.

J'ai toujours entendu dire le contraire.

LE RÉGENT.

La musique, la guitare ?

MADAME DE PARABÈRE.

Tout est là, Monseigneur, et vous attend,

LE RÉGENT.

Ecoutez, messieurs... Rien qu'un air...

Il accorde sa guitare. Madame de Parabère, assise sur la marche, lui tient la musique. Dès les premières mesures, Lauzun a pris la main de madame d'Arpajon et danse avec elle à droite. De l'autre côté de la scène, M. de La Fare danse seul ; à la gauche de la duchesse, madame de Mouchy à qui de Rions, un genou à terre, continue ses galanteries. La duchesse furieuse, n'ose rien dire.

Les personnages ainsi placés reproduisent, au milieu de la scène, le tableau de Watteau : L'Assemblée dans un Parc. Les Princes les encadrent. Le rideau baisse pendant que le Régent chante ces vers, qui sont réellement de lui :

Plus inconstant que l'onde et le nuage,
Le temps s'enfuit, pourquoi le regretter ?
Malgré la pente volage
Qui le force à nous quitter,
C'est être sage
D'en profiter.

RIDEAU

ACTE DEUXIÈME

L'antichambre du Régent au Palais-Royal.

La pièce est tendue de damas cramoisi.

A droite, une cheminée que surmonte une glace à trumeau peint par Antoine Coypel : *Apollon sur son char.*

De chaque côté de la cheminée, une porte.

A gauche, une porte donne accès dans une antichambre, dite des Valets de Chambre.

Au milieu du panneau du fond, une porte donnant sur un salon de compagnie.

A droite et à gauche de cette porte, un cabaret de laque de Chine marqué aux armes d'Orléans.

Au centre, un magnifique bureau de six pieds de long, par Cressent, en placage de bois de violette et à ornements de bronze doré.

Auprès de la cheminée, deux grands fauteuils en bois sculpté et doré, recouverts de tapisserie.

Tout autour de la pièce, des tabourets de peluche cramoisie.

Les dessus de porte représentent : Diane, Junon, Vénus, Minerve.

Le Régent frappe sur un timbre, un domestique paraît.

SCENE PREMIERE

LE REGENT, LAUZUN, VILLEROY.

LE RÉGENT.

Dès que monsieur le maréchal de Villeroy arrivera, vous l'introduirez.

Le domestique s'incline et sort.

LAUZUN.

Je ne pense pas qu'il paraisse, à moins que Votre Altesse ne l'ait personnellement demandé.

LE RÉGENT.

Il est à Paris, cependant.

LAUZUN.

Oui. Mais fort occupé.

LE RÉGENT.

Par quoi ?

LAUZUN.

Des affaires de famille.

LE RÉGENT.

Graves ?

LAUZUN.

Assez.

LE RÉGENT.

Que lui est-il arrivé ?

LAUZUN.

A lui, rien. Mais le scandale d'hier soir le trouble un peu.

LE RÉGENT.

Quel scandale ? Comment, il y a eu un scandale hier soir et d'Argenson me le laisse ignorer ?

LAUZUN.

Peut-être l'ignore-t-il encore lui-même. La chose s'est passée à Versailles.

LE RÉGENT.

Une histoire libertine ?

LAUZUN.

Oui, Monseigneur.

LE RÉGENT.

Une histoire de femmes ?

LAUZUN.

De femmes aussi.

LE RÉGENT, *émoustillé.*

Des détails, Lauzun ! des détails, mon ami !

LAUZUN.

Je n'en ai guère et ceux qui me sont parvenus sont bien difficiles à raconter.

LE RÉGENT.

Allez ! Je comprendrai à demi-mot.

LAUZUN.

Je le sais bien. Et c'est indispensable... L'imagination de Votre Altesse devra venir au secours de mon embarras.

LE RÉGENT.

Allez donc !

LAUZUN.

Eh bien, monsieur de Fréjus a surpris, dans les bosquets de Versailles, trois ou quatre jeunes gentilshommes et la sœur de l'un d'eux qui...

LE RÉGENT.

Vraiment ?

LAUZUN.

Oui, Monseigneur.

LE RÉGENT, *riant*.

Monsieur de Fréjus ! Que j'aurais voulu voir sa contenance ! Il n'a pas eu l'esprit de fermer les yeux ? Et d'ailleurs que faisait-il lui-même, dans ces bosquets ?...

LAUZUN.

Il a vu de sa fenêtre.

LE RÉGENT.

De la fenêtre du Roi !

LAUZUN.

Oui, Monseigneur.

LE RÉGENT.

D'où la colère de Villeroy ?

LAUZUN.

En effet.

LE RÉGENT.

Mais vous parliez d'affaires de famille ?

LAUZUN.

Précisément, la dame est la duchesse de Retz.

LE RÉGENT.

Sa petite-fille !

LAUZUN.

Et parmi les jeunes gens, se trouvait le marquis d'Alincourt.

LE RÉGENT.

Son petit-fils !

LAUZUN.

Son petit-fils et son petit-gendre étaient aussi présents.

LE RÉGENT.

Ce sont, en effet, des affaires de famille.

LAUZUN.

On ne peut plus.

LE RÉGENT.

Et Villeroy a mal pris l'aventure ?

LAUZUN.

Il faut beaucoup lui pardonner ; il a conservé les préjugés de l'ancien temps.

LE RÉGENT, *riant.*

Ce bon Villeroy !

Le domestique fait entrer Villeroy.

LE RÉGENT.

Avez-vous ce que je vous ai demandé, monsieur de Lauzun ? Ce manuscrit des *Philippiques?*

LAUZUN.

Ma foi, Monseigneur...

LE RÉGENT.

Allons, je ne comprends pas votre entêtement. Je veux lire ce pamphlet, vous entendez. Allez le chercher. Tout de suite. J'attends.

LAUZUN.

Vous l'aurez voulu, Monseigneur.

Il sort.

SCENE II

LE REGENT, VILLEROY.

LE RÉGENT.

Eh bien, mon bon Villeroy, vous avez, paraît-il, à me parler ?

VILLEROY.

Oui, Monseigneur, mais...

LE RÉGENT.

Allez, allez ! Je vous aime beaucoup, vous le savez, et j'ai le plus vif désir de vous être agréable.

VILLEROY.

Monseigneur, mon père était gouverneur de Louis XIV, qui voulait bien m'appeler son ami et me montra, pendant toute sa vie, qu'il m'aimait réellement. Je vous ai vu naître, je vous ai bercé dans mes bras, j'éprouve à votre égard la plus respectueuse mais la plus vive affection. A cause de tout cela et de mon âge, voulez-vous me permettre de vous parler librement ?

LE RÉGENT, *gaiement*.

Villeroy, vous allez me faire de la morale !

VILLEROY.

Non. Je veux seulement vous présenter les conséquences de...

LE RÉGENT.

Vous allez me dire que ma santé souffre de ma conduite ?

VILLEROY.

Et votre réputation.

LE RÉGENT.

Trop tard ! Elle n'a plus rien à perdre.

VILLEROY.

Les folies qu'on vous pardonnait jadis, et qui étaient excusables il y a vingt ans, dix ans même, le paraissent moins aujourd'hui. Tout Paris parle de vos soupers, de vos roués, de vos maîtresses, et même de madame la duchesse de Berry, votre fille, que vous y conviez... J'ignore, et je ne veux pas savoir jusqu'à quel degré on vous fait descendre dans cette vie déréglée. Vous ne laissez ignorer à personne que vous vous y plaisez.

LE RÉGENT.

Vous me voudriez hypocrite ?

VILLEROY.

Non. Mais fanfaron de vices non plus. A quoi vous servent tant de connaissances et tant d'esprit ? Je vous écoutais hier, à l'Académie des Sciences. Nul ne vous surpasse en savoir. Vous avez reçu tous les dons de l'intelligence... Comme il est fâcheux... Si je vous parle ainsi, Monseigneur, c'est que je vous aime.

LE RÉGENT, *gaiement.*

Villeroy, vous m'aimez trop.

VILLEROY, *très attristé.*

Oh! Monseigneur, m'ordonnez-vous de vous aimer moins? Vous avez été bon pour le peuple, qui vous aimait, lui aussi. Tout le royaume a salué votre avènement à la Régence avec des cris d'espérance et de joie.

LE RÉGENT.

Et maintenant?

VILLEROY.

Votre popularité est moindre.

LE RÉGENT, *net.*

Je vous remercie de vos conseils, mon cher Villeroy. (*Narquois.*) Je me sens peu à peu envahi par la vertu...

VILLEROY.

Comme je serais heureux, si...

LE RÉGENT, *légèrement.*

Ne m'en faites pas compliment... Ce n'est pas moi qui renonce à Bacchus et à Vénus, c'est eux qui renoncent à moi. Je sens qu'avant quelques années je serai d'une vertu complète.

Il rit.

VILLEROY.

Une fois de plus, vous répondez à mes conseils par des plaisanteries.

LE RÉGENT.

Mais pas du tout... La preuve, c'est que je suis allé à la messe ce matin... Vous en doutez?... Tenez, voilà encore, sur mon bureau, mon livre d'heures. Regardez...

VILLEROY, *après avoir ouvert le livre.*

C'est avec ce livre que vous êtes allé à la messe? *Daphnis et Chloé!*

LE RÉGENT, *riant.*

C'est l'édition nouvelle avec les gravures que j'ai dessinées moi-même... Sa lecture m'en est plus agréable que celle des psaumes, mon cher ami. L'autre jour, j'avais pris un Rabelais...

VILLEROY, *feuilletant le livre et le repoussant,
subitement scandalisé.*

Oh !

LE RÉGENT, *riant.*

Oui ; il y a deux ou trois de mes dessins qui sont un
peu légers... je le reconnais.

VILLEROY.

A la messe ! (*Changeant de ton. Sévère.*) Savez-vous,
monseigneur, ce qu'a fait madame la duchesse de Berry,
hier, l'après-midi ?

LE RÉGENT.

Oui. Je sais. J'en ai déjà entendu parler... Les timbales, n'est-ce pas ? Cela, je ne saurais le lui permettre.
Elle n'a pas à se promener dans Paris avec un tel
équipage. Le roi seul a le droit de se faire accompagner
de timbales. Soyez tranquille ! cela ne se renouvellera
pas.

VILLEROY.

Vous n'étiez pas hier au soir au bal de l'Opéra ?

LE RÉGENT.

Non. J'étais à Asnières, chez madame de Parabère.

VILLEROY.

Madame votre fille y était, elle.

LE RÉGENT.

Eh bien ! qui donc s'en étonne ?

VILLEROY.

Masquée.

LE RÉGENT.

C'est l'usage.

VILLEROY.

Pas pour une fille de France...

LE RÉGENT.

Après...Vous allez m'apprendre qu'elle était accompagnée de son amant, le chevalier de Rions. Il y a six mois
que chacun sait qu'elle ne lui est pas cruelle.

VILLEROY.

Non, monsieur de Rions était absent. Mais un étranger masqué, ne reconnaissant pas madame la duchesse
de Berry, s'est approché d'elle, lui a dit des galanteries,
a voulu l'embrasser...

LE RÉGENT, *indifférent.*

Qu'a-t-elle dit ?

VILLEROY.

Elle s'est fait reconnaître ; elle a ordonné à un officier
d'arrêter l'inconnu, de le démasquer et de l'exposer
déshabillé sur le théâtre...

LE RÉGENT.

On a dû bien rire.

VILLEROY.

En effet. Mais vous comprenez, Monseigneur, que cela
n'est fait pour la faire respecter, ni vous.

LE RÉGENT.

Elle vous répondrait qu'elle est au-dessus des jugements de qui que ce soit.

VILLEROY.

Même du vôtre.

LE RÉGENT.

Je lui pardonne beaucoup.

VILLEROY.

Trop.

LE RÉGENT, *à sa fenêtre.*

On la calomnie énormément. Regardez... Vous voyez
ce carrosse, avec un seul laquais.

VILLEROY.

C'est celui de madame de Viorne.

LE RÉGENT.

Et c'est la duchesse qui est dedans... Et savez-vous
d'où elle vient ainsi, ma fille ?

VILLEROY.

Non.

LE RÉGENT.

Du couvent des Carmélites, où elle a passé la journée
en prières.

VILLEROY.

Et ce soir elle soupe au Palais Royal, avec la compagnie habituelle ?

LE RÉGENT.

Oui.

VILLEROY.

Il y a longtemps que j'ai renoncé à la comprendre.

LE RÉGENT.

Voilà !

VILLEROY.

J'aurai très probablement besoin de vous voir, Monseigneur, aujourd'hui même, pour un fait assez grave.

LE RÉGENT.

Quand vous voudrez, mon bon Villeroy. C'est cela...
A tantôt...

VILLEROY.

Je voudrais vous dire encore quelques mots, monseigneur.

LE RÉGENT.

Parlez.

VILLEROY.

On dit que madame la duchesse a l'intention d'épouser secrètement monsieur de Rions... Je n'en peux rien croire.

LE RÉGENT.

Vous avez raison, Villeroy... Je connais ma fille. Elle est légère, un peu folle, si vous voulez, mais elle a autant que personne le respect de son rang et de sa dignité.

VILLEROY.

Je le sais. Cependant...

LE RÉGENT.

Tranquillisez-vous. Si elle perdait l'esprit à ce point, elle me trouverait devant elle aussi sévère et aussi implacable que j'ai pu être jusqu'ici faible et bon.

VILLEROY.

Ce serait si grave !

LE RÉGENT.

Certes, mais, je vous le répète, cela ne sera pas.

VILLEROY.

Je suis heureux de cette affirmation.

LE RÉGENT.

Pouvez-vous douter de mon attitude dans un cas pareil ?... Un mariage avec ce prestolet ! Une telle mésalliance !... Ce serait une honte telle... Toute la famille royale, la noblesse et le royaume en seraient éclaboussés.

VILLEROY.

Madame la duchesse compterait, dit-on, sur votre grande affection paternelle.

LE RÉGENT.

Elle aurait tort, je vous le jure, elle aurait tort !

VILLEROY.

Me voilà tout à fait rassuré... Il n'y a pas un gentilhomme en France qui ne se trouverait humilié d'une telle action.

LE RÉGENT.

La princesse en est incapable.
Entre Lauzun.

SCENE III

Les Mêmes, LAUZUN.

LE RÉGENT, *à Lauzun.*

Vous m'apportez ce papier ?

LAUZUN.

Oui. Monseigneur.

LE RÉGENT.

Donnez !

LAUZUN.

Voici. Mais je vous supplie encore de ne pas le lire.

LE RÉGENT.

Allons, donnez !

LAUZUN *lui donne le papier.*

Vous regretterez de l'avoir lu...

LE RÉGENT.

Mais non ! (*Il s'installe dans son fauteuil et commence la lecture à voix basse.*) Mais tout cela est connu. J'ai voulu être roi... J'ai conspiré en Espagne. On me l'a reproché mille fois... Ah ! encore ! C'est moi qui ai empoisonné le Dauphin et la Dauphine. Toutes ces infamies étaient déjà si vieilles il y a longtemps, mes pauvres amis... Tiens ! Il paraît que j'ai montré d'abord quelques vertus :

> Les vertus que tu fis paraître
> Ramènent tous les cœurs à toi...

Ah ! ah ! Il est question de la duchesse de Berry. Oh ! la fille après le père...

> Ni Messaline ni Julie
> Ne sont plus rien auprès de toi...

Elle va bien rire, cette bonne Joufflotte ! (*Il poursuit sa lecture... paraît très ému, laisse tomber le papier, le reprend.*) Oh !... C'est cela que vous vouliez me laisser ignorer... Vous aviez raison... C'est vraiment trop abominable... Le petit roi... ! On m'accuse de vouloir empoisonner le petit roi !

> Royal enfant, jeune monarque...
> Tant qu'on te verra sans défense,
> Dans une assez paisible enfance,
> On laissera couler tes jours ;
> Mais quand, par le secours de l'âge,
> Tes yeux s'ouvriront davantage,
> On les fermera pour toujours.

(*Il pleure, silencieusement, un long silence.*) Cela c'est trop. Comment cet homme peut-il imaginer une telle monstruosité ! C'est trop ! C'est trop ! Il faut qu'on le trouve, ce misérable... Il faut qu'on le trouve, vous entendez !

VILLEROY *et* LAUZUN.

Oui, Monseigneur.

LE RÉGENT.

Et qu'on le juge ! et qu'on le pende ! qu'on le pende, vous entendez !

VILLEROY *et* LAUZUN.

Oui, Monseigneur.

LE RÉGENT.

Mon roi... Mon petit roi... Cet enfant dont j'ai la

garde, je penserais à... Mes amis, il y a des êtres bien
méchants... Mon cher et bien-aimé petit roi... Vous le
savez, je vais le voir chaque jour. J'ai pour lui la plus
profonde tendresse ; si je le trouve gai, j'ai du bonheur
pour toute la journée ; s'il est seulement trop silencieux,
je suis gagné par l'angoisse... Je respecte en lui tout le
passé... Il est aussi tout l'avenir !... Est-ce que je rêve
d'être roi ?... Vous le savez bien, vous deux, qui avez
été les témoins de toute ma vie, vous qui êtes, depuis
que je vis, les confidents de toutes mes pensées... Vous
savez bien que je me sais indigne de la couronne et
que, si je la désirais, je ne la paierais pas par un
assassinat... Et sur un enfant... sur ce petit enfant-là !
(*Nouvelles larmes.*) Pourquoi s'acharne-t-on ainsi contre
moi ?

Il sort, très ému.

SCENE IV

LAUZUN, VILLEROY.

VILLEROY.

Comme il est ému !

LAUZUN.

Je le comprends, mais j'éprouve quelque gêne à voir
cette émotion se manifester par des larmes.

VILLEROY.

Ibagnet me disait qu'il lui arrivait assez souvent de
pleurer même pour des sujets moins graves.

LAUZUN.

Chirac, son médecin, prétend que cette sensibilité de
femme et aussi ses colères subites et violentes, ses
embarras accidentels de parole sont la marque du désé-
quilibre de sa santé.

VILLEROY.

Qui donc pourrait résister à la vie qu'il mène ? Hier,

Il a travaillé depuis six heures du matin, lisant des rapports, recevant le surintendant des finances, des ambassadeurs, des savants, des artistes, que sais-je! Le soir, souper... Jusqu'à trois heures du matin... Il s'est levé à dix, et depuis il a repris sa tâche, qui est lourde... Ce soir, il recommence la fête. Dans le public on ignore son travail, mais on raconte en les amplifiant tous ses plaisirs. Le résultat, ce sont ces accusations.

LAUZUN.

Il est triste de penser qu'elles sont acceptées comme vraisemblables.

VILLEROY.

Mon cher duc, il n'y a peut-être qu'un point où nos sentiments se rejoignent : c'est l'amour de la royauté. Tous deux, nous avons vécu auprès de Louis XIV, et nous l'avons aimé.

LAUZUN, grave.

C'est vrai.

VILLEROY.

Eh bien ! vous pensez comme moi, n'est-ce pas : la monarchie doit être celle que nous avons vue et non celle qu'on nous prépare... Elle ne peut avoir pour base que la puissance acceptée du roi et l'affection soumise de son peuple.

LAUZUN, rêveur.

Si le peuple perd le respect... (Un soupir.) On le lui fait perdre, monsieur le maréchal.

VILLEROY.

Vous avez raison. On le lui fait perdre... Ceux-là même qui devraient le lui inspirer... les plus placés... (Retenant des larmes.) Jusqu'aux miens, monsieur le duc... Jusqu'aux miens, mais moi, du moins, je saurai agir.

LAUZUN, affectueux.

Que pouvez-vous faire, mon pauvre ami ?

VILLEROY.

Vous le saurez tantôt.

Un silence.

LAUZUN, rêveur.

Le royaume...

VILLEROY.
La monarchie... La France !
Silence. Entre le Régent.

SCENE V

LES MÊMES, LE REGENT, *puis* IBAGNET.

LE RÉGENT, *entrant.*
Lauzun ! ah ! Lauzun !... vous êtes encore là... J'ai
réfléchi... pour ce Lagrange-Chancel, pour l'auteur des
Philippiques... Oubliez ce que je vous ai dit... Il ne
peut pas être question de punir un écrit par la peine
de mort... Ne faites rien... Je tâcherai de voir ce malheureux et de lui prouver son erreur... Vous entendez...
J'ai vraiment attaché trop d'importance à ce libelle. Je
suis fatigué, un peu nerveux, trop facilement impres-
sionnable. N'est-ce pas que j'ai eu tort ? (*Villeroy et
Lauzun gardent le silence. Il continue.*) C'est vrai, c'est
vrai... (*Presque souriant.*) Voilà que j'allais faire pendre
ce malheureux ! Moi, qui suis l'adversaire de toutes les
violences... Mais le faire arrêter seulement, c'est désigner son écrit à la curiosité de tous... Ou donner à
croire que j'en ai été irrité, alors que j'en ai été seulement chagriné... et trop... En somme, cet écrit, je puis
l'ignorer... Je l'ignorerais même si je vous avais écou-
tés, l'un et l'autre... il est même inutile, qu'en dehors
de vous deux, nul ne sache que je le connais. (*A ce
moment, le domestique vient dire un mot à l'oreille du
Régent, qui fait un signe d'assentiment ; le domestique
disparaît.*) On vient de me rappeler que j'ai promis
des audiences... Ibagnet... (*Lauzun va ouvrir la porte,
Ibagnet paraît.*) Qui ai-je à recevoir ?
IBAGNET.
Quelques condamnés de la Cour de Justice que Votre
Altesse a bien voulu autoriser à lui demander grâce.

LE RÉGENT.

Ils sont là, avec monsieur de Fourqueux?

IBAGNET.

Oui, Monseigneur.

LE RÉGENT.

Faites-les entrer. (*A Villeroy.*) Vous avez aussi la liste des dons et des pensions que je veux distribuer?

VILLEROY.

Oui, Monseigneur.

LE RÉGENT.

Restez au Palais Royal. Tout à l'heure, je vous la demanderai. J'ai beaucoup réfléchi à ce que vous m'avez dit à ce sujet... Sans doute, les merveilles qu'accomplit Jean Lass et les rentrées obtenues par l'action de la Chambre de Justice me permettent plus de libéralités; mais je reconnais que j'ai été trop prodigue, vous avez raison... Nous ferons des ratures, je vous le promets... Vous serez content de moi... Je sens qu'il faut économiser les deniers de l'Etat... Je vous le répète, vous serez content de moi.

VILLEROY.

Je le suis déjà, Monseigneur, rien que par cette promesse.

LE RÉGENT.

Vous êtes libres, messieurs.

Lauzun et Villeroy sortent; le Régent s'installe à son bureau.

SCENE VI

LE REGENT, M. DE FOURQUEUX, DUBOUT, LANGLOIS, DOYEN, GALLOIS, CARDON, LE PRESIDENT LAMBERT.

IBAGNET.

Monsieur le Procureur général de la Chambre de Justice.

Entre M. de Fourqueux.

Le Régent, *allant vers les solliciteurs, au Procureur général.*

Monsieur, voulez-vous me dire rapidement ce que demandent ces gens-là ?... Prenez votre cahier et allons vite.

Monsieur De Fourqueux.

Monseigneur, voici Antoine Dubout, directeur des Boucheries de l'armée de Flandre... Sept ans de bannissement et cinquante mille livres d'amende.

Le Régent, *à Dubout.*

Qu'est-ce que vous avez fait ?

Dubout.

Mais rien de mal, Monseigneur...

Monsieur De Fourqueux, *sur un regard interrogatif du Régent.*

« Distribution aux troupes de viandes inférieures. » C'est un ancien laveur de vaisselle.

Le Régent.

Pourquoi as-tu fait cela ? Pour gagner de l'argent ?

Dubout.

Non, Monseigneur...

Le Régent.

Pourquoi alors ?

Dubout.

Pour être considéré.

Le Régent.

Hein ?

Dubout.

Oui, Monseigneur. Quand j'étais honnête et pauvre, on ne me témoignait point d'estime ; depuis que je suis riche, on m'en montre beaucoup.

Le Régent, *riant, à Fourqueux.*

Doublez l'amende et supprimez le bannissement... Et celui-ci ?

Monsieur De Fourqueux.

Philippe Langlois...

Langlois.

C'est une erreur, Monseigneur. Je n'ai fait que de tout petits bénéfices... honnêtes... Je me suis dévoué au bien public...

LE RÉGENT.

Vous avez été dénoncé...

LANGLOIS.

Oui, Monseigneur. Par un concurrent jaloux... Et il va recevoir le cinquième de ce qu'on me prend, pour prix de sa dénonciation ! C'est abominable !

LE RÉGENT.

C'est la loi !

LANGLOIS.

Mais il a menti.

LE RÉGENT.

Prouvez-le.

LANGLOIS.

Je ne puis pas. Mes livres de comptabilité ont été détruits dans un incendie... Je suis ruiné.

LE RÉGENT.

Vous ne pouvez pas payer ?

LANGLOIS.

Non, Monseigneur.

LE RÉGENT.

Choisissez : les galères ou le paiement.

LANGLOIS.

J'aime mieux payer, Monseigneur, j'aime mieux payer en cherchant bien dans le fond de toutes mes poches... en empruntant... Merci, Monseigneur.

MONSIEUR DE FOURQUEUX, *devant un autre.*

Jean Doyen, fournisseur aux étapes. « A donné aux troupes de mauvaises viandes et même des charognes ramassées sur les chemins. » Neuf ans de galère...

DOYEN.

Ce n'est pas moi, Monseigneur... Ce sont mes commis. Je n'ai rien su de tout cela.

LE RÉGENT, *à M. de Fourqueux.*

Ajoutez : « Exposition au pilori trois jours de marché consécutifs, deux heures chaque fois ».

GALLOIS.

Moi, Monseigneur... Je ne nie rien... On a trouvé du foin pourri, dans celui que j'ai fourni.

MONSIEUR DE FOURQUEUX, *lisant.*

De plus, il a tiré un boisseau d'avoine sur chaque

sac, desquels sacs il ôtait le plomb et la ficelle et reca-
chetait de cire, ce qui se faisait le soir et la nuit... Acca-
parait les denrées sur les marchés... Vendait les œufs
pourris... A préféré jeter la viande que de la vendre au-
dessous du cours exagéré qu'il avait fixé. »

LE RÉGENT, *à M. de Fourqueux.*

Vous mettrez cela sur un écriteau qu'on lui pendra au
cou, et vous le livrerez, un jour de marché, aux ména-
gères, en le faisant toutefois protéger d'un peu loin.

CARDON.

Monseigneur, moi, c'est pour remboursement de bénéfices... Ce que j'ai fait, je l'ai fait par ordre. Et ce
sont ceux-là mêmes qui m'ont commandé qui m'ont
dénoncé, et qui vont recevoir le cinquième de mon
argent... Il y en a qui ont gagné plus que moi, et
qu'on laisse tranquilles.

LE RÉGENT.

Nommez-les... Vous recevrez le cinquième...

CARDON.

Ils sont trop haut placés, Monseigneur. On m'a dit
que l'intérêt supérieur de l'Etat sera compromis s'ils
étaient poursuivis...

LE RÉGENT, *embarrassé.*

Nous verrons.

LES UNS ET LES AUTRES.

Ayez pitié, Monseigneur... Oui, Monseigneur, pitié...

LE RÉGENT.

Monsieur le Procureur, voulez-vous leur lire la phrase
que j'ai soulignée de la déclaration royale du 18 septembre ?

MONSIEUR DE FOURQUEUX, *lisant.*

« L'épuisement général où nous avons trouvé notre
royaume doit être attribué bien moins à la longueur de
la guerre qu'aux abus et aux différentes malversations
commises dans vos finances. »

LE RÉGENT.

Vous avez entendu. Au revoir, messieurs. (*Apercevant
le président Lambert.*) Eh quoi, monsieur le Président,

c'est vous que je vois là... Un des hommes les plus honnêtes de Paris, et des plus rangés.

LE PRÉSIDENT LAMBERT.

Oh! Monseigneur, ce n'est pas comme condamné...

LE RÉGENT.

Je le pense bien... C'est comme taxé?

LE PRÉSIDENT LAMBERT.

Non, Monseigneur, c'est comme dénonciateur... Je viens vous donner le nom et l'adresse d'un homme qui, contrairement à un dernier arrêt, possède chez lui, en or, cinq cent mille livres... Mais j'entends toucher la prime de un cinquième promise au dénonciateur. Monsieur lé Procureur général, je la toucherai?

MONSIEUR DE FOURQUEUX.

Vous la toucherez.

LE PRÉSIDENT LAMBERT.

Monseigneur, je la toucherai?

LE RÉGENT.

Vous la toucherez... Mais quel vilain métier vous faites là!

LE PRÉSIDENT LAMBERT.

Mais, Monseigneur, j'obéis à la loi, c'est elle que vous qualifiez de la sorte indirectement. (*Avec un sourire.*) Au surplus, que Votre Altesse Royale se rassure et me rende plus de justice; c'est moi-même que je viens de dénoncer, dans l'espoir de posséder en toute sécurité une partie de la somme que je ne puis conserver en entier.

LE RÉGENT, riant.

C'est bon.

MONSIEUR DE FOURQUEUX.

Celui-ci...

LE RÉGENT.

Non! non! J'en ai assez! Prenez leurs placets, faites ce que vous voudrez, mais débarrassez-moi de tout ce monde-là. Au revoir, monsieur le Procureur... (*Seul.*) Ouf!... A-t-on prévenu la duchesse et mes amis?

SCENE VII

LE REGENT, LA DUCHESSE, MESDAMES DE MOUCHY, D'ARPAJON, DE SABRAN, DE GESVRES, LE MARQUIS DE LA FARE, LE COMTE DE NOCE. *Entrent la duchesse de Berry, mesdames de Mouchy, d'Arpajon, de Sabran, de Gesvres, le marquis de La Fare et le comte de Nocé. Tout le monde très gai.*

LA DUCHESSE.

Monseigneur, nous venons vous soumettre le menu pour le souper de ce soir.

LE RÉGENT.

J'écoute, Joufflotte.

LA DUCHESSE.

Filets de faisan, omelette, laitances de carpes au coulis d'écrevisses.

MADAME D'ARPAJON.

C'est moi qui fais l'omelette.

MADAME DE SABRAN.

Moi, le filet de faisan.

LE RÉGENT.

Et moi, les laitances de carpe.

TOUTES.

Bravo !

LE RÉGENT.

Les vins ?

MADAME DE GESVRES.

Tokai et champagne, comme d'habitude... Et beaucoup ! beaucoup boire !

LA DUCHESSE.

Et pour demain, pour la fête au château de Meudon, nous préparons une surprise.

LE RÉGENT.

Dis-moi la surprise.

CERTAINES.

Non ! Non !

D'AUTRES.

Mais si ! mais si !

LA DUCHESSE.

Un tableau vivant.

MADAME DE MOUCHY.

Il faut dire le titre.

LE RÉGENT.

Je le sais : « Le Jugement de Pâris ». On m'en a déjà parlé. Qui sera Minerve ?

MADAME DE SABRAN.

Moi.

LE RÉGENT.

Et Junon ?

MADAME D'ARPAJON.

Moi.

LE RÉGENT.

Et Vénus ?

TOUTES.

La duchesse, la duchesse !

LE RÉGENT.

Voilà qui est très bien.

LA DUCHESSE.

Mais je n'ai pas de costume.

MADAME DE GESVRES.

C'est ce qu'il faut.

LE RÉGENT.

Et Pâris ?

LA DUCHESSE.

Pâris, c'est un secret.

MADAME DE SABRAN.

Pour moi, mon costume est prêt.

MADAME D'ARPAJON.

Le mien aussi. Nous allons tout préparer.

LE RÉGENT.

C'est cela.

Sortie bruyante et gaie.

LA DUCHESSE.

Comme ils sont gais !

LE RÉGENT.

Ne le crois pas. Leur rire est le cri de l'ennui exaspéré.
Ils s'ennuient.

LA DUCHESSE.

Pas moi.

LE RÉGENT.

Évidemment, pas toi, puisque tu es amoureuse.

LA DUCHESSE.

J'ai quelque chose à vous demander, à ce sujet.

LE RÉGENT.

Voyons.

LA DUCHESSE.

Pâris...

LE RÉGENT.

Eh bien ? Ah ! oui, ton secret ? Allons, à qui destines-
tu le rôle ?

LA DUCHESSE.

Au chevalier de Rions.

LE RÉGENT.

Tu veux être certaine de recevoir la pomme qu'il doit
donner à la plus belle.

LA DUCHESSE.

Je suis en tout cas la plus aimée.

LE RÉGENT.

Il y paraît, tu rayonnes de bonheur.

LA DUCHESSE.

Oui... (*Entre Antoine Watteau, tel qu'on l'a vu au
premier acte et son carton sous le bras.*) Laissez-moi
donner à monsieur Watteau la séance promise. Merci.
Le Régent sort.

SCENE VIII

LA DUCHESSE, WATTEAU, DE RIONS.

LA DUCHESSE.

Bonjour, monsieur Watteau. Attendez... (*Elle va sur*

la pointe des pieds ouvrir une petite porte à gauche et fait entrer de Rions. Elle cause très amoureusement avec lui à voix basse, pendant que Watteau dispose les chaises où s'assoiront ses modèles et un tabouret pour lui. A de Rions.) Oui, le Jugement de Pâris. Et Pâris qui devra désigner, en lui donnant la pomme, la plus belle des trois déesses, ce sera... Je vous le dirai plus tard. Junon, ce sera madame d'Arpajon, Minerve, madame de Sabran, et Vénus, ce sera... je vous le dirai plus tard aussi.

WATTEAU.

Si Votre Altesse veut bien... Voici votre fauteuil. (*A de Rions.*) Votre tabouret... Vous prenez la guitare, monsieur le chevalier... Vous en jouez ou non, à votre guise... Madame la duchesse tient un cahier de musique...

LA DUCHESSE.

Ou ces papiers, peu importe, n'est-ce pas ?

WATTEAU.

Peu importe...

LA DUCHESSE.

Et nous pouvons causer ?

WATTEAU.

Certainement. Il ne s'agit pas d'un portrait... Tournez-vous un peu, je vous prie, madame la duchesse... Voilà qui est bien... Oubliez que je suis là.

> *Les personnages se trouvent ainsi disposés : la duchesse et de Rions sur le devant de la scène et presque face au public — leur groupe rappelle un des tableaux de Watteau — Watteau, un peu en arrière, dessine sur son carton.*
>
> *De Rions de temps en temps fait entendre sa guitare. Pendant la première partie de la scène, Rions et la duchesse, tout en causant, s'efforcent de conserver une immobilité relative. Peu à peu, ils s'oublieront.*

LA DUCHESSE.

J'ai pris ces dessins de costumes pour vous les montrer. Voici Minerve (*Rions donne quelques notes graves*

sur sa guitare), Junon (*Notes plus solennelles*) et Vénus
(*Pizzicati*), les trois déesses.

> *Broum, broum, broumm sur la guitare. La du-
> chesse éclate de rire, Rions également.*

DE RIONS.

Je vous aime.

LA DUCHESSE.

Je vous aime... Quel costume préférez-vous ?

DE RIONS.

Tous. Aucun. Celui que vous préférez vous-même.
Cela m'est égal. Tout m'est égal, puisque je vous vois.
Celui que vous préférez.

LA DUCHESSE.

Celui-là.

DE RIONS.

Oh !

LA DUCHESSE.

Quoi ! oh ?

DE RIONS.

Vous m'annoncez un costume... Je le cherche...

LA DUCHESSE.

Eh bien, et cette écharpe ! Vous n'en parlez pas.

DE RIONS.

Ce n'est guère la peine d'en parler.

LA DUCHESSE.

La dame a aussi ses cheveux.

DE RIONS.

La mode, heureusement, n'est pas aux cheveux courts.

LA DUCHESSE.

Il vous plaît ?

DE RIONS.

Il me plaît, si vous voulez... Si monsieur Watteau ne
nous regardait pas autant, je vous embrasserais tout
doucement, tout doucement, derrière l'oreille.

LA DUCHESSE.

Il n'est pas question de cela... Vous me conseillez ce
costume, alors...

DE RIONS, *bondissant.*

Quoi, vous ! vous ! Ainsi dévêtue ! Oh !

> *Il lève les bras au ciel.*

WATTEAU, *doucement*.

Monsieur le chevalier, vous remuez trop...

DE RIONS.

Pardon. (*Il reprend la pose en conservant son agitation.*) Je disais : Vous ! vous !

LA DUCHESSE, *très sincèrement étonnée*.

Oui, moi ! Qu'est-ce que vous avez ? Quelle mouche vous pique ?... Je ne comprends pas.

DE RIONS.

Vous ne compreriez pas ! Mais tout le monde vous regardera.

LA DUCHESSE.

Bien entendu ! Si personne ne regardait, il serait inutile de faire des tableaux vivants. Mais... Oh ! que je suis sotte !... J'ai oublié de vous dire que Pâris, ce sera vous ! Ce sera vous, et nul autre !

DE RIONS.

Pâris, ce sera moi ?... Mais cela n'empêchera pas les autres de vous voir...

LA DUCHESSE.

Vous serez contrarié qu'ils me voient ! C'est du dernier bourgeois, ce sentiment-là, mon ami.

DE RIONS.

Faites ce que vous voudrez ! Faites ce que vous voudrez !

Il se lève et brandit sa guitare.

WATTEAU.

Monsieur le chevalier...

DE RIONS, *reprenant la pose*.

Pardon ! (*A la duchesse.*) Faites ce que vous voudrez !

LA DUCHESSE.

Mon chéri, cela ne me suffit pas de faire ce que je veux. Il faut que vous me commandiez de le faire.

DE RIONS, *très tendre, en l'enlaçant*.

Vous ne pouvez me demander cela, mon âme... Je mourrai de colère...

LA DUCHESSE, *le caressant*.

Vous ne m'aimez pas assez pour me faire un tout petit sacrifice...

Ils ont de nouveau perdu la pose. Watteau, tout

*doucement, sans mot dire, ferme son carton et,
sur la pointe des pieds, va pour sortir. La duchesse entend le bruit de la serrure.*

Monsieur Watteau ! Monsieur Watteau ! Hé quoi, vous
partez ?...

WATTEAU.

Je n'avais pas l'impression d'être utile.

LA DUCHESSE.

Vous allez l'être... Vous allez servir d'arbitre entre le
chevalier et moi.

WATTEAU.

Mais, madame, c'est qu'il m'en faut aller. Je pars
demain pour Valenciennes avec un de mes amis.

LA DUCHESSE.

Deux mots seulement. Vous êtes un artiste, vous, vous
comprendrez. Voilà... Pour un tableau vivant, une dame
de mes amies a l'intention de mettre ce costume et son
amant en est mécontent. Remarquez bien que c'est lui
qui sera Pâris, c'est lui qui sera Pâris. Cela change tout,
n'est-ce pas ? Je tiens le parti de la dame et monsieur
de Rions est contre moi. Je vous prie de nous dire en
toute franchise si vous pensez comme monsieur de
Rions, en toute franchise, n'est-ce pas ?

DE RIONS.

Acceptez-vous qu'une dame de condition puisse se
montrer ainsi ?

LA DUCHESSE.

Pourquoi pas, si elle est belle ?

DE RIONS.

Répondez.

WATTEAU.

Elle le peut certainement.

LA DUCHESSE.

Ah !

DE RIONS.

Oh !

WATTEAU.

Elle le peut... si elle n'aime pas ou si elle n'est pas
aimée.

DE RIONS.

Mais oui.

WATTEAU.

Si elle aime, elle s'est donnée corps et âme. Elle a donné son cœur et sa beauté.

DE RIONS.

Donc sa beauté ne lui appartient plus. En la révélant à d'autres, elle donne ce qui n'est plus à elle seule.

WATTEAU.

Elle vole son amour au profit de son orgueil.

LA DUCHESSE.

Tiens... Je n'avais jamais pensé à cela... Mais elle peut le faire pour glorifier son amant, pour lui donner la joie du dépit des autres.

DE RIONS.

Il souffrirait de leur convoitise qui lui paraîtrait même un outrage, s'il aime réellement. Chaque regard d'autrui lui serait une douleur.

LA DUCHESSE, *ravie.*

Vraiment ?

WATTEAU.

L'amour, c'est l'oubli de tout ce qui n'est pas l'amour. C'est l'indifférence pour tout autre hommage que celui de l'aimé...

LA DUCHESSE.

Voilà qui est un peu absolu, mais, à y bien penser, on serait porté à vous donner raison... Seulement cet amour-là n'est pas celui qu'on rencontre d'habitude.

DE RIONS.

Êtes-vous femme à vous contenter d'un amour qu'on rencontre d'habitude ?

WATTEAU.

Le véritable amour vit de pudeur vaincue. On ne triomphe que de ce qui est.

LA DUCHESSE.

Monsieur Watteau, expliquez-vous.

WATTEAU.

Mon œuvre répond pour moi. Je préfère la caresse à

l'étreinte, la tendresse à la passion, et l'amour au libertinage.

> *La duchesse regarde longuement le dessin du costume.*

WATTEAU, *s'inclinant, saluant.*

Madame...

LA DUCHESSE, *sans lever les yeux.*

Au revoir, monsieur Watteau.

> *Il sort.*

DE RIONS.

Je n'aurais jamais osé vous le dire, mais je souffre affreusement chaque fois que votre mise provoque les regards dont je parlais tout à l'heure. Je vous en prie, à genoux, épargnez-moi ces tourments d'autant plus cruels qu'il me faut les dissimuler. Je n'ai jamais aimé que vous. Je vous veux toute à moi, rien qu'à moi. Je voudrais pouvoir vous emporter, vous cacher à tous et vivre dans une dévotion perpétuelle à vos côtés, ne penser qu'à vous, ne voir que vous. Je vous aime avec une violence que vous ne savez pas. Nul bonheur ne peut me venir que de vous, nulle souffrance non plus... Ayez pitié d'un cœur que vous avez, sans le vouloir, meurtri, déchiré, torturé... (*Il est à genoux. A ce moment, il voit le duc de Lauzun qui cause de dos avec quelqu'un qu'on ne voit pas.*) Mon oncle !... (*Changeant de ton avec dureté.*) Vous ne vous habillerez pas ainsi.

> *Lauzun traverse la scène en lui faisant un signe d'encouragement et sort par la droite.*

LA DUCHESSE.

Qu'est-ce que vous avez ?...

DE RIONS.

C'est mon oncle qui passait.

LA DUCHESSE.

Eh bien ! mais j'ai déjà remarqué que vous êtes tout différent à mon égard lorsque monsieur de Lauzun est près de vous... Si vous espérez lui cacher notre amour, vous perdez votre temps, nul ne l'ignore, lui moins que tout autre.

DE RIONS, *riant.*

Ma foi, je vais tout vous dire. Mon oncle, dès mon

arrivée, s'est fait mon protecteur, mon mentor. Il a prétendu m'imposer sa direction. Sachant que je vous aimais, il m'a conseillé, ordonné d'être, auprès de vous, impérieux, froid, jaloux, indifférent, sévère, m'affirmant que c'était là le seul moyen de me faire aimer. Je n'en ai rien fait : vous m'aimez, je suis heureux et, de temps en temps, j'essaie de lui donner à croire qu'il a été obéi...

LA DUCHESSE.

Ah ! monsieur de Lauzun !... Laissez-moi seule avec lui, voulez-vous ?

DE RIONS.

Mais...

> *La duchesse range ses dessins de costumes. De Rions en sortant salue Lauzun.*

LAUZUN.

Bravo, jeune homme ! Eh bien ! Vous avez vu que mes conseils étaient bons à suivre. Vous êtes aimé ?

DE RIONS.

Je le crois, monsieur le duc.

LAUZUN, *fat.*

Parbleu !

> *Il sort. Lauzun, faisant le gracieux, s'approche de la duchesse.*

SCENE IX

LA DUCHESSE, LAUZUN.

LA DUCHESSE, *hautaine.*

Monsieur le duc, si le chevalier de Rions avait suivi les conseils que vous lui avez donnés, il serait loin de moi depuis longtemps. Je n'insisterai pas sur ce qu'ils avaient d'irrespectueux à mon égard. Votre confusion suffit à ma vengeance. Toute votre vie, vous avez ignoré la force d'un sentiment sincère. Il est trop tard main-

tenant pour espérer que vous l'appreniez. Profitez cependant de la leçon que vous donnent ici les événements. La franchise, la loyauté et l'amour que m'a
montrés M. de Rions ont conquis mon cœur. Et vous
allez juger à quel point, en apprenant une nouvelle qu'il
ignore lui-même : j'ai résolu de l'attacher à moi par
les liens d'un mariage secret.

LAUZUN.

Madame, vous faites ainsi à ma famille un honneur
qui me comble de trop de joie pour me laisser la présence d'esprit nécessaire à me disculper. La résolution
que vous avez prise est la seule qui puisse mettre un
terme à de méchants propos.

LA DUCHESSE.

Une raison plus grave, que nul ne connaît encore, a
pu m'y décider.

LAUZUN.

....

LA DUCHESSE.

Vous l'apprendrez lorsque je le jugerai bon.

LAUZUN.

Je serai toujours honoré de la confiance de Votre
Altesse, à quelque moment qu'il lui convienne de me la
manifester. La seule espérance que j'en ai me permet
peut-être de vous faire connaître certains projets de
monsieur le duc de Villeroy, qui pourraient contrarier
la réalisation des vôtres.

LA DUCHESSE.

Villeroy ! De quoi se mêle-t-il ?

LAUZUN.

Il traverse une crise d'austérité ; et je crois savoir
qu'en même temps qu'il demandera un châtiment pour
les fautes commises récemment par certains membres
de sa famille, il indiquera à monseigneur le Régent,
comme indispensable, l'envoi de monsieur de Rions à
son régiment en Espagne.

LA DUCHESSE.

L'insolent !... Vous êtes certain de cela ?

LAUZUN.

Autant qu'on peut l'être.

LA DUCHESSE.

Eh bien, nous verrons si monsieur de Villeroy saura faire donner un tel ordre à celui dont j'aurai fait mon mari.

LAUZUN.

Monsieur de Villeroy est prévoyant ; il va se hâter.

LA DUCHESSE.

Je me hâterai plus que lui. Monsieur de Lauzun, je m'en remets à vous. Arrangez les choses de telle façon que, dès ce soir, madame la duchesse de Berry soit devenue la petite-nièce du duc de Lauzun. Voici mon père. Laissez-nous.

Il sort. Entre le Régent, très gai.

SCENE X

LA DUCHESSE, LE REGENT.

LE RÉGENT.

Hé bien, tu ne seras jamais prête.

LA DUCHESSE.

Père, je vous demande de ne pas assister au souper de ce soir.

LE RÉGENT.

Et probablement tu vas me demander d'excuser aussi monsieur de Rions.

LA DUCHESSE.

Oui.

LE RÉGENT.

Et le Jugement de Pâris, on le remettra aussi ?

LA DUCHESSE.

Si vous voulez ; mais je vous prie de me dispenser d'y paraître.

LE RÉGENT, *riant.*

Est-ce que monsieur de Rions te ferait l'honneur d'être jaloux ?

LA DUCHESSE.

Monsieur de Rions m'aime, je l'aime. Il ne lui serait pas agréable de me voir prendre part à cette fête. Je n'y assisterai donc pas.

LE RÉGENT.

Il te l'a demandé ?

LA DUCHESSE.

Non, mais je sais lui faire plaisir en m'abstenant.

LE RÉGENT.

C'est l'amour, le grand amour, alors !

LA DUCHESSE.

Oui. J'en suis tout étourdie. Ce qui m'est arrivé est extraordinaire à tel point que, si je cherche des mots pour le dire, ceux que je trouve, je m'aperçois qu'ils sont défraîchis par l'usage, déshonorés par le mensonge, qu'ils sont usés, flétris, vidés... Par exemple, voilà une vérité : « Je me sens un autre être ! » Si je vous dis « Je me sens un autre être », cela ne signifie rien. Comment vous faire comprendre alors que réellement une femme nouvelle s'est substituée en moi à celle que j'étais ? C'est vrai pourtant. Réellement, je vous l'assure, c'est une autre que moi qui jadis a été mariée et qui a eu des amants. Moi, moi, vivante aujourd'hui, je n'existe que depuis le jour où j'ai connu celui que j'aime. Il est mon âme. Tant qu'il n'a pas été là, ce que chacun porte de divin en soi m'a manqué. Depuis que je l'ai, seulement depuis que je l'ai, j'existe. Je déborde de vie, de santé, de bonheur... J'ai une âme toute neuve... Mais comment, comment vous faire comprendre cela ? Si je dis : « Je ne vis que pour lui »... je m'en rends bien compte, cela ne signifie rien. Tout le monde l'a dit. Mais moi ! Il n'y a pas un battement de mon cœur, pas un de mes gestes, pas un soupir, un rire, une larme, une pensée, un rêve, un souvenir dont il ne soit l'objet. Et encore pour que vous sachiez que je suis heureuse, me suffira-t-il de prononcer : « Je suis heureuse » ? Je le suis simplement, follement, doucement, saintement. Je suis allégée, épurée, renouvelée, émerveillée, ravie ! Je ne marche plus, je plane, mon corps ne pèse plus ; tout m'est délices, l'air qui m'entoure, la lumière, le crépuscule, la nuit, le silence, le bruit, les paroles des indifférents. J'aime tout et tout le monde, parce que je suis enveloppée et imprégnée d'amour. Je suis l'amour même parce que je suis aimée ! Mais tout cela, n'est-ce pas, signifie pour vous que je suis folle ? J'étais folle, au contraire, lorsque je n'étais pas ce que je suis.

Elle se met dans les bras de son père.

LE RÉGENT.

Mais, ma pauvre enfant, tu te prépares tous les malheurs du monde ! Tu te crois donc libre d'aimer qui tu veux, comme si tu étais la première venue ! Tu es une princesse. Bien des chagrins t'attendent, si tu veux aimer comme une lingère. En ce moment, ta passion endort ton orgueil. Il dévastera tout en toi lorsqu'il se réveillera.

LA DUCHESSE.

Mon orgueil, c'est mon amour.

LE RÉGENT.

Mais, son amour à lui, n'est peut-être que de l'orgueil.

LA DUCHESSE.

Vous ne le connaissez pas. Je l'aimerai toute ma vie. Il m'aimera toute la sienne.

LE RÉGENT.

Il n'y a guère d'homme ou de femme qui n'en ait dit autant, et qui ne l'ait oublié.

LA DUCHESSE.

Pas moi ! Pas lui !

LE RÉGENT.

Soit. Supposons que votre flamme soit éternelle. Crois-tu donc que la duchesse de Berry pourra jusqu'à la vieillesse aimer le chevalier de Rions ? Il viendra une minute où ta situation, ta naissance, ton rang, t'obligeront à une rupture.

LA DUCHESSE.

Jamais !

LE RÉGENT.

Mais si !

LA DUCHESSE.

Non !

LE RÉGENT.

Et je jurerais même qu'alors cette rupture sera pour toi un soulagement.

LA DUCHESSE.

Si je pensais cela, je m'attacherais à lui dès maintenant par un lien que nul ne pourrait rompre.

LE RÉGENT.

Tu déraisonnes.

LA DUCHESSE.

Vous tenez à me faire souffrir !

LE RÉGENT.

Tu tiens à m'irriter !

LA DUCHESSE.

Vous prenez plaisir à me prédire des catastrophes !

LE RÉGENT.

Elles sont inévitables.

LA DUCHESSE.

Ce n'est pas vrai !

LE RÉGENT.

J'en suis sûr.

LA DUCHESSE.

Ce n'est pas vrai. Je ne veux pas que vous me disiez cela ! Je ne veux pas ! Je ne veux pas !

LE RÉGENT.

C'est la vérité, pourtant.

LA DUCHESSE, avec une colère nerveuse
d'enfant gâtée.

Non ! non ! non ! ce n'est pas vrai, ce n'est pas vrai. (*Trépignant.*) Vous êtes méchant parce que vous êtes jaloux. Oui, jaloux, jaloux, jaloux... Vous ne voulez pas croire à l'amour parce que vous n'avez jamais aimé. Voilà la vraie raison ! La voilà ! Elles ne vous aiment pas toutes vos duchesses, toutes celles qui vous le disent... Elles mentent. Alors vous croyez que tout le monde est pareil. Elles ne vous aiment pas ! Mais je vous le dis et c'est vrai, c'est vrai ce que je vous dis, moi : elles ne vous aiment pas !

LE RÉGENT, *douloureux.*
Mais je le sais bien, ma pauvre enfant...

LA DUCHESSE, *un peu calmée.*
Et moi, vous ne m'aimez pas...

LE RÉGENT, *lui prenant les mains et la regardant*
dans les yeux, avec une grande douceur.
Répète ?

LA DUCHESSE.
Non... Pardon... Non... Je sais... Seulement, n'est-ce pas, aujourd'hui, vous me promettez le malheur, vous doutez de celui que j'aime... Je ne sais pas me contenir et je vous ai dit des choses dont je vous demande pardon. Mais, n'est-ce pas, vous vous trompez peut-être ? Dites-le-moi... Je t'en prie.

LE RÉGENT.
Mais oui, enfant gâtée ; tout le monde peut se tromper.

LA DUCHESSE.
Ah ! je suis bien contente, bien heureuse à présent. Vous verrez que vous étiez dans l'erreur, il est si bon, si généreux. (*Elle rit.*) Voilà... Je vais l'épouser.

LE RÉGENT.
Ça !

LA DUCHESSE.
Je veux l'épouser !

LE RÉGENT.
Je te le défends !

LA DUCHESSE.
Je veux l'épouser !

LE RÉGENT.
Et moi je ne le veux pas !

LA DUCHESSE.
Pourquoi ?

LE RÉGENT.
Par souci de ta dignité et de la mienne.

LA DUCHESSE.
Vous ne l'avez qu'en ce qui concerne votre dignité.

LE RÉGENT, *avec éclat.*
Je ne veux pas que tu te déshonores. Ton de Rions est un...

LA DUCHESSE, *colère.*

Ne l'insultez pas ! Je ne le permettrai pas. Devant votre refus, je n'aurais le choix qu'entre le suicide et la fuite.

LE RÉGENT.

La fuite !

LA DUCHESSE.

Je puis hors de France m'appeler madame de Rions et me créer une vie nouvelle. C'est à cela que je me décide.

LE RÉGENT, *colère.*

Comment ! Comment ! Quitter la France, toi !

LA DUCHESSE, *s'animant.*

Oui, moi !

LE RÉGENT.

Je ne permettrai pas qu'on te laisse passer !

LA DUCHESSE, *levant la tête.*

Est-ce que vous lancerez vos mousquetaires à ma poursuite ?

LE RÉGENT.

Pourquoi pas ?

LA DUCHESSE.

Est-ce que vous croyez qu'il se trouvera un de vos officiers pour oser mettre la main sur une fille de France ?

LE RÉGENT.

Sur une fille de France qui fuit avec son amant et un amant comme celui-là, oui !

LA DUCHESSE.

Est-ce que vous croyez qu'aux frontières on osera me demander des passeports ? Des passeports, à moi, la duchesse de Berry, petite-fille de Louis XIV ?

LE RÉGENT.

Tais-toi, tais-toi ! Pas ce nom-là ! Tu es indigne de le prononcer !

LA DUCHESSE.

J'en suis indigne !... C'est vous, vous qui le dites ! Mais réfléchissez... Je n'aurais qu'à crier que je vous fuis, vous et vos roués, vous, vos amis et vos maîtresses, pour que tous les honnêtes gens me fassent de la place malgré vos ordres et pour qu'ils applaudissent à ma délivrance.

LE RÉGENT, *au comble de la colère.*

Ta délivrance, malheureuse fille !

LA DUCHESSE.

Oui, ma délivrance ! Je suis lasse, jusqu'à l'épuisement, écœurée, jusqu'à la nausée, de la vie que je mène depuis bientôt dix ans !

LE RÉGENT.

Tu me parles sur ce ton ! A moi, ton père !

LA DUCHESSE.

Ce n'est pas dans les soupers du Palais Royal que j'ai pu apprendre à vous respecter !

LE RÉGENT.

Tais-toi !

Il lève la main sur sa fille.

LA DUCHESSE, *le bravant.*

Frappez, mais frappez donc !...

Un silence, ils sont face à face, les yeux dans les yeux, tout près l'un de l'autre, dans une grande colère concentrée.

LE RÉGENT, *d'une voix sourde.*

T'y ai-je contrainte, à la vie que tu me reproches ?

LA DUCHESSE.

Non, vous m'y avez maintenue !... Je sais maintenant que le bonheur n'est point là. J'ai vingt-quatre ans, je puis encore me faire une existence dont je n'aurai pas à rougir.

LE RÉGENT.

Ne peux-tu la vivre auprès de moi ?

LA DUCHESSE.

Qui vous dit que ce n'est pas vous aussi que je fuis ?

LE RÉGENT.

Tes paroles sont autant de coups de hache sur les liens qui nous unissent.

LA DUCHESSE.

C'est peut-être un bien pour l'un et pour l'autre qu'ils soient brisés.

LE RÉGENT, *étourdi, épouvanté.*

Nous nous parlons comme deux ennemis ! (*A lui-même,*

la tête basse, s'éloignant d'elle.) Quelle chose effroyable !
Si nous allions découvrir que nous n'avons été que deux
compagnons de plaisir !
   Un long silence.

LA DUCHESSE, *attendrie.*

Non... Vous m'avez aimée. Depuis que je suis au
monde, vous avez été tout pour moi. Vous avez été la
seule personne qui se soit occupée de ce petit enfant
abandonné au milieu des indifférences, des égoïsmes et
des ambitions. Et vous m'avez sauvé la vie. Les médecins me disaient perdue. Vous vous êtes installé à côté
de mon berceau, et vous avez entrepris la lutte contre la
mort qui me tenait déjà par la main. Je dois à votre
science et à votre bonté la vie que je vous devais déjà.
Vous avez eu toute la tendresse d'une mère. Vous voyez
que je ne l'ai pas oublié... Et vous vous êtes attaché à
moi. J'étais deux fois votre enfant. Je n'ai eu que vous.
Vous m'avez associée à votre vie, et il n'y a pas de
jour où vous ne m'ayez montré votre bonté.

LE RÉGENT.

Heureusement, tu te rappelles cela. Heureusement je
n'ai pas tout perdu. (*Un silence.*) Mais tu veux partir.

LA DUCHESSE, *avec moins de force.*

Vous savez ce qu'il faut faire pour me retenir.

LE RÉGENT, *en larmes.*

Je ne puis pas, Joufflotte ! Joufflotte ! (*Un silence.*) Je
n'ai que toi sur la terre.

LA DUCHESSE, *sans dureté, avec un geste de
découragement.*

Je n'ai que lui.

LE RÉGENT.

Tu n'as que lui... Comme tu aurais pitié, si tu pouvais
lire en moi... (*Un silence.*) Tu feras ce que tu voudras...
Pour moi, je ne sais rien... Tu ne m'as rien dit. (*Sup-
pliant.*) Mais tu ne partiras pas, tu me le promets !
   Elle va vers lui et l'embrasse.

LA DUCHESSE.

Pauvre père ! Je ne croyais pas vous faire autant de
chagrin. Je vous le promets.

LE RÉGENT.

Alors, fais ce que tu voudras...

> *On entend des rires à la porte de droite. Le Régent et sa fille se redressent et s'efforcent de sourire.*

SCENE XI

TOUT LE MONDE.

MADAME DE PARABÈRE, *le prenant par le cou.*

Tout est prêt bientôt et vous attend, Monseigneur !

LA DUCHESSE.

Je vais m'habiller !

> *Elle sort.*

MADAME D'AVERNE.

Tu as travaillé, tu as parlé... Tu dois avoir soif, Régent ?

LES AUTRES DAMES.

Oui, oui, Monseigneur a soif !

NOCÉ, *bas à La Fare.*

Il faut lui faire boire un verre de tokai avant de rien lui demander.

MADAME DE GESVRES.

Du tokai... J'en vais chercher... Pas besoin de domestiques !...

MADAME DE FALLARI.

Oh ! non ! restons entre nous, comme d'habitude.

> *Plusieurs sortent et reviennent pendant ce qui suit avec des verres et des flacons de tokai.*

NOCÉ.

Un verre suffit pour le rendre aimable.

MADAME DE GESVRES.

A boire ! à boire ! Beaucoup boire !

LE RÉGENT, *à madame de Parabère.*

Mon corbeau noir, donne-moi encore un verre de tokai.

MADAME DE GESVRES, *à madame de Brancas.*
Hé! la caillette gaie, tu as entendu?
Brancas fait passer un verre au Régent.

MADAME DE PARABÈRE.
Mon petit Monseigneur, Langlois, que vous avez vu tout à l'heure, est un de mes amis. Il faut lui faire grâce de ta taxe.

Il hésite. Elle l'embrasse.

LE RÉGENT.
Comme tu voudras.

LE MARQUIS DE LA FARE.
Et Paparel, il faut lui faire grâce... C'est mon beau-père...

MADAME D'AVERNE.
Oui, oui. Grâce pour Paparel!

LE RÉGENT.
Grâce pour Paparel.

NOCÉ.
Et pour Cardon!

LE RÉGENT.
Grâce pour Cardon.

MADAME DE FALLARI, *l'embrassant aussi.*
Et pour monsieur de Vougny...

MADAME DE PARABÈRE.
Donnez-nous la liste...

LE RÉGENT.
Embrasse-moi encore.

MADAME DE PARABÈRE.
Voilà, voilà...

Ils prennent la liste et biffent plusieurs noms.

MADAME DE FALLARI, *lui tendant une feuille
et une plume.*
Là, une petite signature...

MADAME DE GESVRES.
Canillac, tu bois dans mon verre...

CANILLAC.
Bois dans le mien.

MADAME DE GESVRES.
Il est vide.

MADAME DE SABRAN.
Elle fait rentrer beaucoup d'argent, la Chambre de Justice !... Monseigneur, vous allez pouvoir tenir vos promesses...

LE RÉGENT.
Quelles promesses, bel aloyau ?...

MADAME DE PARABÈRE.
Il faut que nous puissions acheter de nouvelles actions, nous et nos amis.

MADAME DE FALLARI.
Vous avez déjà fait une liste, elle n'est pas suffisante.

MADAME DE SABRAN.
Où est la liste ?...

LE RÉGENT.
C'est Lauzun qui l'a emportée...

CANILLAC.
Lauzun ! il est là...

NOCÉ.
Je vais le chercher...

LE RÉGENT.
Alors, soyons graves, pour ne pas qu'il me fasse de la morale... Il se croit encore mon précepteur.
Entre le duc de Lauzun.

LAUZUN.
Monseigneur...

LE RÉGENT.
Savez-vous, monsieur le duc, que l'ensemble des taxes qui vont rentrer dans les caisses du royaume s'élève à douze cents millions. Nous allons donc pouvoir ouvrir le robinet de finance... Vous avez examiné la liste que je vous ai donnée ?

LAUZUN.
Oni, Monseigneur, la voici. J'aurais à vous proposer quelques suppressions...

LE RÉGENT.
Aucune, monsieur... Laissez-moi faire un peu de bien et de plaisir. Inscrivons un million pour l'Hôtel-Dieu, un million pour l'Hospice Général...
Les roués et les dames s'approchent de la liste.

TOUS.

Et nous ! et nous !

MADAME DE PARABÈRE.

Tous mes protégés sont bien inscrits ?

LE RÉGENT.

Regarde.

MADAME DE PARABÈRE.

Soubise, 200.000 livres ; Noailles, 200.000 ; marquis de Rochefort, 400.000...

MADAME DE FALLARI.

Et les miens ?

LE RÉGENT.

Les vôtres, belle Fallari, les voici...

LA FARE.

Et moi ?...

LE RÉGENT.

Te voilà...

LA FARE.

Oh ! 300.000 ! Vous m'aviez promis six cents.

LE RÉGENT.

Va pour six cents...

LA FARE.

La Feuillade a bien 850.000...

NOCÉ.

Et moi, je n'ai rien ?

LE RÉGENT, écrivant.

Si, tiens...

LES AUTRES.

Et moi, et moi ?...

LE RÉGENT, écrivant toujours.

Voilà... Encore toi et c'est fini...

LAUZUN, à part.

La curée !

MADAME DE PARABÈRE.

Il faudra dire qu'on nous donne, avant tout le monde, toutes les actions que nous demanderons.

TOUS.

Oui ! oui ! Avant tout le monde... Il n'en restera plus autant que nous en voudrons !

BRANCAS.

Pour en acheter, moi, j'ai déjà vendu ma terre de Normandie.

NOCÉ.

Moi, mes bijoux...

LE RÉGENT.

Vous avez raison... La banque va tenir une assemblée importante. J'y assisterai... Et les nouvelles seront telles qu'il faudra encore émettre d'autres actions... Des millions vont nous arriver du Mississipi. On y a trouvé des mines d'or, des rochers d'émeraude...

LES FEMMES.

J'en veux, j'en veux !

LE RÉGENT.

Vous en aurez !

LAUZUN.

Monseigneur...

LE RÉGENT, *allant à lui.*

Voilà...

LAUZUN.

Mais, Monseigneur, vous m'aviez promis de réduire, au contraire...

LE RÉGENT, *riant.*

Ce sera une promesse de plus que j'aurai oubliée. Qu'importe ! Lass a trouvé la pierre philosophale !... Et vous, pour vous, vous ne voulez rien ?...

LAUZUN.

Oh ! non, Monseigneur...

LE RÉGENT.

Allons... Vous m'avez rendu de grands services... Vous m'en rendez encore...

LAUZUN.

Je ne veux rien recevoir...

LE RÉGENT.

Vous avez toujours été un original !

> *Il se dirige vers la porte de gauche. Le Régent et tous les convives vont boire au fond. De Rions se détache du groupe et amène le duc de Lauzun sur le devant de la scène.*

DE RIONS.

Monsieur le duc, vous plairait-il de m'écouter pendant quelques instants ?

LAUZUN.

Je vous écoute.

DE RIONS.

Je viens vous prier de me rendre ma liberté.

LAUZUN.

Quelle liberté ?

DE RIONS.

La liberté de ma conduite à l'égard de madame la duchesse de Berry.

Fusée de rires parmi les roués qui boivent sans s'occuper de Rions et de Lauzun.

LAUZUN.

Vous l'avez déjà reprise.

DE RIONS.

En effet. Mais il me répugne de mentir.

LAUZUN, *après un silence.*

Allons !... Je suis joué !... Adieu, monsieur.

DE RIONS.

Comment dois-je comprendre le sens que vous donnez à cet adieu, monsieur le duc ?

LAUZUN.

Je lui donne son sens complet. Je ne vous connais plus. Vous n'existez plus pour moi.

DE RIONS.

Vous me retirez votre affection ?

LAUZUN.

Et mes chevaux et mon logis.

DE RIONS.

Vous vous souvenez que vous avez refusé pour moi tous les bénéfices qui m'étaient offerts et auxquels j'avais droit ?

LAUZUN.

Après ?

DE RIONS.

Vous savez donc la situation où vous me jetez ?

LAUZUN.

Pardon. Vous vous y jetez vous-même.

DE RIONS.

C'est moi qui vous dis : « Adieu, monsieur ». Je ne continuerai plus à servir d'instrument à je ne sais quelle sénile vengeance...

LAUZUN.

Oubliez-vous à qui vous parlez ?

DE RIONS.

Vous me l'avez fait oublier.

LAUZUN.

Vous savez que votre mariage avec la duchesse ne se fera pas.

DE RIONS.

Je le sais.

LAUZUN.

Je me demande comment vous tiendrez votre rang.

DE RIONS.

Il y a le jeu.

LAUZUN.

L'agio ?

DE RIONS.

L'agio.

LAUZUN.

Les actions de monsieur Jean Lass ?

DE RIONS.

Les actions de monsieur Jean Lass.

LAUZUN.

La rue Quincampoix ?... Allons, bonne chance, monsieur mon neveu.

Il sort. Entre la duchesse. Cris de joie parmi les roués.

LA DUCHESSE.

Me voilà !...

Elle s'approche de Rions qui va au-devant d'elle.

LA DUCHESSE, *timidement.*

Suis-je à votre goût ?

DE RIONS.

Vous êtes la plus belle et je vous adore!

LA DUCHESSE, *folle de joie, à voix basse et fermant*
les yeux.

Oh! mon ami...

LE RÉGENT.

Vous êtes superbe, Joufflotte... (*Il lui baise les mains.*)
Les belles mains!... (*Aux autres.*) A table! à table!
Ils sortent en chantant, riant et s'embrassant.

RIDEAU

ACTE TROISIÈME

La rue Quincampoix.

On ne voit, naturellement, qu'un des côtés de la rue qui se prolonge à peu près en diagonale de la scène.

Les maisons sont des bureaux. Les fenêtres des rez-de-chaussée sont fermées de grosses grilles.

La rue est censée se prolonger dans la coulisse à gauche au premier plan, à droite au troisième.

Tout à fait à droite, une petite rue vient du fond, perpendiculairement à la rue Quincampoix.

A droite, premier plan, un pâté de maisons. Tout près de la rampe, l'échoppe d'un savetier.

A l'angle des deux rues, un traiteur avec l'enseigne : « A l'épée de bois ». La maison est en réparation. Echafaudages.

A l'autre encoignure, le nom de la rue Quincampoix est écrit en grosses lettres.

Au lever du rideau, la scène est déserte. Léonard, vieux savetier, sort de son échoppe, portant son petit établi avec de rares outils, un banc et une vieille paire de bottes. Il écoute un moment, puis se décide, s'installe et fait semblant de travailler.

Entre un officier, accompagnant deux dames masquées de blanc.

SCÈNE UNIQUE

LA FOULE DES AGIOTEURS

LA COUSINE, *minaudant.*

Grâce à vous, mon cousin, quand nous rentrerons à Poitiers, nous pourrons dire que nous avons vu la rue Quincampoix.

L'AMIE, *de même.*

Tout le monde en parle, à Poitiers, mais bien peu l'ont vue.

L'OFFICIER, *faisant le beau.*

Ma cousine, c'est pour moi un bonheur divin que de la montrer aux plus beaux yeux du monde... Aux quatre plus beaux yeux du monde.

LA COUSINE.

Oh! mon cousin!

L'AMIE.

Oh! monsieur l'officier! Jamais, sans vous, nous n'aurions pu traverser cette foule qui attend, ni franchir ces chaînes.

L'OFFICIER.

Venez vous installer à vos places, mesdames, car, d'un moment à l'autre, les chaînes vont être baissées et vous risqueriez d'être bousculées... Voici le savetier Léonard qui a bien voulu me louer deux places pour vous dans son échoppe... Venez, mesdames, venez... (*A Léonard.*) Léonard, mon ami, voici les deux dames pour lesquelles...

LÉONARD, *sans se déranger.*

Ben, qu'elles entrent!

L'OFFICIER.

Ce sont deux dames de qualité...

LÉONARD.

Y a deux chaises.

L'OFFICIER.

Ma belle cousine, belle madame... Si vous voulez me faire la grâce... Vous seriez mieux à votre place dans un palais...

LA COUSINE.

Mais c'est charmant...

L'AMIE.

C'est délicieux...

LA COUSINE.

Nous serons très bien... On se croirait au Grand Théâtre, ma chère!

L'OFFICIER.

Mon service m'oblige à vous quitter... Mais je viendrai

de temps en temps voir si ma bonne étoile permet que
je puisse vous être de quelque secours. Oui, oui, je ne
m'en dédis pas : les quatre plus beaux yeux du monde...
Et si vous avez besoin de quelques renseignements, le
bon Léonard se fera un plaisir de vous les donner.

> *Léonard paraît ne rien entendre. L'officier se*
> *dirige vers la droite.*

> LÉONARD, *courant à lui et sans politesse.*

Et le prix des places ?...

> L'OFFICIER.

C'est juste... Dix pistoles chacune, n'est-ce pas ?...

> *Il les prend dans sa poche.*

> LÉONARD.

Et demain, ce sera vingt... Et puis, je vous ai entendu
dire aux dames... pour les renseignements...

> L'OFFICIER.

Oui, eh bien ?

> LÉONARD.

Les renseignements, c'est à part.

> L'OFFICIER.

Combien ?

> LÉONARD.

Cinq pistoles.

> L'OFFICIER.

Voilà... Combien gagniez-vous, avant le Système ?

> LÉONARD.

Une pistole par semaine... Mais la vie a « renchéri ».

> L'OFFICIER.

Il y paraît...

> *Il s'éloigne. Léonard revient à sa place, prend son*
> *marteau... et ne travaille pas. Pendant ce temps,*
> *les dames se sont installées avec des manières*
> *et des petits cris. L'une d'elles sort une bonbon-*
> *nière, y prend une prise de tabac, et en offre*
> *à sa voisine qui accepte, avec des minauderies.*
> *Puis du bruit de tous côtés, et la foule fait irrup-*
> *tion sur la scène. Un certain nombre d'employés*
> *s'engouffrent dans les maisons.*
> *Dans la foule, des gens de qualité, des prêtres,*

> des abbés, des soldats, des bourgeois, des ma-
> nants.

> Grand brouhaha. Des papiers s'échangent à tra-
> vers les grilles.

UN HOMME.

Mon récépissé...

UN AUTRE.

Je vous ai donné trois billets blancs et cinq noirs.

UN AUTRE.

Vous me devez trois cents écus...

> Dans un autre groupe.

UN AGIOTEUR.

Les actions feront six mille, aujourd'hui.

PAPILLON.

À six mille cinq cents, j'achète des actions !

> Des maisons sortent des employés affairés.

UN EMPLOYÉ.

A six mille six...

UN SEIGNEUR.

A six mille sept...

DE RIONS.

Moi ! moi ! J'achète !

> Les clients rejoignent les commis... On écrit les
> lettres d'engagement sur les bordures des fe-
> nêtres.

UN AGIOTEUR.

Elles feront dix mille... aujourd'hui...

PLUSIEURS (Admiration).

Oh ! dix mille !... Non, non, ce serait trop beau !

UN ABBÉ.

Elles feront dix mille !... Voilà saint Martin qui nous
aidera...

> Un groupe d'hommes entrés par la droite ap-
> portent une statuette de saint Martin, sous
> verre. Pendant ce qui suit, à l'aide d'une échelle,
> on l'installera dans la niche creusée dans le
> mur, et qui se trouvait vide.

PLUSIEURS.

Ah ! saint Martin ! Dix mille aujourd'hui, saint
Martin !

DES HOMMES, *chantant.*

> Saint Denis,
> C'est fini.
> Saint Martin,
> Tiens-toi bien !

UN HOMME.

Le voilà en place...

UN AUTRE.

Il faut faire le vœu.

UN AUTRE.

Ecoute, saint Martin... Hier, on a prié ton camarade saint Denis...

UN AUTRE.

On lui a demandé de pousser les actions à six mille...

UN AUTRE.

Il ne l'a pas fait, alors on lui a cassé la tête à saint Denis... Tu entends, on lui a cassé la tête...

UN AUTRE.

Dix mille, saint Martin !... Et tu auras une chapelle !

UN AGIOTEUR.

Si tu les faisais monter à dix mille aujourd'hui, on t'élèverait une chapelle...

PLUSIEURS.

Oui, une chapelle... une belle chapelle !

DES FEMMES.

Avec des fleurs !

UN HOMME.

Et ta statue en or...

UN AUTRE.

Elle coûtera moins cher qu'en billets.

> *Pendant ce temps, les transactions ont continué,*
> *à une autre place, avec des cris et des disputes...*
> *Tout cela se passe dans une agitation extrême,*
> *des allées et venues, des bousculades. On de-*
> *vine les paroles prononcées plutôt qu'on ne les*
> *entend.*
> *Huché sur l'entablement d'une fenêtre, accroché*
> *à une grille, un crieur public s'époumone :*
> *« Habitants de Paris... Mais écoutez-moi ! »*

DES VOIX.

Écoutez-le... Écoutez-le... C'est le Mississipi...

LE CRIEUR PUBLIC.

Habitants de Paris, de l'Europe, de l'Asie, de l'Afrique
et de l'Amérique, voici ce que Sa Majesté le roi de
France, de Navarre et du Mississipi a eu l'avantage de
me communiquer, pour que je vous le communique à
mon tour. Ce n'est ni la peste, ni la gale, ni autre maladie de faute d'argent. Vous tous, nobles ou roturiers
(car je ne prétends favoriser personne), et je m'adresse
aux femmes mariées comme aux autres, à tous les honnêtes gens surtout qui n'ont pas d'ouvrage, de métier,
d'asile, mais qui ont l'orgueil, vous tous êtes invités
à faire pour votre plaisir le voyage du Mississipi, avec
deux mille livres de rente, à votre fantaisie.

DANS LE PUBLIC.

Cent mille ! J'aime mieux cent mille !

  Gros rires, cris.

LE CRIEUR PUBLIC.

Bien entendu que j'ai remercié en votre nom Sa Majesté qui s'intéresse à vous-mêmes et aux enfants qui
tettent encore. Vous n'êtes pas seulement Français, vous
êtes Mississipiens, et dans un an et quarante jours il
n'y aura plus dans les Etats de Sa Majesté que des mil-
lionnaires, ce qui sera fort avantageux pour le commerce
et les marchands de papiers. Or, donc, en attendant,
le roi de France et moi avons quelques propositions à
vous faire, que vous accepterez avec reconnaissance.
Monsieur Lass, qui possède dans le Nouveau Monde des
royaumes plus grands que la France, plus riches que le
Pérou, a besoin de sujets de bonne volonté.

DANS LE PUBLIC.

Vive monseigneur Lass !

LE CRIEUR PUBLIC.

Que ceux de tous âges, de tout rang qui voudront
s'embarquer sur les vaisseaux soient certains de revenir
ducs, princes et même empereurs, une fois établis dans
ce pays de Cocagne que l'on nomme Louisiane, parce
qu'il y pousse des louis d'or comme des champignons.
(*Gros rires du public.*) Le Mississipi, dont je suis chargé

de vous faire les honneurs, est la propriété de monsieur Lass, qui, comme vous savez, a dans ses coffres de quoi acheter la pantoufle du pape. (*Nouveaux rires.*) C'est là une jolie province où les blés ne se sèment pas, où les pavés des rues sont d'or pur, où les habitants ont des boutons de diamant, où les pauvres ont des palais et au moins quatre domestiques, où le pain ne se vend que deux sous la livre, où l'on se sert d'éléphants au lieu de chevaux, où l'on vit cent ans, messieurs et mesdames, et chaque année en vaut plus de deux des vôtres, plus de trois, plus de vingt. L'eau-de-vie s'y donne pour rien ; le vin, personne n'en veut ; j'entends de vos méchants de Suresnes, car on y boit du vin qui n'a pas son pareil. Dans cette contrée délicieuse où, pour ainsi dire, les alouettes vous tombent toutes rôties dans le bec, tous les habitants sont nobles, jeunes et riches. On vous a parlé des mines de l'Amérique, mais ce n'est rien à côté de celles du Mississipi ; chacun est libre de les exploiter. On sort le matin dans les champs, hors de la barrière on creuse à deux pieds de profondeur, et on a de l'or plein son chapeau. Veut-on de l'argent, on creuse un trou dans un autre endroit ; veut-on des pierreries, on n'a qu'à ramasser des cailloux au bord de la rivière.

DANS LE PUBLIC.

Des cailloux au bord de la rivière !

> *Plusieurs sautent de joie. Des bouches ouvertes. Des yeux fous. Des tapes sur les épaules.*

LE CRIEUR PUBLIC.

Nous avons sur notre liste vingt ducs et pairs, et cinquante ambassadeurs d'Espagne. Nous sommes pareillement aux ordres du public et nous admettons dans ce paradis terrestre généralement toutes les personnes qui ont retenu leurs places ; c'est dire assez qu'il n'en reste pas beaucoup. Dépêchez-vous donc de les prendre. Je promets pendant la traversée, à chaque Mississipien, une ration de pain, viande, vin et eau-de-vie à discrétion ; les malades seuls boiront de l'eau. Au reste, celui qui sur mer ne serait pas satisfait, on le renverra de suite en France, pour lui laisser le temps de se repentir. J'ai oublié de vous dire que toutes les insulaires sont jolies ; néanmoins, pour établir la concurrence, nous nous engageons à transporter aussi, saines et sauves, les dames qui désirent une voiture et des laquais. Ces dames sont chauffées, nourries et amusées aux frais du gouvernement. Que ceux qui veulent s'inscrire viennent avec moi, rue de Venise !

> *Il saute à terre et disparaît dans la petite rue, suivi d'un certain nombre d'auditeurs qui dansent et crient.*

LES AGIOTEURS.

J'achète à huit mille...

DE RIONS.

J'achète à huit mille deux cents !

UN AUTRE.

Je vends à huit mille cinq cents... Il y a un nouvel édit... Les actions iront à vingt mille... Qui en veut ?

> *Des affaires se traitent. Un petit bossu, appuyé à une muraille, tend son dos comme pupitre et reçoit de temps en temps un billet de banque.*
>
> *A droite, trois ou quatre agioteurs, que Léonard observe, cherchent un appui pour écrire. L'un d'eux aperçoit le petit établi de Léonard et le prend. Léonard crie, mais en homme qui s'y attendait ; il court après l'homme, s'en fait payer, rentre dans sa boutique, rapporte un autre établi et attend un nouveau client. Pendant ce temps,*

UN MANANT, à un autre.

Moi, j'ai acheté deux lieues carrées de terrain, tout près de la Nouvelle-Orléans... On va me fournir des nègres pour la culture et, quand tout sera en ordre, j'irai m'y installer... C'est un marquisat !

UN AUTRE.

Alors tu t'appelleras monsieur le marquis.

L'HOMME.

Je pourrais maintenant, si je voulais.

L'AUTRE.

Marquis de quoi ?...

L'HOMME.

Attends, je l'ai écrit sur un papier. (*Il cherche dans ses poches.*) C'est un drôle de nom.

L'AUTRE.

Un nom de là-bas, naturellement.

UN BOURGEOIS, *dans un autre groupe.*

Et les taureaux sont couverts de laine au lieu de poils, de laine plus fine et plus belle que celle de nos moutons.

UN AUTRE.

Oui, mais moi, j'ai entendu parler monsieur Lamothe-Canillac, qui revient de là-bas ; on n'en dit pas de bien.

UN AUTRE.

Et si les actions montent comme elles font aujourd'hui, il y a une raison.

L'AUTRE.

Parbleu !

L'AUTRE.

Le rocher ?...

L'AUTRE.

Il paraît qu'on l'a enfin découvert, le rocher d'Emeraude.

UN AUTRE.

Dix mille femmes Natchez sont enrégimentées pour travailler la soie.

LE NOUVEAU MARQUIS, *trouvant son papier.*
« Marquis d'Alibanon ».

L'AUTRE.

Ça sonne bien.

UN AUTRE.

Et des femmes ! des femmes !... Elles viennent à genoux, chaque soir, demander à être épousées...

UN AUTRE.
On fait des mariages à la semaine...

UN AUTRE.

Alors, pas besoin d'y envoyer, comme on le fait, toutes les filles des prisons et des hospices...

L'AUTRE.
Celles d'ici, c'est pour les dimanches.

UN AUTRE.
Deux récoltes de blé...

LE MARQUIS DE LA FARE.

Neuf mille !

DE RIONS, *exalté, poussiéreux.*

J'achète ! J'achète ! J'achète toujours.

LE DUC DE BRANCAS.

Neuf mille deux cents.

Cris de joie.

UN HOMME.

Allons, saint Martin, un petit effort, un petit, effort...

L'officier fend la foule et s'approche des dames.

L'OFFICIER.

Ah ! ma cousine ! Ah ! belle madame !... L'histoire la plus folle du monde... Les filles... Pour la Louisiane. On en a marié trente-deux, ce matin, à l'église prochaine. Vous allez les voir.

LA COUSINE.

Où donc ?...

L'OFFICIER.

Ici... Attendez...

L'AMIE.

Comment, ici ?

L'OFFICIER.

Ecoutez, écoutez...

LÉONARD, *confidentiellement aux dames.*

Ce sont des catins...

LES DAMES, *scandalisées et joyeuses.*

Oh ! Oh ! Oh !... vraiment !...

L'OFFICIER.

Léonard !

LÉONARD.

Bon, je vous donne des renseignements... Je gagne mon argent...

L'OFFICIER.

On a tout à l'heure amené trente-deux demoiselles de moyenne vertu... On les a mises en face d'autant de gars extraits des prisons, des hospices également, ou ramassés sur la voie publique... Elles ont fait leur choix, elles ont fait une prière, reçu une bénédiction, et les voilà mariées... On les hisse sur des charrettes, les maris autour, la maréchaussée surveille le tout, et en route pour Le Havre de Grâce. Seulement... elles ont voulu voir la rue Quincampoix avant de partir... Et voilà les maris qui détellent les chevaux, et, pousse, pousse, tire par ici, tire par là !... Tenez ! tenez, les voici !

> *Entre, tirée par des hommes, une charrette pleine de femmes ornées de fontanges jonquille, se démenant, débraillées... Acclamations et rires.*

UNE FILLE.

En route le Mississipi !

UNE AUTRE.

Eh ! là-bas, le gros, le rôtisseur de la rue aux Ours... Viens... Tu ne me reconnais pas ?...

UNE AUTRE.

Et toi, l'abbé ?... Tu tournes le dos aujourd'hui ; avant-hier, tu...

UNE AUTRE.

Et toi ?... Eh ! le commissaire... Je te conseille Marie la Rousse pour me remplacer.

UNE AUTRE.

Vive le Régent !

UNE AUTRE.

Vive monseigneur Jean Lass...

Toutes chantant.

> Allons, allons en Amérique,
> On s'ra duchesse à notre tour,
> Et nous ouvrirons des boutiques,
> On f'ra l'amour, on f'ra l'amour !

Elles se mettent à danser. La charrette passe.

LA COUSINE.

Vous avez vu... Il y en a une qui pleurait...

L'AMIE.

Oui, il y en a une qui pleurait...

UN JEUNE HOMME, *à l'officier.*

Monsieur, je vous en supplie... On a pris ma maî-tresse... Elle est là parmi ces filles... Elle pleure ! Faites qu'on la sépare de ces malheureuses...

LA COUSINE.

Oh ! oui, mon cousin...

L'AMIE.

Pauvre fille !... C'est elle qui pleurait...

L'OFFICIER, *au jeune homme.*

Comment s'appelle-t-elle ?

LE JEUNE HOMME.

Lescaut.

L'OFFICIER.

Nom de baptême ?...

LE JEUNE HOMME.

Manon...

L'OFFICIER.

Venez avec moi.

*Il sort avec le jeune homme. Reprise des cris des
agioteurs : Neuf mille, etc.*

UN AGIOTEUR.

Huit mille cinq !

PLUSIEURS VOIX, *déçues.*

Oh ! Oh ! saint Martin... Ne les laissez pas descendre...
Dix mille ! Monte-les à dix mille...

UN BOURGEOIS.

A dix mille, je vends tout...

UN AUTRE.

Tais-toi, réalisateur !

UN AUTRE, *comme en extase.*

Oh ! dix mille !... dix mille !...

LES AGIOTEURS.

Neuf mille... Neuf mille deux cents.

*Ils manquent de pupitres. L'un d'eux saisit le
petit établi de Léonard. Même jeu que précédemment.*

LÉONARD, *revenant avec un nouvel établi.*

Aujourd'hui, je crois que j'irai jusqu'à cinq.

Passe un cuisinier portant une gelinotte.

UN BOURGEOIS.

Voilà qui est un beau gibier.

LE CUISINIER.

C'est une gelinotte que je porte chez le rôtisseur pour
le marquis de Berre...

UN HOMME, *très mal vêtu.*

Je gagne dix mille livres !... (*Au cuisinier.*) Combien ta poule ?

LE CUISINIER.

C'est une gelinotte... elle est vendue...

L'HOMME.

Moi, je l'achète...

LE CUISINIER.

Je te dis qu'elle est vendue au marquis de Berre.

L'HOMME.

Je m'en fous !... Je l'achète...

LE CUISINIER.

Ce n'est pas du gibier pour toi...

L'HOMME.

Pourquoi ça ? C'est notre tour, de manger des gelinottes...

LE CUISINIER.

Elle est vendue.

L'HOMME.

Combien ?

LE CUISINIER.

Deux pistoles.

L'HOMME.

En voilà vingt. Je l'achète.

> *Il donne un billet et s'empare de l'oiseau. Cris de joie de ses compagnons et de lui-même. Ils disparaissent dans la cohue.*
>
> *Au cabaret de l' « Epée de bois », une fenêtre s'ouvre violemment. On entend des cris : « A l'assassin ! A l'assassin ! » Un homme descend par l'échafaudage et s'enfuit.*

UN HOMME, *sortant de la maison.*

A l'assassin ! C'est le comte de Horn...

UN AUTRE, *le suivant.*

Ils ont poignardé et volé un banquier...

UN BOURGEOIS, *calme.*

On tue beaucoup en ce moment...

UN AUTRE.

Oui... Vous savez qu'hier on a retiré d'un carrosse abandonné une femme en morceaux...

UN AUTRE.

Et au barrage de Suresnes et des filets de Saint-Cloud,
tous les jours, on retire des membres humains.

UN AUTRE.

Et la voiture d'Amiens a été attaquée.

UN AUTRE.

Aussi celle de Bordeaux.

> *Les cris des agioteurs reprennent avec plus de
> frénésie que jamais. De même les appels à saint
> Martin.*

TOUS.

Dix mille ! Il faut monter à dix mille ! Saint Martin !
Saint Martin !

DE RIONS.

J'achète ! J'achète !

LES AGIOTEURS, LES SEIGNEURS ET LES ROUÉS
vus précédemment.

Neuf mille quatre ! Neuf mille cinq ! Neuf mille six !
Neuf mille sept !... (*Hurlements de la foule.*) Neuf mille
huit !... Neuf mille huit cent cinquante...

> *Hurlements.*

UN AGIOTEUR.

J'achète à dix mille !

> *La foule semble prise de folie. Un homme hurle.
> Un autre rit. Un autre aboie comme un chien.
> Plusieurs dansent. Des vieilles dames s'emparent
> des jeunes gens : « Viens, chéri ! » Certains se
> roulent à terre. Des gentilshommes et des abbés
> prennent dans leurs bras des manants et des
> valets.*
> *Par une fenêtre, des gens ivres jettent de l'or à
> la foule : « Voilà de l'or ! Je n'en veux plus...
> je veux des actions ». L'homme à la gelinotte
> la porte sur son dos, pendue à une ficelle... La
> cousine et l'amie sont sorties de l'échoppe et
> ont acheté des actions... Elles sont embrassées
> et emportées par des inconnus.*
> *Seul de sang-froid, Léonard compte sa recette.*

DES VOIX.

Voilà Jean Lass ! Voilà Jean Lass !
Et en effet, au bout de la rue, Jean Lass et quelques grands seigneurs, superbement vêtus, paraissent.

LA FOULE.

Vive le Roi ! Vive monseigneur Jean Lass !

RIDEAU

ACTE QUATRIÈME

La grande salle de la banque de Jean Lass, rue Vivienne. Une grande cheminée au fond. (Actuellement, galerie des Estampes à la Bibliothèque Nationale.)

———

SCENE PREMIERE

THIERRY, BOURDON, DUMONT, PYRENNE, HAUDRY, ARTAUT, LA CHAUMONT, LANGUEDOC, DES DUCHESSES *et nombre de* SPÉCULATEURS *et enfin* JEAN LASS, LE REGENT, CONTI, LA DUCHESSE DE BERRY, VILLEROY, *etc. Au lever du rideau la scène est vide. Thierry entre par une porte de droite et laisse entrer Bourdon, après que celui-ci lui a remis un billet.*

BOURDON.

Voici les mille livres promises, monsieur Thierry... Mais il est certain, n'est-ce pas, que monseigneur Jean Lass viendra ici avant l'assemblée ?

THIERRY.

Certain. (*Il fait entrer de la même façon Haudry, Pyrenne et Artaut. Un cinquième personnage, Dumont, lui tend une bourse. Il la refuse.*) De l'or, je n'en veux pas. Je vous ai promis de vous faire entrer, si vous me donniez mille livres, mais pas en or, en billets.

DUMONT.

Voici.

THIERRY.

A la bonne heure !... Mais tous, tenez-vous tranquilles et surtout ne dites pas que c'est moi qui vous ai fait entrer... Il y a, de l'autre côté, des gens de qualité qui attendent depuis deux heures.

PYRENNE.

Et sûrement, monseigneur Jean Lass viendra ici ?...

THIERRY.

Comme il est un des directeurs, l'assemblée des actionnaires ne peut s'ouvrir sans lui.

HAUDRY, *après un salut cérémonial à Pyrenne.*

Pas plus que sans monseigneur le Régent, qui est directeur également.

THIERRY.

Mille grâces, monsieur...

THIERRY.

Je ne serais même pas surpris que madame la duchesse de Berry...

HAUDRY.

Madame la duchesse de Berry ?

THIERRY.

Suffit... Cela n'est point votre affaire. (*Bruit à la porte de gauche.*) Tenez... Ecoutez-les. Ils s'impatientent... (*Il rit.*) Frappez, messeigneurs ! Comme l'a dit monsieur de Racine, on n'entre point ici sans graisser le marteau...

BOURDON.

Ce sont des gens de qualité qui sont là ?

ARTAUT.

Et qui voudraient entrer où nous sommes ?

HAUDRY, *riant.*

Et qui ne le peuvent pas...

PYRENNE.

Et qui attendent...

DUMONT.

Tandis que nous...

> *Ils rient tous les cinq, d'un gros rire. Nouveaux coups violents à la porte de gauche. Les rires redoublent.*

THIERRY.

Mais ils vont enfoncer la porte... Attendez... (*Il va à*

la porte du fond.) Deux gardes! *(Deux gardes à la livrée de la Banque apparaissent.)* Placez-vous là et ne laissez entrer personne.

> *Les cinq personnages sont vêtus de vêtements trop riches et dans lesquels ils sont gênés. Leurs épées surtout les embarrassent. Ils sont un peu intimidés et regardent avec une surprise admirative la salle où ils viennent d'être introduits. Lorsque en la parcourant ils se rencontrent, ils se font gauchement de grands saluts.*

BOURDON, *à Haudry, en parlant de la salle.*

C'est beau...

HAUDRY.

Et c'est à nous...

PYRENNE.

C'est à nous...

ARTAUT.

C'est à la banque et à la Compagnie des Indes...

HAUDRY.

Et comme nous sommes actionnaires...

PYRENNE.

Chacun de nous est propriétaire d'un morceau de la maison...

DUMONT.

Ainsi, par exemple, cette pierre, je puis penser qu'elle est à moi...

> *On frappe de nouveau à la porte de gauche. Tout le monde rit de rires étouffés.*

ARTAUT.

Ce qui me fait rire, c'est de penser que monsieur le marquis est peut-être là, de l'autre côté de la porte, à rager, et que moi, son ancien laquais, je suis ici..

PYRENNE.

Il est bon d'avoir fait fortune...

DUMONT.

Moi, j'étais frotteur dans une banque de la rue Quincampoix... J'ai commencé avec mille livres... Et maintenant, j'ai un carrosse à moi, à moi-même...

BOURDON.

Moi, mon père était barbier... et je viens d'acheter une châtellenie qui me fait marquis.

HAUDRY.

Moi, moi... Je ramassais le crottin des chevaux... et maintenant j'ai un pot de chambre en or !

ARTAUT, *à Thierry.*

Vous disiez que madame la duchesse de Berry... (*Thierry reste silencieux. Artaut sort son portefeuille*) viendra ici... (*Même silence. Artaut sort un billet de banque*) avant l'assemblée ?

THIERRY, *apès avoir empoché le billet.*

Je lui ai porté ce matin un billet de la part de monsieur Lass... elle l'a lu devant moi et elle a dit : « J'irai tantôt à la banque et je parlerai à mon père : dites cela à votre maître ! »

ARTAUT.

Alors peut-être la verrons-nous...
A la porte de gauche, les coups reprennent, plus violents.

THIERRY.

Oh ! Je vais envoyer des gardes pour les faire cesser.

PYRENNE.

Ces gens sont insupportables !...

ARTAUT.

Allez, monsieur Thierry, et dites qu'on ne les ménage pas, qu'on les pousse...

DUMONT.

Qu'on les bourre !

HAUDRY.

Qu'on les chasse !... Vous entendez, qu'on les chasse !
Thierry est sorti.

UNE VOIX, *au dehors, à droite.*

Ouvrez ! Rien que pour moi... Je suis un valet de monsieur Jean Lass.

PYRENNE.

Que dit-il ?

UN GARDE.

Il dit qu'il est valet de monsieur Jean Lass.

ARTAUT.

Si c'est un valet, laissez-le entrer.

Le garde entr'ouvre la porte.

UN HOMME, *passant la tête.*

Je suis un valet de monseigneur Jean Lass... Reconnaissez sa livrée.

Il entr'ouvre la porte. Mais les suivants en profitent, repoussent le garde et font irruption dans la salle.

PLUSIEURS VOIX, *dans la confusion de l'entrée.*

Nous voulons voir monsieur Lass... Nous sommes des souscrivants... Nous voulons des nouvelles actions... J'en veux... Moi aussi... Des nouvelles. J'ai des actions mères... Moi aussi... Je suis le comte de Bornes... Moi le marquis d'Essoc... Moi le comte de Garenville... Il n'est pas là... Il viendra...

LA CHAUMONT, *qui ne cesse de crier.*

Mes laquais ? Où sont mes laquais ? Mes deux laquais en livrée...

LE COMTE DE BORNES, *à celui qui s'est annoncé
comme un laquais de Jean Lass.*

Mais c'est toi, chevalier !

LE CHEVALIER.

Mais oui, mon cher comte... Pour pénétrer chez Jean Lass, le meilleur moyen était de prendre sa livrée. (*Il rit, plusieurs autres rient avec lui.*) Et si vous êtes entrés, tous, c'est grâce à moi...

PLUSIEURS.

C'est vrai... c'est grâce à lui... Ah ! le chevalier ! quel bon tour !... La livrée de monsieur Jean Lass !... Il est plein d'esprit !

LE CHEVALIER.

Mais avouez que j'ai le droit de lui parler le premier... Avouez-le.

LE MARQUIS D'ESSOC.

Ah ! Chevalier, j'étais là avant vous...

LE CHEVALIER.

Mais sans moi personne ne serait entré.

PLUSIEURS.

C'est vrai... c'est vrai...

Le chevalier, faisant une pirouette, bouscule un grand gaillard, portant épée et doré sur toutes les coutures. C'est Languedoc, vêtu en seigneur.

LANGUEDOC.

Quel insolent laquais!... Coquin! je ne sais ce qui me retient de te donner cent coups de bâton avec ma canne à pomme en or.

LE CHEVALIER, *vêtu en laquais, se retournant.*

Mais c'est Languedoc!

LANGUEDOC.

Languedoc! Je ne suis plus Languedoc, je suis monsieur de la Bastide. (*Reconnaissant le chevalier.*) Ah! c'est monsieur le chevalier, en livrée!

Il rit aux éclats.

LE CHEVALIER.

Vas-tu te taire, faquin! Ne te souviens-tu donc pas d'avoir été mon laquais?

LANGUEDOC.

J'en conviens, chevalier. Mais si tu avais été le mien, tu le serais encore.

LE CHEVALIER.

Manant! Je te ferai bâtonner!

LANGUEDOC.

Et de quel droit, s'il vous plaît!

LE CHEVALIER.

Du droit d'un gentilhomme...

LANGUEDOC.

Il n'y a plus ici de manants ni de gentilshommes, il n'y a que des actionnaires; si vous ne l'êtes pas, on va vous faire sortir.

LE CHEVALIER.

Je le suis.

LANGUEDOC.

Combien avez-vous d'actions?

LE CHEVALIER.

Cinquante.

LANGUEDOC.

Cinquante? Cela vous donne droit à une voix. Moi,

j'en ai deux cents, j'ai quatre voix ; je vaux donc quatre
fois plus que vous qui n'en avez qu'une...

    Gros rires de tous les amis de Languedoc.

ARTAUT.

C'est nous, maintenant, qui sommes les comtes et les
marquis.

HAUDRY.

C'est nous les plus puissants !

LANGUEDOC.

C'est nous la noblesse.

PYRENNE.

Et c'est vous les marchands et la racaille.

ARTAUT.

Oui, vous... Le duc d'Antin s'est fait marchand
d'étoffes...

HAUDRY.

Le duc d'Estrées accapare le café et le chocolat.

DUMONT.

Le duc de la Force vend de la chandelle, du suif et
de la graisse.

LANGUEDOC.

Quand les ducs font les épiciers, les épiciers font les
ducs.

BOURDON.

Crozat était laquais : le comte d'Evreux va épouser
sa fille !

HAUDRY.

Et le marquis d'Oise !

PYRENNE.

Et d'autres... d'autres ! d'autres !

LA CHAUMONT.

Moi, si je veux, je puis me payer un prince...

    Brouhaha général. On distingue des mots : Mil-
    lions... Je suis riche... Plus que toi... Pas vrai...
    etc. Entre Jean Lass, hautain, froid, élégant et
    sévère. Il entre par une grande porte, en pan
    coupé, et surélevée de quelques marches.

TOUS.

C'est lui ! Jean Lass ! C'est lui...

Tout le monde salue, s'incline, se prosterne presque.

THIERRY, *sur la porte.*

Monseigneur, il nous a été impossible...

LASS.

Allez... Faites ce que je vous dis... N'y a-t-il point là de nos gens ?... Mais si... Je reconnais quelqu'un de ma livrée... (*Haut.*) Un valet...

Languedoc et le chevalier s'avancent.

TOUS DEUX.

Monseigneur.

LASS, *à Languedoc.*

Laissez-moi, monsieur ! (*Désignant le chevalier.*) J'ai un ordre à donner à cet homme. (*Reconnaissant Languedoc.*) Mais c'est mon cocher ! C'est Languedoc !

LANGUEDOC.

Oui, monseigneur, j'ai fait fortune...

LASS.

Qui conduira mes chevaux ?

LANGUEDOC.

Je vous ai amené deux anciens camarades à choisir.

LASS.

Sont-ils bons ?

LANGUEDOC.

Celui que vous ne prendrez pas, je le garde pour moi.

LASS.

Bien. (*Au chevalier.*) Alors, toi...

LE CHEVALIER.

Mon cher Lass, vous ne reconnaissez pas le chevalier...

LASS.

Mais quel déguisement !

LE CHEVALIER.

Pour vous montrer combien je suis votre serviteur, mon cher ami... Pour vous demander de me faire inscrire sur la liste des nouveaux souscrivants... J'ai l'argent, l'or, je veux dire.

LASS.

Mais qui vous a dit qu'il serait créé de nouvelles actions ?

LE CHEVALIER.

Je sais très bien que nous allons le décider tout à l'heure à l'assemblée générale... J'ai vu le rapport bleu.

TOUS, *s'avançant.*

Monseigneur... Monseigneur Lass... — Je suis le plus ancien de vos actionnaires... — Je vous connais depuis longtemps... — Moi, vous ne vous rappelez pas, vous m'avez vu à Venise... — Prenez mon argent... — Le mien !... — Il y a dix mille livres en or... Je vous les laisse... — Je veux souscrire... Mon nom... — Dites qu'on écrive mon nom...

UNE DUCHESSE.

Mon cher Lass, je suis la duchesse... Vous êtes un homme admirable...

UNE AUTRE DUCHESSE.

Le ciel vous a comblé de tous les dons...

LA PREMIÈRE.

Demandez-moi ce que vous voudrez...

LA SECONDE.

A moi... à moi...

LA PREMIÈRE.

Mais prenez-vous notre argent.

LASS, *se défendant.*

Mais, madame... Mais, messieurs... Mais... Les guichets sont ouverts...

TOUS, *en explosion.*

Non !... Nous voulons des nouvelles actions... Des filles des premières... des nouvelles...

LASS.

Mais rien ne dit...

THIERRY, *entrant tout à coup.*

Monseigneur, voici Son Altesse Royale...

LASS, *aux solliciteurs.*

Je vous verrai après l'assemblée... Je vais au-devant de lui.

> *Il sort par la droite. Thierry fait sortir les solliciteurs par la gauche.*

LA CHAUMONT.

Où sont mes deux laquais ?

SCENE II

LASS, LE REGENT, CONTI. *Lorsqu'ils sont tous sortis, dans le tumulte, Lass et le Régent entrent par la droite.*

LASS.

Monseigneur, si Votre Altesse Royale...

LE RÉGENT.

Mais non, mon cher ami, mais non. Je ne suis ici qu'un des directeurs de la Banque et de la Compagnie, comme vous-même... Mais que vous avez hâte de me voir ! Vos envoyés se succèdent sans interruption, m'apportant des appels de plus en plus pressants... J'ai fini par céder...

LASS.

Je ne pouvais vous dire qu'ici ce que j'ai à vous dire... Si nous ne nous arrêtons pas, c'est la catastrophe... J'ai peur... (*Entre Thierry.*) Qu'est-ce que c'est ?

THIERRY.

De la part de monseigneur le duc de Bourbon.
Il s'écarte pendant que Lass lit le billet.

LASS, *au Régent, lisant.*

« Mon cher Lass, Galpin m'importune avec cette note de quarante mille livres. Je me débarrasse de lui en vous l'envoyant... »

LE RÉGENT.

Qu'est cette note ?

LASS.

Fournitures d'étoffes à madame la marquise de Nesles.

LE RÉGENT, *riant.*

Vous ne pouvez rien refuser à monsieur le duc...

LASS.

En effet... (*Il met un paraphe sur la note et la rend à Thierry qui sort.*) Voici le mémoire avec ces mots de la marquise : « Je prie monsieur le duc de payer ».

LE RÉGENT, *riant.*

Et monsieur le duc vous l'envoie !

LASS.

Je suis constamment harcelé de cette manière. Hier, une duchesse a fait verser son carrosse devant la porte, afin de m'obliger à la recevoir. Elle voulait me demander des actions... Au pair, alors qu'elles sont au décuple... Une autre a fait crier au feu... Hier, un homme est arrivé dans mon cabinet... par la cheminée !

LE RÉGENT, *riant.*

Et vous voudriez mécontenter ces gens-là ?

THIERRY, *annonçant.*

Son Altesse monsieur le prince de Conti.

LE RÉGENT.

A lui, rien, n'est-ce pas ?

LASS.

Soyez tranquille. Mais aidez-moi, Monseigneur.

Entre le prince de Conti.

CONTI, *impatient, agité pendant toute la scène.*
Au Régent.

Ah ! vous êtes là, monsieur ! Je n'en suis pas fâché... Je vais adresser une demande à monsieur Jean Lass. Vous allez juger si elle est justifiée. (*A Lass.*) Monsieur Lass, vous me devez huit millions d'actions.

LASS.

Moi ?

CONTI.

Vous.

LASS.

Pourquoi ?

CONTI.

Pourquoi ? Parce que j'ai autant de droit à vos attentions que monsieur le duc de Bourbon. Vous lui avez donné pour douze millions et à moi, pour quatre millions seulement. J'entends être traité aussi bien que lui.

LASS.

Je puis avoir des raisons de le traiter mieux.

CONTI, *au Régent.*

Ne me soutenez-vous pas, monsieur ?

LE RÉGENT.

Ceci est l'affaire de monsieur Lass.

CONTI, *doucereux.*

Alors, mon cher Lass, je vous en prie.

LASS.

Impossible.

CONTI, *de même.*

Vous savez bien que, lorsque vous aurez besoin de quelque appui, vous me trouverez à vos ordres.

LASS.

Je ne puis avoir besoin d'appui que pour le service de l'Etat : je ne puis donc demander, ni désirer, ni accepter d'autre appui que celui de Son Altesse Royale.

CONTI.

Vous refusez ?

LASS.

Je ne puis faire autrement.

CONTI.

Vous ne savez pas que je puis vous faire payer votre insolence ?

LASS.

Ma politesse m'a déjà coûté beaucoup.

CONTI.

Vous ne savez pas que j'ai en poche pour quinze millions de vos billets de banque ?

LASS.

Je ne puis l'ignorer : c'est de moi que vous les tenez.

CONTI.

Et que je puis en exiger le remboursement immédiat en or.

LE RÉGENT.

Si vous faisiez cela, monsieur !

CONTI.

Eh bien, monsieur ? Si je le faisais ?

LE RÉGENT.

Je suis homme à vous en faire éprouver du regret.

CONTI.

Vos menaces ne me font pas peur, monsieur. (*A Lass.*) Vous n'avez pas changé d'avis ?

LE RÉGENT.

Je demande à monsieur Lass de me faire l'amitié de
n'en point changer.

CONTI.

Je vous ai averti, monsieur Lass, ne vous en prenez
qu'à vous de ce qui pourra arriver.

Long silence, Conti salue et sort.

LE RÉGENT, *posant affectueusement la main
sur l'épaule de Lass.*

Mon cher ami, il faut vous occuper de réaliser immédiatement votre projet.

LASS.

Lequel ?

LE RÉGENT.

Celui que vous m'avez communiqué, il y a quinze
jours... (*Prenant un rapport sur la table.*) Celui-ci.

LASS, *net.*

Monseigneur, je ne ferai pas cela.

LE RÉGENT, *feuilletant le rapport.*

Mais si, mais si... Tout ce que vous me demandiez là
vous est accordé... Fusion de la Compagnie des Indes
et de la Banque. Concession privilégiée du Mississipi,
Monopole de la vente des fourrures du Canada, Cession
de toutes les terres, cours d'eau, mines, forêts... Droit
exclusif de vente et d'exploitation. Il est superbe, votre
projet.

LASS.

Lorsque je l'ai établi, je ne possédais pas les renseignements qui me sont parvenus depuis.

LE RÉGENT.

Il en est bourré de renseignements, votre rapport.

LASS.

Aujourd'hui, je les sais inexacts.

LE RÉGENT, *toujours feuilletant.*

Et cette façon de faire connaître ces terres nouvelles :
affiches, distribution de gravures coloriées... Et ça... ça,
très bien... Tous les prisonniers, les mendiants, les ma-
landrins expédiés là-bas où ils deviendront proprié-
taires... Et les filles des hospices... Vous avez déjà commencé, d'ailleurs, et c'est très bien... Du même coup

vous peuplez un nouveau monde et vous épurez celui-ci... C'est une idée géniale.

LASS.

Je sais maintenant que le pays est sans ressources...

LE RÉGENT.

Ils en créeront.

LASS.

Il est désert...

LE RÉGENT.

Justement. Il y aura de la place pour tout le monde.

LASS.

En arrivant, ils ne trouveront que des terres incultes.

LE RÉGENT.

On embarquera avec eux les vivres nécessaires... Mais vous l'avez prévu... vous avez tout prévu... De l'argent...

LASS.

Oui, de l'argent. Eh bien ?

LE RÉGENT.

Vous n'avez qu'à faire imprimer des billets de banque.

LASS.

Il y en a déjà trop en circulation...

LE RÉGENT.

Mais puisqu'on les préfère à toute monnaie !

LASS.

Le jour où la confiance disparaîtra, ils ne vaudront plus que le prix du papier.

LE RÉGENT.

Maintenez la confiance en agissant... Et tenez... voilà... (*Lisant.*) « Emission de cinquante mille actions nouvelles... » Mais mon cher ami, elles sont souscrites d'avance... D'abord, moi et les miens, nous vous en prendrons un bon nombre. Je rappellerai que la noblesse peut devenir actionnaire sans déroger.

LASS.

Oh ! elle le sait, Monseigneur, elle le sait, elle ne le sait que trop !

THIERRY, *annonçant.*

Son Altesse Royale madame la duchesse de Berry.
Entre la duchesse.

LE RÉGENT, *surpris.*

Qu'y a-t-il ?

LA DUCHESSE.

Excusez-moi, Monseigneur. Il est indispensable que je vous dise tout de suite quelques mots.

LE RÉGENT.

Soit.

Lass fait mine de se retirer.

SCENE III

LASS, LE REGENT, LA DUCHESSE.

LA DUCHESSE.

Demeurez, monsieur Jean Lass. Une minute seulement... (*Elle amène son père sur le devant de la scène. Pendant ce qui suit, Lass feuillette et rature son rapport.*) Je vous demande encore une fois pardon. Mais j'ai besoin de savoir si les bruits d'hier relatifs à la déroute de la Banque sont confirmés. C'est pour moi une question de vie ou de mort.

LE RÉGENT.

De vie ou de mort ?

LA DUCHESSE.

Rapidement, voici : Vous savez que monsieur de Rions est pauvre. Vous savez que, par scrupule, il a refusé les bénéfices afférents à ses charges. Notre mariage le faisait riche. Cette cérémonie était le seul moyen de nous rendre heureux. Elle sauvait tout ; j'ai accepté d'y renoncer... J'ai eu tort... J'aurais dû agir sans vous le dire... Enfin, pour le moment il n'y faut pas penser. Monsieur de Rions a voulu gagner de l'argent. Il a joué. Il a acheté des actions. Beaucoup. Il est à cette heure un des plus gros actionnaires de la banque. Donc, il ne faut pas que les actions baissent.

LE RÉGENT, *désignant Lass.*

Il pense réellement à tout arrêter.

LA DUCHESSE.

Cela ne doit pas être.

LE RÉGENT.

Non. Et pas seulement à cause de toi... mais pour tout
le monde.

LA DUCHESSE, *haut.*

Monsieur Jean Lass... Est-il possible que vous pensiez sérieusement à suspendre l'activité de la banque?

LASS.

Madame, je veux mettre un terme à la folie de spécu-
lation qui a gagné tout le pays. Un vent de folie s'est
levé sur Paris et sur la France. On n'achète plus des
actions pour prendre part à une entreprise, on les achète
pour les revendre, et les revendre avec le plus gros
bénéfice. C'est le jeu ; ce sont les appétits déchaînés, la
perte du sens des valeurs. Il n'y a qu'un moyen de nous
sauver, c'est d'abandonner les actions.

LA DUCHESSE.

Elles baisseront.

LASS.

Tant mieux !

LE RÉGENT.

Tout le monde sera ruiné.

LASS.

Tous les spéculateurs. Mais les billets seront sauvés et,
les billets, on a forcé les gens à les prendre. Ils sont
entre les mains de la multitude. Monseigneur, sachant
ce que je sais aujourd'hui, si je cédais à vos instances,
je serais coupable, très coupable.

LE RÉGENT.

Il y a quinze jours...

LASS.

C'est depuis une indiscrétion qui a fait connaître les
grandes lignes de ce rapport, du premier, que la folie
du jeu a gagné Paris. On y accourt de tous les points de
la France et de l'étranger. Pourquoi? Pour jouer. Le
luxe devient insolent. Le prix de la vie augmente d'heure
en heure : c'est un avertissement de la dépréciation
des billets... Le désastre est inévitable si l'on ne s'arrête pas.

LA DUCHESSE.

Il est tout aussi inévitable si vous vous arrêtez.

LE RÉGENT.

C'est certain !

LASS.

Je ne mentirai pas ! Je ne dirai pas que tout est bien là-bas, alors que je me crois certain du contraire. Je ne continuerai pas à envoyer des pauvres gens à la mort. Je ne créerai pas de nouvelles actions pour les jeter en pâture à l'avidité des joueurs. Jamais ! Jamais !

LE RÉGENT.

Je vous répète que si vous ne faites rien, vous perdez tout !

LA DUCHESSE.

Les catastrophes, les morts seront peut-être aussi nombreuses et sont en tout cas plus certaines, si vous n'agissez pas !

LE RÉGENT.

Allons ! Vous, avec votre intelligence, votre activité, votre génie, vous allez vous avouer vaincu !... Tout n'est pas bien là-bas ? Faites que tout y soit bien. Vous avez de l'argent, vous avez la confiance de tous.

LASS.

C'est parce que j'ai la confiance de tous que je ne veux pas trahir.

LA DUCHESSE.

Un chef qui, par peur d'un insuccès, abandonne ceux qu'il a conduits à la bataille, celui-là trahit.

LE RÉGENT.

Quel est votre devoir ? Faire face à l'ennemi. Ne pas reculer devant l'effort nécessaire. Si vous vous refusez à ce que je vous demande, tout s'écroule...

LASS.

J'aime mieux quitter la France. Vous ferez ce que vous voudrez.

LE RÉGENT.

Vous vendrez toutes vos propriétés ?

LASS.

Non, Monseigneur, je les abandonnerai à la Compagnie.

LE RÉGENT.

Décidément, vous m'aurez donné toutes les surprises.
Il y a donc un honnête homme sur la terre !

LASS.

Il y en a plus que vous ne pensez, Monseigneur, et
c'est un malheur pour vous de croire qu'il n'y en a pas.

LA DUCHESSE.

Allons... Vous nous parlez en ami. C'est en amis que
nous vous parlons. Croyez-vous que votre départ serait
interprété en votre faveur ? Croyez-vous qu'il sauverait
la situation ?

LE RÉGENT.

Avez-vous pensé dans quel embarras vous me laisseriez, moi ?... Rappelez-vous. Je vous ai écouté, alors que
nul ne voulait vous entendre ; je vous ai accueilli, ap-
prouvé, imposé. Je vous ai défendu contre le Parlement
et contre tant d'autres.

LA DUCHESSE.

Si vous partez, c'est mon père qu'on rendra responsable...

LE RÉGENT.

J'aurai contre moi la noblesse, la magistrature et le
peuple. Mon autorité sera méprisée, mes ennemis en-
treront en lutte ouverte contre moi... Ne le croyez-vous
pas ?

LASS.

Si.

On entend du bruit au dehors.

LE RÉGENT.

Qu'y a-t-il ?

LASS, *à la fenêtre.*

Trois fourgons viennent se ranger devant les portes
de la banque.

LE RÉGENT.

Les fourgons du prince de Conti !

LASS.

Il les avait amenés d'avance !

Entre Thierry, très ému, apportant un billet.

LE RÉGENT.

Eh bien ?

LASS, *après avoir lu.*

C'est le prince de Conti qui exécute ses menaces, demande le remboursement de tous les billets qu'il possède et qu'il a pu rassembler.

LA DUCHESSE.

Le misérable !

LASS.

Et ces trois fourgons sont destinés à emporter les espèces qu'il exige immédiatement en échange...

LE RÉGENT.

Qu'allez-vous faire ?

LASS, *dans un sursaut, après avoir écrit un mot sur le billet qu'emporte Thierry.*

Je puis payer. Je paye ! Mais alors, j'accepte la lutte ! Et il faut lutter ! Agir tout de suite, ce soir.

LA DUCHESSE.

A la bonne heure ! Bravo, monsieur ! Merci, monsieur ! Merci... Je suis bien heureuse. (*Au Régent, à part.*) Mon père, je vous quitte... Il y a quelqu'un à qui j'ai hâte d'annoncer cette bonne nouvelle. (*Haut.*) Je vais revenir. Cherchez comment nous pourrons vous aider, monsieur Lass. Le succès vous attend !

LASS.

Je l'espère... (*La duchesse sort.*) Mais je vous le dis, Monseigneur, il me faut alors agir tout de suite. Si je laisse passer vingt-quatre heures là-dessus, c'est la panique, et la déroute, et le déshonneur. Si l'on n'apprend pas ce soir que de nouvelles actions vont être émises et la Louisiane exploitée, la même foule qui se battrait à mes guichets pour m'apporter de l'argent s'écrasera pour venir en chercher. Et déjà écoutez... dans la rue Vivienne... il me semble...

LE RÉGENT.

Quoi ?

LASS.

De l'autre côté, devant les bureaux... La foule... J'y vais... (*Du bruit à la porte.*) Et voici vos amis, Monseigneur !

Il sort.

SCENE IV

LE REGENT, LES PRINCES. *Entrent, se disputant, très surexcités, LE PRINCE DE CONTI, M. LE DUC, LE DUC D'ANTIN, LE DUC DE LA FORCE, LE MARECHAL D'ESTREES, gesticulant, criant. Tous parlent à la fois. On distingue mal leurs paroles.*
Toute cette scène doit être jouée avec la plus grande rapidité et dans un mouvement extrêmement violent.

LE DUC D'ANTIN, *au prince de Conti.*
Ce que vous avez fait est indigne de votre rang !
CONTI.
Vos actes sont indignes du vôtre !
MONSIEUR LE DUC.
C'est vous qui déterminez la catastrophe !
D'ANTIN.
Vos trois fourgons !
MONSIEUR LE DUC.
La foule veut vous imiter... nous sommes perdus !
LE DUC D'ANTIN.
C'est vous qui avez touché le plus !
DE LA FORCE, *au prince de Conti.*
C'est vous qui avez reçu le plus d'actions !
CONTI.
Je n'en ai plus une seule !
Des rires.
MONSIEUR LE DUC.
Parbleu ! Vous les avez vendues !
D'ESTRÉES.
Vous vous êtes acheté le duché de Mercœur !
CONTI.
Vous en avez quatre mille, vous, monsieur le duc !
LE RÉGENT.
Tout ce qui arrive est de votre faute.

PLUSIEURS.

C'est la vôtre ! C'est vous le coupable.

CONTI.

Vous avez jeté le pays dans la ruine.

MONSIEUR LE DUC.

Dans la révolte...

DE LA FORCE.

Vous avez tous contribué à...

D'ANTIN.

C'est vous, par votre avarice.

D'ESTRÉES.

Vous, par votre luxe...

MONSIEUR LE DUC, *à Conti.*

Votre femme !

CONTI.

Vos maîtresses !

D'ANTIN.

Vos maîtresses !

CONTI.

Taisez-vous, marchand de chandelles !

DE LA FORCE.

Vous avez volé de l'argent, vous !

CONTI, *la main sur l'épée.*

Vous dites !...

LE RÉGENT.

Messieurs !

CONTI, *rengainant.*

Tout cela d'ailleurs ne servirait de rien.

MONSIEUR LE DUC.

Nous ferions mieux de raisonner. (*Calme relatif, des mots prononcés à mi-voix s'entendent encore.*) — ... C'est vrai, cela !... — Est-ce ma faute... — D'abord je l'ai toujours prédit... — Silence !

On se rajuste, on s'assied, essoufflé.

LE RÉGENT.

L'opinion publique est très excitée... Paris...

CONTI.

Oh ! Paris, j'en réponds !

D'ESTRÉES.

Et voilà que les imbéciles s'en mêlent. Le prévôt des

marchands s'est aperçu qu'on lui faisait brûler deux fois les mêmes billets et il l'a dit.

DE LA FORCE.

Il faut le destituer.

LE RÉGENT.

C'est fait.

CONTI.

C'est une sottise, il va parler... Ajoutez que la comptabilité de ce Lass, de ce bandit, est tenue avec une régularité outrageante.

MONSIEUR LE DUC.

S'il a inscrit tous ses dons...

CONTI.

Il les a inscrits.

D'ESTRÉES.

Oui, j'en suis certain.

DE LA FORCE.

Il m'a montré vos noms...

CONTI.

Alors, il les montrera à tout le monde.

MONSIEUR LE DUC.

Nous n'avons qu'une chose à faire.

TOUS.

Laquelle ? Laquelle ? Dites.

MONSIEUR LE DUC.

Il faut rendre l'argent.

LE RÉGENT.

Monsieur le duc a raison.

MONSIEUR LE DUC.

Nous nous donnons le beau rôle...

CONTI.

Rendre l'argent !... Vous voulez dire les actions ?

DE LA FORCE.

Mais oui, les actions, les actions !

LE RÉGENT.

Je donne l'exemple. J'en ai quatre mille. Je vais les renvoyer dès demain à la Compagnie.

MONSIEUR LE DUC.

Moi, j'en ai quinze cents. Je les rends.

D'ANTIN.

Moi, douze cents...

CONTI.

Et vous, La Force ?

DE LA FORCE.

Et vous, Conti ?

CONTI.

Je n'en ai plus.

LE RÉGENT.

Mais vous avez le duché de Mercœur. Rendez le duché !

MONSIEUR LE DUC.

Rendez le duché !

LE RÉGENT.

Vous l'avez acheté avec les actions !

CONTI.

Jamais !

LE RÉGENT.

Je vous ferai arrêter.

CONTI.

Essayez. Je me mettrai à la tête des troupes que vous avez amassées autour de Paris. Je leur crierai : « Au Palais Royal ». Elles me suivront !

LE RÉGENT.

Je ne vous laisserai pas faire.

CONTI.

Je casserai la tête d'un coup de pistolet à celui qui aurait l'audace de m'apporter votre lettre de cachet.

TOUS.

Oh ! oh !

CONTI.

Allons ! Je vais vous prouver que je vaux mieux que vous tous : je rendrai le duché !

LE RÉGENT.

Alors, c'est décidé, nous rendrons les actions...

TOUS.

Oui, oui.

MONSIEUR LE DUC.

Mais alors, personne n'a plus rien à nous dire.

LE RÉGENT.

Il n'y a plus rien à nous reprocher.

CONTI.

On ne peut que nous louer de notre sacrifice.

D'ESTRÉES.

C'est certain.

DE LA FORCE.

Tout est fini...

CONTI.

Non. Tout n'est pas fini.

MONSIEUR LE DUC.

Ah ! non !

LE RÉGENT.

Comment ?

CONTI.

Maintenant que nous sommes innocents, nous avons le droit de demander des comptes à celui qui est l'auteur de tout.

MONSIEUR LE DUC.

A Jean Lass !

LE RÉGENT.

A Jean Lass...

LES AUTRES.

Oui, oui, très bien...

MONSIEUR LE DUC.

Le responsable, c'est lui...

CONTI.

Le coupable, c'est lui. Il faut le faire arrêter...

MONSIEUR LE DUC.

Cette mesure soulagera toutes les consciences...

CONTI.

Le public ne demande que cela ! On vient de briser son carrosse.

MONSIEUR LE DUC.

On a jeté des pierres dans ses fenêtres.

D'ANTIN.

On voulait l'écharper...

CONTI.

Profitons de ce mouvement de l'opinion... Hâtons-nous...

LE RÉGENT.

Une minute... Je suppose que je le fasse arrêter. Que se passera-t-il ?

CONTI.

Le Parlement le jugera. Je puis vous dire que ce sera sans indulgence.

LE RÉGENT.

Mais il se défendra !

MONSIEUR LE DUC.

Mais oui, il parlera ! Il produira ses livres.

CONTI.

Ce n'est pas certain.

LE RÉGENT.

C'est possible...

CONTI.

Alors, à la Bastille !

LE RÉGENT.

Il laissera derrière lui des secrétaires.

D'ANTIN.

Pourquoi hésite-t-on à employer le vrai moyen de lui fermer la bouche ?

CONTI.

On épargnerait !...

LE RÉGENT.

Non. Je n'aime pas les brutalités... Peut-être ne se défendra-t-il pas ?

MONSIEUR LE DUC.

Comment le savoir ?

Entre Jean Lass.

SCENE V

LE REGENT, JEAN LASS, LES PRINCES.

CONTI, *à voix basse.*

Qu'allez-vous faire ?

LE RÉGENT.

Connaître ses intentions.

MONSIEUR LE DUC.

Très bien !

JEAN LASS, *très digne, très calme.*

Messieurs, je viens vous faire connaître les décisions que je viens de prendre. Je renonce à continuer une lutte désormais inutile. Il n'y a partout que défiance et hostilité. Vous savez ce qui se passe devant la banque, du côté de la rue Vivienne. L'arrivée de vos fourgons, monsieur de Conti, a déterminé une panique. Tout le monde veut vous imiter. Tout le monde veut se faire rembourser. J'ai donné l'ordre de payer tant qu'il restera dix livres dans la caisse. Lorsqu'on fermera les guichets, que se passera-t-il ? De quoi sera capable cette foule ?... Je n'en sais rien. A l'instant, dans mes bureaux, des gens dont j'ai fait la fortune et qui étaient jadis à mes pieds m'ont traité de fripon et de voleur. Ma fille, reconnue dans son carrosse, a été lapidée, et peu s'en est fallu qu'on ne me la tuât. Ma femme a été aussi molestée. Les fenêtres de mon habitation ont été brisées à coup de pierres. Ce n'est que par un coup d'audace que j'ai pu, moi-même, échapper à la fureur de la foule. J'affronterais tout cela, si le succès était encore possible. Il ne l'est plus. De plus graves désordres sont à redouter. L'apaisement ne peut se produire qu'au prix de mon sacrifice. Je l'accepte, et je viens vous demander de me faire délivrer les passeports qui me permettront de quitter la France. J'y suis arrivé avec deux millions. Je la quitte avec trente mille livres qu'un hasard m'a fait rembourser hier. J'abandonne tout ce que je possède, par une procuration à monsieur le Grand Prieur, qui pourra vendre mes terres au profit de mes créanciers. J'ai remis mes actions à monsieur Crozat. Je pars les mains vides, mais nettes, et la tête haute. Voilà, messieurs, ce que j'avais à vous faire savoir.

CONTI.

Après votre départ, que se passera-t-il ?

LASS.

J'ai indiqué à monsieur de La Houssaye ce qu'il y

avait à faire ; soumettre à un visa, à une examen sévère, toutes les fortunes récentes, tous les accroissements de richesses, toutes les actions, tous les billets.

DE LA FORCE.

Comment, comment ? Les fortunes, les gains de tout le monde ?

LASS.

De tout le monde.

D'ANTIN.

Sans exception !

LASS.

Sans exception..., c'est indispensable.

CONTI.

Sans exception... aucune ?

LASS.

Aucune.

DE LA FORCE.

Et vous ?

LASS.

Moi ? Mais je donne tout ce que je possède. Je me condamne moi-même et d'avance à la restitution complète. Il m'est défendu à personne de m'imiter ; mais nul ne peut me demander davantage.

D'ANTIN.

Et vos responsabilités morales ?

LASS.

Je ne les nie pas. Ma douleur est profonde de laisser inachevée et compromise la grande œuvre à laquelle je m'étais voué. Elle était si belle ! J'ai tant voulu en faire profiter la France. Partout, en Europe, j'avais été repoussé. La France intelligente et généreuse m'a accueilli, elle m'a fait confiance. Je la voyais s'élever avec un double plaisir : parce que c'était elle et parce que je me savais l'ouvrier de sa grandeur. J'avais désigné et offert à son activité, à son imagination, les mers de l'Océan qui ne doit pas être un lac anglais. Mais j'ai voulu réussir trop vite. J'ai été trop pressé de saisir le succès. Cette hâte a tout compromis. A un certain moment, j'ai cédé à des influences. Je n'ai pas eu la force de résister comme il l'eût fallu. J'ai assisté à l'écroulement de cet édifice, à qui l'on m'a obligé de donner une façade de sept étages sur des fondations que j'avais établies pour trois... Nul n'a su les angoisses de mes nuits, ni mes efforts, ni mes travaux. On a douté de moi. On m'accusait de poursuivre la richesse. Ceux que j'aimais le plus m'ont injurié les premiers. Je ne pouvais pas espérer leur faire comprendre que, si l'humanité s'était complue dans la pauvreté, elle serait morte sans honneur et même sans beauté ; ce sont les marchands de Venise qui ont fait jaillir Saint-Marc de la lagune. Aujourd'hui, j'ai la douleur de me voir haï de ceux à qui j'ai fait du bien, d'être incompris, accusé, j'ai le remords d'avoir causé des ruines et des désastres. J'en suis affligé jusqu'au fond de mon cœur.

CONTI.

C'est justice ! Vous nous avez apporté, avec vos rêves, la fièvre et la ruine. Avez-vous le droit de vous soustraire, par la fuite, aux conséquences de vos actes ?

MONSIEUR LE DUC.

Et avons-nous le droit, nous, de vous y aider ?

CONTI.

Ne pourra-t-on nous reprocher, dans ce cas, d'être vos complices ?

LASS, *après les avoir longuement regardés tour à tour.*

Est-ce que vous pensez à nier d'être, en effet, mes complices ?

CONTI.

Vous, vous parlez pour l'étranger. Vous nous dites que vous êtes arrivé riche en France et que vous en partez pauvre. Il se trouvera des gens pour ne pas le croire.

LASS, *que gagne l'indignation.*

Faut-il que j'offre de me laisser fouiller ?

D'ANTIN.

Certains disent que vos richesses vous ont devancé hors de France.

LASS.

Vous savez bien que rien ne m'en appartient.

CONTI.

Il n'y a pas d'autre preuve que votre affirmation.

LASS.

Alors ? Vous voulez que je reste en France ? Ignorez-
vous qu'avant huit jours j'y serais assassiné ? (*Silence.*)
Co ne serait peut-être pas pour vous déplaire.

CONTI.

Vous ne serez pas assassiné, si vous vous remettez
vous-même à la garde du Parlement.

LASS.

Ah ! c'est cela que vous désirez ! Parce que vous savez
ma condamnation certaine ! Me connaissez-vous assez peu
pour croire que je me laisserais prendre sans dire un
mot ? Ah ! c'était cela que vous méditiez... Très bien !
je comprends... Vous voulez faire de moi le bouc émis-
saire. Vous voulez me charger de toutes vos fautes et me
livrer au bourreau... Oh ! mais alors tout change ! Je
pouvais vous livrer ma fortune et ma vie. Vous me de-
mandez mon honneur. C'est l'héritage, le seul héritage
que je gardais à mes enfants... Je ne permettrai à personne d'y toucher... Vous avez donc l'oubli bien facile,
messieurs ! Voulez-vous faire un effort, tous, et vous rappeler ce qui s'est passé entre chacun de vous et moi ?...
Allons ! quand je cherche vos yeux, je ne les trouve pas !
Vous avez peur qu'on vous croie mes complices ! Monseigneur le Régent, voulez-vous rappeler qui a donné le
premier coup de sape à mon œuvre ? C'est l'Angleterre
qui voyait avec jalousie, en Amérique, les établissements
de France s'élever à côté des siens ; qui voyait avec mauvaise humeur notre marine croître en puissance et en
nombre. Votre premier ministre m'a sacrifié à elle, parce
que vous aviez besoin de son appui éventuel, pour la
garde de votre Régence, contre les visées de Philippe V...
Et vous autres, messieurs, ne vous êtes-vous pas recon-
nus tout à l'heure lorsque je parlais de ceux qui m'ont
poussé au crime ? Votre avidité a tout fait. Jamais je
ne vous donnais assez. On ne pouvait pas vous rassasier,
même en vous gavant. Il vous fallait toujours de plus
en plus de billets et d'actions. Vous m'avez sollicité, menacé, imploré, pressé, pressuré. C'est moi qui ai payé
votre duché, prince de Conti, votre luxe, monsieur le
duc, votre fille, monsieur le Régent.

LE RÉGENT.

Taisez-vous ! Taisez-vous !

MONSIEUR LE DUC, *au Régent.*

Laissez-le parler ! Laissez-le parler ! Il faut que nous sachions jusqu'où il serait capable d'aller...

LASS.

Ma vie, à moi, est simple et sans faute. J'étais sans besoins. Vous, vous étiez dévorés par la soif des jouissances immédiates. Si j'ai péché, moi, c'est par orgueil. Je regardais la sphère terrestre et j'y voyais les lignes de mes navires se prolonger d'un côté jusqu'à la Chine, de l'autre jusqu'à la Louisiane. C'était comme si, de mes deux bras, j'avais étreint le monde. Vous, vous ne regardiez que dans la caisse !... Je n'avais pas pu deviner que, par une loi fatale, il y a toujours, derrière l'homme des grandes entreprises, une meute affamée et féroce, le harcelant sans répit, exigeant de lui qu'il aille plus vite, toujours plus vite, et qui se jettera sur lui pour le dévorer si, dans la course folle qui lui aura été imposée, il trébuche et s'abat. Vous m'avez poussé à l'abîme. J'y suis. Cela ne vous suffit pas. Vous voulez m'y jeter des ordures et des pierres. C'est trop... Voilà ce que je dirai devant le Parlement, et je montrerai que les vrais coupables, c'est vous, vous qui me vendiez votre influence, vous qui me faisiez payer d'avance les édits dont j'avais besoin, les arrêtés nécessaires, les contrats indispensables, et m'obligiez à vous céder. Vous savez de qui je veux parler, monsieur le prince de Conti ?... Vous avez tous agi de même, et vous m'avez fait tout payer, depuis vos dettes aux Trappistes jusqu'aux fantaisies de vos filles d'Opéra... Maintenant, Paris est à la veille d'être affamé, le pays est troublé, ruiné, mais vous continuez vos gaspillages, vos désordres et vos folies. Vous persistez. La fête continue. Continuez-la sans moi. Je n'en ai jamais été et je n'en serai pas. J'attends votre décision. Dois-je me rendre au Parlement ?

Un long silence.

MONSIEUR LE DUC, *bas au Régent et à Conti.*

Je pense qu'il est préférable de lui délivrer les passeports qu'il demande.

LE RÉGENT, *à Lass.*

Monsieur le duc va vous remettre vos passeports.

LASS.

Dois-je les attendre à Paris ?

Conti fait signe au Régent de dire non.

LE RÉGENT.

Non. A votre terre de Guernande.

LASS.

Adieu, monsieur.

*Il sort. Les seigneurs s'injurient dans la plus
grande confusion et sortent. On entend les ru-
meurs grandissantes du dehors. Le Régent reste
seul. Entre Villeroy.*

SCENE VI

LE REGENT, VILLEROY.

VILLEROY.

Monseigneur, je viens du Louvre... Une bande de sé-
ditieux est allée sous les fenêtres du Roi, menant les
cadavres de trois personnes étouffées dans la foule.

LE RÉGENT.

Eh bien ?

VILLEROY.

Ils ont crié : « Vive le Roi ! ».

LE RÉGENT.

Il n'y a pas eu d'autres cris ?

VILLEROY.

Je ne les ai pas distingués.

LE RÉGENT.

Il faut envoyer Sa Majesté à Versailles, n'est-ce pas ?

VILLEROY.

Le plus tôt possible. J'ai déjà donné les ordres nécessaires. (*Le Régent va s'asseoir près de la table et demeure la tête dans ses mains.*) J'ai à entretenir Votre Altesse Royale de choses importantes, concernant madame la duchesse de Berry. Mais d'abord, je vous prie de vouloir bien signer ces lettres de cachet.

LE RÉGENT.

Donnez. (*Il va signer.*) Mais... L'ordre d'exil en Picardie du duc de Boufflers ?

VILLEROY.

Oui, Monseigneur.

LE RÉGENT.

C'est le mari de votre petite-fille ?

VILLEROY.

Oui, Monseigneur.

LE RÉGENT, *lisant.*

Le marquis d'Alincourt à Joigny ?

VILLEROY.

Oui, Monseigneur.

LE RÉGENT.

C'est votre petit-fils ?

VILLEROY.

Oui, Monseigneur.

LE RÉGENT.

Qu'ont-ils fait ?

VILLEROY.

Epargnez-moi la honte de vous le dire.

LE RÉGENT.

Vous déshonorez publiquement votre famille !

VILLEROY.

Ce sont ceux-là qui l'ont déshonorée... Je vous en supplie, Monseigneur, signez...

LE RÉGENT.

Vous le voulez ? (*Un silence, puis après un grand geste d'indifférence.*) Après tout !...

Il signe et remet les papiers à Villeroy qui les prend et les met dans sa poche.

VILLEROY.

Merci, Monseigneur.

LE RÉGENT, *harassé.*

Et maintenant, qu'avez-vous à me dire au sujet de ma fille ? Mais faites vite, n'est-ce pas ?

VILLEROY.

Madame la duchesse a formé le complot de publier son mariage.

LE RÉGENT.

Je le sais. Après ?

VILLEROY.

Vous le savez ! Vous le savez et vous ne vous y opposez pas !

LE RÉGENT, *irrité.*

Non. Vous voilà renseigné. Maintenant, partez.

VILLEROY.

Je ne vous laisserai pas faire cela.

LE RÉGENT.

Vous vous oubliez, monsieur le maréchal.

VILLEROY.

Je ne respecte plus une dignité que vous voulez perdre.

LE RÉGENT.

Voulez-vous que j'appelle ?

VILLEROY.

Vous n'allez pas faire chasser un maréchal de France pas vos domestiques, je suppose ! Je vous dis, Monseigneur, qu'un scandale de plus est impossible. La coupe est pleine. J'ai quelques titres à être écouté de vous, voyons.

LE RÉGENT.

Lesquels ? Votre âge ?

VILLEROY.

Mon père fut gouverneur de Louis XIV.

LE RÉGENT.

Votre père est mort et Louis XIV aussi. Laissez-les dormir en paix.

VILLEROY.

J'ai la garde du Roi.

LE RÉGENT.

Allez le garder.

VILLEROY.

Je le garde ici, en défendant la Royauté.

LE RÉGENT, *le poussant vers la porte.*

Allez-vous-en.

VILLEROY.

La duchesse de Berry ne doit pas rendre public son mariage avec un cadet de Gascogne.

LE RÉGENT, *le poussant toujours.*

Eh bien ! allez le lui dire...

VILLEROY.

C'est à vous à le lui dire. Ayez autant de courage que je viens d'en avoir. C'est par respect pour le Roi et pour la Royauté que je vous ai demandé ces lettres de cachet... Ne croyez-vous pas que j'en souffre ?... J'ai près de quatre-vingts ans, et j'ai assez de force pour frapper les miens. Je vous parle avec l'autorité que me donne ce sacrifice.

LE RÉGENT.

Qui vous l'a demandé ? Et puis, faites-moi donc la grâce de ne pas mettre sur le même rang ma fille et la duchesse de Retz. Vous êtes un vieux fou. Laissez-moi tranquille.

VILLEROY.

Toute ma vie...

LE RÉGENT.

Vous radotez.

VILLEROY.

J'ai vécu toute ma vie à côté du grand Roi. J'ai le malheur de lui survivre. Je suis un des derniers représentants de sa grandeur... Je suis cassé, fini. C'est toute une époque qui meurt avec moi.

LE RÉGENT.

Allez mourir avec elle... plus loin !

VILLEROY.

Vous feriez mieux de m'écouter... Je suis décidé à vous dire ce que j'ai le devoir de vous dire. Si vous sortez, je vous suivrai. Si vous appelez, je continuerai devant ceux que vous aurez fait venir.

LE RÉGENT.

Alors dites ! Dites, puisqu'il faut vous subir ! Mais vous me paierez cette violence, je vous en réponds.

VILLEROY.

Que pouvez-vous me prendre ? Ma fortune, ma liberté, ma vie ? Tout cela appartient au Roi !

LE RÉGENT.

Allons ! Vous disiez que la duchesse de Berry ne doit pas rendre public son mariage avec le chevalier de Rions. Après ? Parlez, parlez...

VILLEROY.

Parce qu'au point où nous en sommes : Paris près de la révolte, la France ruinée, la noblesse avilie, il ne faut pas fournir à la foule un sujet d'indignation de plus.

LE RÉGENT.

Eh ! vous croyez donc que la duchesse m'obéirait ?

VILLEROY.

Rions, lui, vous obéira. Donnez-lui l'ordre de rejoindre son régiment... Il faut faire cela, Monseigneur, je vous en prie, je vous en supplie. Voulez-vous me voir à vos genoux ?...

LE RÉGENT.

Mais non... Ah ! que vous êtes importun !

VILLEROY.

Faites cela. Faites-le pour le roi, pour la duchesse même. Écoutez, Monseigneur : la première fois que le petit roi s'est montré en public au lit de justice, il avait cinq ans. Le duc de Tresmes l'a pris des mains des femmes et l'a placé sur le trône. J'étais là et cela m'a beaucoup frappé : *C'est un gentilhomme qui portait la Royauté.* Plus que jamais il en sera ainsi. Alors, il ne faut plus que la noblesse s'abaisse. Où est-elle tombée, déjà ! Elle se prosterne devant un nouveau souverain, la Richesse ! Un nouveau règne est commencé depuis deux ans, celui de l'argent. Pour la première fois, en France, l'argent est roi. Si c'est la fortune qui fait désormais l'aristocratie, les manants osent y prétendre et se croient nos égaux. Autrefois nul manant ne pouvait se bercer d'une telle espérance,

LE RÉGENT.

Dites donc, Villeroy, qu'est-ce que vous me racontez
là ? Vous sortez d'un marchand de poissons qui vivait
sous François Ier, les d'Uzès viennent d'un apothicaire,
les La Rochefoucauld d'un boucher...

VILLEROY.

Je sais. Le Parlement vient de découvrir tout cela et
de le publier. Plus la noblesse est attaquée, plus il faut
la défendre. Songez à la splendeur de Versailles sous
Louis XIV.

LE RÉGENT.

Oui ! Tous les gentilshommes étaient à la Cour, leurs
terres étaient abandonnées par eux, leurs paysans cre-
vaient de faim, les nobles se ruinaient eux-mêmes, et
c'est à cause de cela qu'ils sont ce qu'ils sont aujour-
d'hui.

VILLEROY.

Vous parlez comme un ennemi de la Royauté.

LE RÉGENT.

Et je ne dis pas tout ce que je pense. Le peuple de
Paris se révolte, dites-vous. Je trouve qu'il a raison.

VILLEROY.

Vous, Monseigneur ! Vous !

LE RÉGENT.

Moi ! Après ?

VILLEROY.

Je suis épouvanté. J'ai vécu trop longtemps. Mais
puisque je suis encore là, je me dresserai devant vous
comme le spectre du passé, comme le souvenir d'une
grandeur que vous voulez méconnaître, et je vous dis
encore : c'est assez de scandales, pour l'honneur de la
monarchie et pour le vôtre. Je ne veux pas vous parler
de la conduite passée de madame la duchesse de Berry.
Sachez qu'elle a causé une profonde douleur dans toutes
les grandes familles. Nous avons souffert comme si l'une
des nôtres, comme si l'une de nos proches parentes
s'était méconnue. Il en est résulté un grand trouble
dans nos cœurs... Il ne faut pas que la fille du Régent
aille plus loin ! Elle est la petite-fille et la veuve d'un
fils de France... Elle est une personne royale, une des-

cendante de saint Louis !... Entre elle et le trône, il y a
peu d'existences... Monseigneur, gardez-la contre elle-
même ! Empêchez-la de s'abaisser et d'entraîner avec elle
l'honneur de votre maison et l'avenir de la monarchie !
Il est à genoux.

LE RÉGENT.

Allons ! allons ! Votre place n'est pas là... Relevez-
vous... C'est à ma fille que vous auriez dû aller faire
ce sermon.

VILLEROY.

Elle ne m'eût pas écouté.

LE RÉGENT, *furieux.*

Mais elle ne m'écoutera pas davantage, vieux fou ! Vous
croyez donc que je vous ai attendu pour penser tout
ce que vous venez de me dire ? Elle fait ce qu'elle veut !
Elle dit qu'elle est libre !... Si je lui disais tout cela,
je ne recevrais d'elle que d'insupportables duretés. Voilà
ce que vous me donnez la honte de vous avouer. Je ne
vous le pardonnerai jamais ! Et vous allez m'obliger à
l'affronter !

VILLEROY.

Il n'en est pas besoin. Envoyez de Rions à son régiment en Espagne ! Lui, il obéira !

LE RÉGENT.

Comment cela ? Expédier de Rions en Espagne !...

VILLEROY.

Deux lignes sur ce papier.

LE RÉGENT, *furieux.*

Dictez, dictez, et que cela finisse !

VILLEROY.

« Ordre à monsieur de Rions de rejoindre son régiment sur l'heure ! »

LE RÉGENT.

Obéira-t-il ?

VILLEROY.

Je vous en réponds. Je porterai cet ordre moi-même
demain au château de Meudon ; il l'aura avant la fête à
la fin de laquelle madame la duchesse se propose de
publier son mariage.

LE RÉGENT.

C'est bien... (*Colère folle.*) Allez-vous-en maintenant, allez-vous-en, allez-vous-en !

> *Villeroy sort. Le Régent, haletant, s'est laissé tomber dans un fauteuil ; on entend de dehors le plus grand tumulte. Vitres brisées, coups de feu, etc.*

LE RÉGENT, *courant comme un fou dans sa cage.*

Le peuple ! Le peuple ! Le peuple !

RIDEAU

ACTE CINQUIÈME

Au château de Meudon.

Le salon de la duchesse de Berry.

Portes à droite et à gauche. Au fond, trois grandes baies vitrées, avec portes et tentures fermées au lever du rideau.

Tables, canapés, fauteuils, chaises, tabourets.

La duchesse, impatiente, regarde à la fenêtre de gauche, tout en répondant distraitement à madame de Mouchy.

SCENE PREMIERE

LA DUCHESSE, MADAME DE MOUCHY.

LA DUCHESSE.

On lui a bien dit que c'était ici, à Meudon, que je l'attendais ?

MADAME DE MOUCHY.

Oui, madame.

LA DUCHESSE.

Mais n'a-t-on pas manqué de lui expliquer que je ne le demandais pas pour assister à la fête ?

MADAME DE MOUCHY.

Oui, oui, oui... Et que vous vouliez le voir pour une chose importante...

LA DUCHESSE.

Et qu'il vienne immédiatement ?

MADAME DE MOUCHY.

Immédiatement.

LA DUCHESSE.

Alors... Il devrait être là... Les invités sont arrivés ?

MADAME DE MOUCHY.

Presque tous.

LA DUCHESSE.

Mais vous avez bien recommandé qu'on ne me dérange pas ?

MADAME DE MOUCHY.

Oui, madame... Ils se réunissent dans la salle du bord de l'eau, et Votre Altesse n'y est attendue que tantôt...

LA DUCHESSE.

Que fait-il ? Que fait-il ?

MADAME DE MOUCHY.

Les musiciens italiens viendront, ici, faire cortège à monseigneur le Régent et à Votre Altesse.

LA DUCHESSE.

Le voici ! Le voici !... Les musiciens italiens... très bien... avec monseigneur le Régent... Laissez-moi.
Madame de Mouchy sort. Entre de Rions.

SCENE II

LA DUCHESSE, DE RIONS.

LA DUCHESSE.

Enfin ! Te voilà ! Te voilà !

DE RIONS.

Mais il était convenu...

LA DUCHESSE.

Oui, oui. Mais il s'est passé tant de choses, depuis hier ! Tant de choses !

DE RIONS.

Graves ?

LA DUCHESSE.

Oui.

DE RIONS.

Concernant notre amour ?

LA DUCHESSE.

Autres, elles ne seraient point graves... Voilà. Tu pars tantôt. Moi, cette nuit... Pour Valenciennes... Chez Watteau... Je te rejoindrai, puis nous nous rendrons en Hollande... Je t'expliquerai.

DE RIONS.

Mais qui nous oblige à ce départ ?

LA DUCHESSE.

Tout. La débâcle de la banque. Ta ruine. Puis Villeroy a su mon projet de mariage secret... Il s'y oppose. Il a des raisons qui ne sont pas sans quelque valeur, peut-être. Je l'ai appris hier soir. Alors, j'ai décidé ce que je viens de te dire... Mon ami ! Nous allons être heureux ! heureux ! Tu voulais toute ma vie, je te la donne. Je ne suis plus princesse, je ne suis plus la duchesse de Berry, je suis une toute simple femme qui t'adore et qui ne veut plus d'autre titre que ton nom. Il n'y a que l'amour, vois-tu. Tout le malheur des gens leur vient de croire qu'il y a autre chose que l'amour. Nous ne pouvons pas être, ici, complètement l'un à l'autre. C'est bien. J'ai compris. J'accepte. Nous partons... Tais-toi... Laisse-moi dire... Tu vas voir tout ce que j'ai fait. J'ai tout préparé, tout organisé. Moi, je suis encore princesse jusqu'à ce soir. Après le souper, je pars sous un travestissement de suivante... Je te dis que tout est prêt... Ecoute, tu parleras ensuite. Il y a toi... J'étais d'abord fort embarrassée. Puis j'ai pensé à Watteau. Tu te rappelles... Il nous a dit qu'il partait aujourd'hui pour Valenciennes, avec un jeune peintre de ses amis. L'ami, c'est toi. Watteau te prêtera des vêtements. Tu voyageras avec lui jusqu'à Valenciennes. Ses parents te donneront asile. Puis, je te l'ai dit, je te retrouverai chez eux. La frontière est proche, nous irons à Amsterdam et nul ne viendra troubler notre bonheur. Voilà. Je suis heureuse... Nous avons tout notre temps. Il ne faut pas que tu arrives avant l'heure chez Watteau... Mais j'avais hâte de te mettre au courant de tout cela... Je me figurais qu'on ne te trouverait pas. J'étais dans des angoisses. Mais te voilà... Je suis tranquille maintenant. Il me semble que je tiens la clef de ma prison... C'est cela... Je vais être délivrée... Je suis heureuse. Je t'aime.

DE RIONS.

Est-ce possible! Je ne puis croire ce que j'entends. Vous!... Toi!...

LA DUCHESSE, *très câline.*

Je suis ta femme, c'est tout simple. Tu n'as pas besoin de te torturer l'esprit pour comprendre. Je suis ta femme, ta chose, ton bien. Je te donne tout ce que je suis et tous les jours qui me restent à vivre. Tu n'en veux pas ?

DE RIONS, *rayonnant de bonheur.*

Ce n'est pas vrai! Il n'est pas possible qu'un tel amour me soit réservé... Quoi! Toi!... Toi... tu m'aimerais assez... Je suis ébloui, étourdi, affolé... (*Lui prenant les mains.*) C'est vrai ?

LA DUCHESSE.

Que tu es gentil d'être aussi content!
Elle se blottit au creux de son épaule.

DE RIONS, *la serrant dans ses bras.*

Vraiment, tu es à moi, à moi seul, pour toujours ?

LA DUCHESSE.

A toi, à toi seul, pour toujours.

DE RIONS.

Je t'aurai à moi, comme je te tiens là, toute ma vie ?

LA DUCHESSE.

Toute ta vie. Toute la mienne.

DE RIONS.

Je ne suis pas digne d'un tel don. Je n'ai rien fait pour mériter d'être le plus heureux des hommes. C'est à moi, à moi, qu'échoit une fortune que des rois me disputeraient! Répète ? C'est vrai ?

LA DUCHESSE.

Je t'aime. C'est vrai.

DE RIONS.

Tu as bien réfléchi ? Tu ne changeras pas d'idée ? Ce serait trop cruel, tu le sens bien, de me faire entrevoir une telle félicité, si je devais...

LA DUCHESSE.

Je t'appartiens, je te dis.

DE RIONS.

Toi, si belle, si bonne, ton cœur si tendre, ton esprit si fin ; toi, si haut placée, tu descendrais des marches d'un trône pour venir à moi !

LA DUCHESSE.

Je veux que tu oublies mon rang, ma naissance et mon passé, je te dis. Tout cela je le mets dans tes mains comme une offrande et je regrette de n'avoir pas plus encore à te donner !

DE RIONS.

Ne regretteras-tu jamais un tel sacrifice ?

LA DUCHESSE.

Jamais...

DE RIONS.

Supporteras-tu longtemps l'humilité de ta nouvelle existence ?

LA DUCHESSE.

Aussi longtemps que tu m'aimeras.

DE RIONS.

As-tu bien réfléchi ? Toi, habituée aux honneurs, toi, si fière ! Tu ne seras plus que la femme d'un petit gentilhomme pauvre.

LA DUCHESSE.

Eh bien ! Dans les familles de petits gentilshommes, n'y a-t-il pas de femmes heureuses ?

DE RIONS, *ombre d'inquiétude.*

Si. Mais elles n'ont pas été princesses.

LA DUCHESSE, *toujours tendre.*

Sais-tu ce que tu fais en ce moment ? Tu doutes de mon amour. Tu doutes de moi.

DE RIONS.

Non, certes.

LA DUCHESSE.

Tout est bien, alors. Ne regardons pas derrière nous, ni trop avant non plus. Vivons l'heure bénie où nous sommes. Va. Il est temps maintenant... Va chez Watteau.

Il t'attend. Va... Tu as bien compris ? Peut-être serai-je arrivée à Valenciennes avant toi, mais si...
Entre madame de Mouchy.

MADAME DE MOUCHY.

Madame, c'est ce jeune peintre...

LA DUCHESSE.

Antoine Watteau ?

MADAME DE MOUCHY.

Oui, madame. Il prétend avoir à faire à Votre Altesse une communication extrêmement urgente.

LA DUCHESSE, *après un regard inquiet à de Rions.*

Qu'il vienne ! (*A madame de Mouchy.*) C'est sans doute à propos de ce tableau... (*Madame de Mouchy sort.*) Qu'y a-t-il, mon Dieu !
Entre Antoine Watteau.

SCÈNE III

LA DUCHESSE, DE RIONS, WATTEAU.

WATTEAU.

Madame...
Voyant de Rions, il se tait.

LA DUCHESSE, *vivement.*

Parlez, parlez... Monsieur de Rions sait tout, naturellement... Qu'y a-t-il ? Pourquoi êtes-vous ici ? N'aviez-vous pas bien compris que monsieur de Rions devait aller vous trouvez chez vous ?

WATTEAU.

Si, madame.

LA DUCHESSE.

Alors ?

WATTEAU.

Ce matin, j'étais tellement surpris, tellement confus de l'honneur que me faisait Votre Altesse...

LA DUCHESSE.

Il n'y a plus d'altesse... Passons. Après ?

WATTEAU.

Je n'ai pas osé vous dire qu'il m'était impossible de faire ce que vous daigniez me demander. Je vous demande bien humblement pardon.

LA DUCHESSE.

Cela vous paraissait possible ce matin ?

WATTEAU.

J'étais tellement troublé que j'avais perdu tout mon jugement.

LA DUCHESSE.

Depuis, vous l'avez retrouvé ?

WATTEAU.

Oui, madame.

LA DUCHESSE.

Et l'impossibilité est absolue ?

WATTEAU.

Absolue.

LA DUCHESSE.

Vous pouvez vous tromper. Quelle est-elle ?

WATTEAU.

Je vous supplie de me dispenser de vous le dire.

LA DUCHESSE,

Vous avez peur ?

WATTEAU.

Non, madame.

LA DUCHESSE,

Alors ?

WATTEAU.

Par grâce...

LA DUCHESSE.

Allons, c'est bien. Nous n'avons pas de temps à perdre. Adieu, monsieur. J'avais eu tort, je le vois, de mettre en vous ma confiance et de compter sur votre dévouement.

WATTEAU.

J'ai besoin de plus de dévouement pour vous résister qu'il ne m'en faudrait pour vous obéir, madame... Je sais que je ne vous reverrai jamais. Permettez-moi de vous dire que je donnerais ma vie pour vous et que nul sur terre n'est aussi complètement à vous que je le suis moi-même. Pas même monsieur le chevalier de Rions.

LA DUCHESSE.

Vraiment !

WATTEAU.

Pas même lui. Adieu, madame.

DE RIONS.

Attendez. (*Allant à lui, bas.*) Prétendez-vous que, si vous étiez à ma place, vous n'agiriez pas comme je le fais ?

WATTEAU.

Oui.

DE RIONS.

Votre devoir est de me dire pourquoi.

WATTEAU.

Pas devant madame la duchesse.

LA DUCHESSE.

Parlez. Je n'ai pas besoin de vos ménagements.

WATTEAU.

Si je commençais, madame, vous ne me laisseriez pas continuer.

LA DUCHESSE.

Qu'en savez-vous ?

WATTEAU.

Vous ne permettrez à personne, je crois, de discuter vos actions.

LA DUCHESSE.

En effet. Mais, écoutez : ce que je vous ai demandé ce matin, d'accompagner monsieur de Rions et de me donner asile chez vos parents, c'est, pour nous, le salut. Peut-être pourrais-je vous convaincre de l'inanité de vos scrupules si je les connaissais. Cela vaut bien un certain sacrifice moral de ma part. Je vous donne la liberté de dire toute votre pensée. Parlez.

WATTEAU, *après un long silence, balbutiant.*

Vous vous exagérez l'importance de mes scrupules... Je ne suis pas certain de l'accueil que me feront mes parents, voilà tout. Mais j'avais honte de vous le dire.

LA DUCHESSE.

Vos parents vous feront bon accueil.

WATTEAU.

Je ne sais pas. Si je les ai quittés, c'est que j'étais trop malingre pour travailler avec mon père à son métier de couvreur. Ils m'en ont un peu méprisé. Il est possible que leurs sentiments soient restés les mêmes. Je m'étais vanté de faire fortune à Paris...

LA DUCHESSE.

Faire fortune?... Je comprends... Allons! C'est une question d'argent! Il fallait le dire tout de suite!

WATTEAU, *qui a pâli sous l'insulte, les poings serrés, entre ses dents.*

Non, madame, c'est une question d'honneur.

LA DUCHESSE.

Pour qui? Pour monsieur votre père?

WATTEAU.

Non, madame, pour vous.

DE RIONS, *allant vers lui, colère.*

Insolent!

WATTEAU.

Pour vous aussi, monsieur.

LA DUCHESSE, *à de Rions.*

Laissez-le. (*A Watteau.*) Seulement, vous, maintenant, vous allez vous expliquer.

WATTEAU.

Je veux bien. (*Il tombe à genoux, les mains jointes, comme un enfant en prière.*) Madame, madame, ne partez pas. Vous ne devez pas partir! Si vous partez, vous vous perdez! J'en ai la certitude.

LA DUCHESSE.

Allez-vous-en!

DE RIONS.

Ecoutons-le, écoutons-le!

LA DUCHESSE.

Je me perds en épousant monsieur de Rions? Je me perds en allant vivre en Hollande avec lui?... En tout cas, je ne fais de mal qu'à moi-même et cela ne regarde personne. Je suis libre, peut-être!

IX.   12

WATTEAU.

. Ne partez pas ! Par grâce ! Vous faites du mal à d'autres qu'à vous, à beaucoup d'autres. A tout le royaume, madame, à tout le royaume !

LA DUCHESSE, *ironique.*

Vraiment ! Vous avez découvert cela, vous ?

WATTEAU.

Je ne suis qu'un enfant du peuple, je le sais bien. Mais justement je puis vous apporter une parole que vous n'entendrez jamais.

LA DUCHESSE.

Gardez-la pour vous. Relevez-vous ! Allez !
Watteau se lève.

DE RIONS, *à la duchesse.*

Je vous en prie ! Je vous en prie ! (*A Watteau.*) Parlez, monsieur.

WATTEAU.

Madame, vous disiez tout à l'heure : « Je suis libre ». Vous ne l'êtes pas. Vous êtes princesse royale : à ce titre, le peuple vous appartient, mais vous appartenez au peuple. Le peuple considère la monarchie comme son bien, et il se sent diminué par tout ce qui la diminue. Il y a un certain patrimoine d'honneur amassé par vos ancêtres et par les siens. Il vous en a confié la garde. Si ce dépôt est menacé par quelque étranger, le peuple, sur un signe de vous, donnera son sang pour le défendre. Eh bien, madame, lorsque vous, princesse de France, qui pouvez prétendre à un mariage royal, vous vous sauvez sous un déguisement pour aller vous cacher chez un ouvrier couvreur... (*Sur un geste de la duchesse.*) Madame, vous avez voulu que je parle : il faut maintenant m'entendre jusqu'au bout ! Je dis que, lorsque vous fuyez à l'étranger pour épouser un simple gentilhomme si honorable qu'il soit, vous nous faites tort à tous, à la Royauté comme au peuple qui lui est étroitement uni. Vous êtes, vous, les princes, notre drapeau, notre enseigne, notre façade, notre visage. Notre joue rougit lorsqu'on vous outrage. Le peuple est malheureux. Il souffre. Il accepte ses misères parce qu'il les

croit utiles à votre grandeur. Ne la laissez pas discuter.
Que deviendrait-il s'il n'y croyait plus ! En échange de
notre respect, vous nous devez l'exemple ! (*Gagné par
les larmes.*) Madame, ne partez pas ! Ne faites pas cela !
Ne partez pas ! Je vous en prie, je vous en conjure, ne
faites pas cela, ne partez pas !

LA DUCHESSE.

Vous avez le cœur généreux, mais vous ignorez par
quoi ma conduite se justifie. (*A de Rions.*) Répondez-
lui, mon ami ; je ne puis pourtant pas lui dire, moi,
qu'à tout prendre, je donne un meilleur exemple en
fuyant avec le mari de mon choix qu'en continuant ici
la vie que je mène. Je suis née princesse, soit. Mais je
suis une femme qui a bien le droit, comme les autres,
de chercher le bonheur où je sais qu'il est.

WATTEAU.

Il n'est pas où vous allez le chercher. Si je le croyais,
je vous aiderais à le trouver, malgré tout ce que j'ai
dit, parce que je vous aime à ce point qu'aucun sacrifice ne me paraîtrait trop grand pour vous l'assurer.
L'aveu que je vous fais est semblable à celui que le
plus humble des dévots peut faire à son Dieu et c'est
précisément la distance infinie qui nous sépare qui me
le permet. Depuis le premier jour où vous m'avez parlé,
je suis une chose à vous, sans que vous le sachiez. Je
serais fou de joie si j'apprenais que le sacrifice de ma
vie peut seulement vous donner l'occasion d'un sourire.
Je rayonnerais d'allégresse si je pouvais vous offrir mon
pauvre corps comme marchepied pour arriver à la félicité. Mais cela n'est pas, et, lorsque je sais que le malheur vous attend, je ne puis pas vous assister, vous
donner le moyen d'y parvenir ! Vous le comprenez bien...
Madame, vous ne pourrez jamais cesser d'être une princesse. Quel que soit votre amour, vous ne pourrez jamais n'être plus que madame de Rions. Lorsqu'on a
joué sur les genoux de Louis XIV, on ne peut pas être
heureuse dans la petite maison d'une bourgeoise, sous
un ciel étranger. Je sais que monsieur de Rions vous
aime, je sais que vous l'aimez et je sais que vous ne
vous aimerez plus bientôt, si vous réalisez votre projet.

LA DUCHESSE, *très émue.*

Je ne veux pas vous entendre davantage. Rien! Rien ne m'y fera renoncer. Je me passerai de votre concours. (*Les larmes la gagnent.*) Je ferai n'importe quoi, mais je n'accepterai plus, maintenant, de vivre sans aimer. Je ne veux pas être malheureuse! malheureuse comme je l'ai été.

Elle sort.

WATTEAU, *à la porte laissée ouverte et dans un cri.*

Madame! Madame! Si vous pleurez!... si vous pleurez!... je consens à tout... Je conduirai monsieur de Rions, je vous donnerai asile... Tout, tout! Mais ne pleurez pas... Tout ce que je vous ai promis ce matin, je le ferai. Pardon... (*Revenant à de Rions.*) Je vous attends chez moi, monsieur, comme il avait été convenu... Venez, nous partirons à la nuit... (*En sortant.*) Je l'ai fait pleurer, mon Dieu! Je l'ai fait pleurer!

DE RIONS.

Monsieur Watteau! Ne m'attendez pas. Vous avez raison... Et je vous remercie.

WATTEAU.

Qu'elle ne souffre pas trop!

DE RIONS.

Adieu.

Watteau sort.

SCENE IV

LA DUCHESSE, DE RIONS. *La duchesse revient aussitôt. Elle regarde de Rions avec une grande anxiété. Tous deux restent silencieux pendant un long moment.*

LA DUCHESSE, *d'une voix faible.*

Vous ne le croyez pas, au moins?

DE RIONS.

Je le crois... Et vous aussi, hélas! vous le croyez.

Nouveau silence. La duchesse s'est assise, trem-
blante.

LA DUCHESSE, *sans accent.*

Non... Non... je ne le crois pas. Je ne veux pas le
croire. Il ne faut pas le croire ; il ne le faut pas. C'est
un enfant. Ne m'aimez-vous pas assez pour tout braver ?

DE RIONS.

Je vous aime plus encore... assez pour vous résister...
Son âme d'artiste a pénétré plus avant que nos cœurs
éperdus. L'art est une noblesse. Ce jeune homme a dressé
devant nous l'image impérieuse de notre devoir. Et je
l'ai compris. Et vous aussi, vous l'avez compris. Je
vous regardais lorsqu'il a évoqué les obligations que
vous impose votre rang. Vous frémissiez de fierté mal
contenue. Et, lorsqu'il a parlé de vos déceptions pro-
bables, et du malheur qui nous attend, il me semblait
entendre la voix de ce que j'ai de meilleur en moi-même.

LA DUCHESSE.

Taisez-vous ! Taisez-vous ! Ne dites pas tout cela. Partez, je vous en supplie !

DE RIONS.

Mon amie, il a raison !

LA DUCHESSE, *avec éclat.*

Eh bien, oui, il a raison ! Oui, c'est vrai ! Tout ce qu'il
a dit, je le pensais, moi aussi. Pour moi aussi il a été
la voix intérieure et sacrée, mais la voix que j'ai résolu
de ne pas écouter, et que je ne peux plus écouter, parce
que nous ne pouvons plus faire autrement que de partir.
Tu ne sais pas ceci que j'espérais pouvoir te laisser
ignorer. L'ordre est donné de t'arrêter et de t'enfermer
à la Bastille, si l'on te trouve encore ce soir, tout à
l'heure, auprès de moi. Voilà, voilà où l'on nous réduit.
Tant que notre liaison pouvait paraître un simple libertinage, on la tolérait, on en souriait. Mais l'hypocrisie
de tous ces gens-là s'est sentie menacée lorsqu'ils ont
su que je voulais t'épouser, même secrètement. Tu
comprends : un sentiment vrai, cela les blesse, parce
que cela les condamne. Alors, il y a eu un accès de
moralité. Villeroy a découvert que notre mariage com-
promettrait la dignité de la monarchie, que notre ga-

lanterie ne l'atteignait pas, et il a arraché à la faiblesse de mon père un ordre qui te jette à la Bastille, si tu ne l'exécutes. Maintenant, tu n'hésites plus, n'est-ce pas? Tu vas partir... Il le faut... Tu ne vas pas te laisser emprisonner. Tu ne vas pas me laisser toute seule et au milieu de ce monde fourbe et cruel... Tu sais tout à présent! Va!

DE RIONS.

Quel est cet ordre?

LA DUCHESSE, *tirant un papier de son corsage*
Tiens, le voici.

DE RIONS, *lisant.*
« Ordre à monsieur de Rions de rejoindre, sur l'heure, son régiment en Espagne. » Il est daté d'hier.

LA DUCHESSE.

Oui. J'ai obtenu ce délai de vingt-quatre heures. Maintenant, il n'y a plus à hésiter. Tu feins de te diriger vers l'Espagne, et tu accompagnes Watteau.

DE RIONS.

A l'heure qu'il est, Watteau est parti.

LA DUCHESSE.

Parti?

DE RIONS.

Oui. Je lui ai dit de ne pas m'attendre.

LA DUCHESSE.

Malheureux! Nous sommes perdus.

DE RIONS.

Je ne puis me soustraire à cet ordre.

LA DUCHESSE.

Si. Ce n'est pas un ordre militaire. On ne t'envoie pas là-bas parce qu'on y a besoin de toi. On ne veut que t'éloigner de moi. Mais, si tu cèdes, on te gardera, on inventera quelque prétexte pour t'envoyer plus loin. Jamais, jamais on ne te laissera revenir. Tu sens bien que c'est vrai ce que je dis là?

DE RIONS.

Hélas! oui. Faut-il vous perdre, mon Dieu!

LA DUCHESSE.

Ecoute. Il s'agit de notre amour même. Si tu obéis, tu en conviens, nous sommes condamnés à ne nous revoir jamais ! Jamais ! Donc il faut partir et partir tous les deux.

DE RIONS.

Non ! Non !

LA DUCHESSE.

Tu ne m'aimes pas !

DE RIONS.

Je ne vous aime pas ! Eh bien, avant demain vous aurez la preuve que je vous aimais ; moins que mon honneur, mais plus que ma vie.

LA DUCHESSE.

Tais-toi ! Tu veux te tuer... Mon Dieu ! Je te cède, je ne partirai pas !

DE RIONS.

Tu le jures ?

LA DUCHESSE.

Sur notre amour. Mais toi, il faut que tu me laisses te sauver.

DE RIONS.

Ce n'est plus possible.

LA DUCHESSE.

Si. Ecoute-moi. Il me vient une idée. Réfléchissons. Qu'est-ce qui a déchaîné Villeroy ? Qu'est-ce qui a irrité mon père ? C'est mon projet de mariage. Puisqu'il le faut, j'y renonce, alors. Mon père m'aime assez pour m'accorder ton pardon que je lui demanderai à genoux s'il le faut... (*Affolée.*) J'entends du bruit. Ce sont eux !

Entre un officier du Régent.

L'OFFICIER, *présentant un pli à la duchesse.*

De la part de Son Altesse Royale Monseigneur le Régent !

Il sort.

LA DUCHESSE, *après l'avoir lu.*

Ils veulent vous tuer. Lisez.

DE RIONS, *lisant.*

« Ma fille, je viens vous faire savoir que si, à la fin de cette journée, monsieur de Rions n'est pas parti pour l'armée, il sera tenu pour rebelle, et, comme tel, immédiatement fusillé. Ordre de monsieur le maréchal. Vous voilà prévenue. — Philippe... A tout à l'heure... avec les musiciens, ma bonne Joufflotte. »

LA DUCHESSE.

Eh bien ?

DE RIONS.

J'attends les gens de monsieur le maréchal.

LA DUCHESSE.

C'est-à-dire la mort ?

DE RIONS.

Que voulez-vous que je fasse de ma vie, maintenant ?

LA DUCHESSE.

La mort !

DE RIONS.

J'ai eu ma part de bonheur. Une part mille fois plus grande que nul n'eût osé l'espérer. Que puis-je attendre, désormais, de l'avenir, puisque je ne vous verrai plus ? Et vous croyez que je vais accepter cette torture, et que je vais fuir ceux qui m'apportent cette délivrance ?... Si je meurs maintenant, je mourrai heureux, je m'endormirai pour toujours avant la fin du beau rêve que j'ai vécu... J'emporterai avec moi du bonheur pour l'éternité. Qu'ils viennent tout de suite, ceux qui vont mettre fin à mes souffrances... D'ailleurs, je ne pourrais supporter un si lourd fardeau... Je suis sans forces ; moi, je suis presque un enfant encore. Je ne savais rien de la vie lorsque je vous ai rencontrée. Je ne croyais pas qu'une telle félicité fût humainement possible. Et on me la prend, on me brise... Qu'on me brise tout à fait, je le demande, je l'implore, parce que, vraiment, je suis trop malheureux !

Il pleure.

LA DUCHESSE.

Mais ne pleure pas ! Ne pleure pas ! Comment veux-tu que j'aie du courage, si tu pleures ! Mourir ! C'est reculer, renoncer, s'évader, c'est accepter la défaite... Tu parles de mourir ! Mais je ne veux pas que tu meures. Tu ne penses donc pas à moi ; à ce que je subirais, chaque jour, de remords, et de douleurs, si je pouvais penser que tu es mort parce que je t'ai aimé... (*Un peu sévère.*) Mourir, c'est m'abandonner !...

DE RIONS.

Ayez pitié de moi... Laissez-moi mourir. Je vous bénirai en mourant ! Mais que ce soit bientôt, par pitié, que ce soit bientôt !

LA DUCHESSE.

Je ne veux pas ! Je ne veux pas ! Malheureux enfant ! (*A elle-même.*) Il n'est vraiment qu'un enfant ! (*Plus maternelle qu'amoureuse.*) Mon chéri, mon petit ! Je ne veux pas... Alors, on te prendrait, ils t'emmèneraient et... Non ! Non !... Mais je serais maudite, mais je me maudirais moi-même, mais tout le monde... (*Un silence.*) Tu vas m'écouter, m'obéir.

DE RIONS.

Oui.

LA DUCHESSE, *après l'avoir regardé, longuement.*

Vous allez obéir à Villeroy, attendez. Moi, aussitôt votre départ, je déclarerai à mon père que je renonce à notre mariage et je le supplierai de vous rappeler.

DE RIONS.

C'est cela ! Oh ! C'est cela ! Vous le lui demanderez, vous me le promettez ?

LA DUCHESSE.

Je vous le promets.

DE RIONS.

Croyez-vous qu'il se laisse fléchir ?

LA DUCHESSE.

Je le crois.

DE RIONS.

Bien... Alors... Dites-moi ce que je dois faire.

LA DUCHESSE.

Il faut nous dire adieu.

> *Depuis que de Rions s'est mis à pleurer, la duchesse est devenue autre. Elle est légèrement surprise, déçue, un peu humiliée même. Dans ses dernières paroles, on sent plus de protection que d'amour.*
>
> *L'évolution se continuera pendant ce qui suit.*

DE RIONS.

Il faut nous dire adieu.

LA DUCHESSE.

Oui, mon enfant. Nous ne pouvons pas lutter contre les puissances qui vous combattent. Vous avez raison, mon pauvre petit ; vous êtes encore presque un enfant.

DE RIONS.

Si vous vouliez bien tout de même me permettre de mourir aujourd'hui...

LA DUCHESSE.

Vous ne pensez qu'à mourir !... Allez ! Allez vivre. Reprenez le cours de votre destinée...

DE RIONS.

Sans vous ?

LA DUCHESSE.

Sans moi ! Nous avions voulu réaliser l'impossible. Contentons-nous de ce que nous avons pu lui dérober. Ne rêvons pas l'irréalisable.

DE RIONS.

Vous aviez plus de confiance tout à l'heure.

LA DUCHESSE.

J'avais plus d'illusions.

DE RIONS.

Je voudrais...

LA DUCHESSE.

« Je voudrais » n'est pas le mot du succès. Pour réussir, il faut dire : « Je veux ! » (*Se reprenant.*) Mais à la condition de ne pas désirer l'inaccessible.

DE RIONS.

Comme vous êtes devenue raisonnable !

LA DUCHESSE.

Je suis surtout devenue plus sincère. Je puis bien vous l'avouer, maintenant, je n'ai pas été insensible ni aux paroles de Villeroy hier, ni à celles de Watteau aujourd'hui. Je me refusais à les entendre, mais tout de même elles pénétraient en moi, je les y retrouve à présent, et elles deviennent l'expression d'un remords, l'indication d'un devoir.

DE RIONS.

Hélas !

LA DUCHESSE.

Allons, disons-nous adieu... (*Un peu agacée.*) Et ne

pleurez plus, je vous en prie... Allez... Adieu... Je vous dois six mois de joie, six mois d'espérance, d'estime de moi-même et même, très sincèrement, six mois de bonheur... Adieu... Allez... La journée s'approche de sa fin... Allez...

DE RIONS.

Permettez-moi...

LA DUCHESSE, *avec un sourire hautain.*

Je ne permets plus rien. (*Encore tendre cependant.*) Monsieur le chevalier de Rions, voici l'ordre qui vous envoie à l'armée. (*Elle lui donne le papier.*) Partez, soyez bon soldat et bon gentilhomme !

> *Il fait un geste comme pour la prendre dans ses bras ; elle se dérobe doucement en secouant la tête avec mélancolie et lui tend ses mains qu'il embrasse fiévreusement.*

DE RIONS.

Adieu... ma... adieu, madame...

> *Il sort en s'efforçant de dominer sa douleur. Après un certain temps entre le Régent.*

SCENE DERNIERE

LA DUCHESSE, LE REGENT, MADAME DE FALLARI.

LE RÉGENT, *irrité, agressif, peut-être un peu gris pendant toute la scène.*

Rions est parti ?

LA DUCHESSE.

Oui.

LE RÉGENT.

Il a bien fait de ne rien tenter pour rester.

LA DUCHESSE.

Le pouvait-il, mon Dieu !

LE RÉGENT, *violent.*

Ecoute. Je te préviens que je ne veux de ta part ni récriminations, ni colère, ni larmes.

LA DUCHESSE.

Mais je ne vous dis rien.

LE RÉGENT.

Inutile, je t'en préviens, de me demander de faire rapporter l'ordre qui l'envoie là-bas.

LA DUCHESSE.

Je ne vous le demande pas.

LE RÉGENT.

Tu as raison. Je ne veux plus de reproches, tu entends ! Je ne les tolérerai pas !

LA DUCHESSE.

Mais où avez-vous pris que je pense à vous en faire ?

LE RÉGENT.

C'est bien. Je sais ce que je dis.

LA DUCHESSE.

Vous auriez pu attendre que j'aie parlé avant de me traiter de cette façon...

LE RÉGENT.

En effet. J'ai tort. Tu es plus raisonnable que je ne m'y attendais. Je croyais te trouver dans la révolte et dans le désespoir, et je m'étais d'avance cuirassé contre tes cris et tes sanglots, j'étais bien décidé à ne point les supporter.

LA DUCHESSE.

Ménagez-moi. Je viens d'être assommée dans ce que j'ai de plus sensible : mon orgueil ; il est inutile de rien y ajouter.

LE RÉGENT.

Je ne veux pas que tu aies du chagrin. Je ne le veux pas ! J'ai assez de sujets d'inquiétude, et de plus grands... Assez ! J'en ai assez... même trop.

LA DUCHESSE.

Que s'est-il passé ?

LE RÉGENT.

Rien... (Animé.) Je te demande de me laisser un peu d'oubli, et tu me tourmentes maintenant avec cela ! N'en parlons pas... Alors, la séparation s'est faite sans trop de déchirements ? Je suis content de te voir aussi calme... Content... et agréablement surpris.

LA DUCHESSE.

J'en suis surprise moi-même. J'aurais cru éprouver une douleur mortelle.

LE RÉGENT.

Tu as du courage.

LA DUCHESSE.

Je crois plutôt que je suis servie par ma faiblesse et par la faiblesse d'autrui. Les émotions par où je viens de passer sont au-dessus de ma sensibilité.

LE RÉGENT.

Que ce soit pour une raison ou pour une autre... (*Sa langue s'embarrasse.*) N'en parl... parl... parlons plus... (*Criant, en articulant.*) N'en-par-par-lons-plus.

LA DUCHESSE.

Je ne demande que cela.

LE RÉGENT.

Mais comment peux-tu être si calme ?... Tu me caches quelque chose ! Tu me caches quelque chose !

LA DUCHESSE.

Rien.

LE RÉGENT.

Si. Tu pleurais...

LA DUCHESSE.

Pleurer !... le remords ne fait pas pleurer.

LE RÉGENT.

Remords de quoi ?

LA DUCHESSE.

De quoi ?... Vous êtes sans remords, vous ?

LE RÉGENT.

D'avoir renvoyé de Rions !

LA DUCHESSE.

Il s'agit bien de lui. Je me sens près de la mort. Je le sais.

LE RÉGENT.

Tais-toi... Tu le sais ! Comment le sais-tu ?

LA DUCHESSE.

Tout à l'heure, j'ai eu une vision. Je serai morte dans trois mois.

LE RÉGENT, *avide d'apprendre.*

Et moi ? Et moi ? Tu n'as pas vu ?...

LA DUCHESSE.

Si.

LE RÉGENT.

Bientôt ?... Quelle joie tu me donnerais si tu pouvais me dire que c'est bientôt... Quelle délivrance ! Tu ne sais pas : mon médecin... mon médecin...

LA DUCHESSE.

Eh bien ?

LE RÉGENT.

Il me dit de ménager ma santé !... L'imbécile ! L'imbécile !

LA DUCHESSE, *grave.*

Vous aussi, vous avez assez de la vie que nous menons ?

LE RÉGENT.

Oui... Tu as peur, toi ?

LA DUCHESSE.

Ce n'est pas ma mort qui m'effraie, c'est ma vie...

LE RÉGENT.

Oui... C'est cela...

LA DUCHESSE.

Elle vient de m'apparaître tout d'un coup. Être une princesse ! une princesse de France, et être ce que je suis ! Ce n'est pas tout à fait de ma faute. Je n'étais qu'une petite âme, que le malheur a fait naître sur les marches d'un trône. Nul ne m'a conseillée... Ma mère... Il faut beaucoup pardonner à qui n'a pas été aimé de sa mère... J'ai été seule... seule...

LE RÉGENT.

Tu te plains d'avoir été seule ! Et moi ! Et moi ! Être isolé au milieu de gens qui s'agitent, c'est le pire des isolements... Il faut plaindre ceux qui recherchent le bruit. Je le cherche, et je suis si misérable que je sens bien qu'il me serait impossible de m'en passer. Je ne voudrais jamais être seul. Tu entends, jamais, jamais ! Parce que, quand je suis seul, je suis avec moi-même, et c'est une plus effroyable société...

LA DUCHESSE, *comme à elle-même.*

Si encore nous n'avions fait de mal qu'à nous !

LE RÉGENT.

Pas ça ! Pas ça ! (*Se calmant.*) Il ne faut pas que nous pensions à ce qui nous dépasse.

LA DUCHESSE.

Oui. Nous ne sommes pas dignes de si hautes douleurs.

LE RÉGENT.

Alors ?... Que veux-tu faire ? Que pouvons-nous faire ?

LA DUCHESSE.

Attendre...

> *Silence. On entend au loin la douce musique du cortège. Les valets écartent les tentures. Tous les gentilshommes apparaissent. Bruits. Rires. Révérences.*

LE RÉGENT.

Allons à la fête au bord de l'eau... Allons à la fête galante... Qui veut m'y conduire ?...

TOUTES.

Moi ! Moi !

LE RÉGENT.

Madame de Fallari... Madame de Fallari... Conduisez-moi !...

MADAME DE FALLARI.

Où dois-je vous conduire, Monseigneur ?

LE RÉGENT.

Vous le savez bien : à ma destinée...

> *Tout le monde sort, sur un pas de menuet, pendant que le rideau baisse.*

RIDEAU

TABLE

FIN DU TOME NEUVIÈME

E. GRÉVIN — IMPRIMERIE DE LAGNY — 1929.

A LA MÊME LIBRAIRIE

LITTÉRATURE FRANÇAISE

AMIEL. — *Fragment d'un journal intime*, 2 vol.

J.-E. BLANCHE. — *Mes Modèles.*

Léon BLOY. — *Propos d'un Entrepreneur de démolitions.*
— *Belluaires et Porchers.*
— *Le Pal, suivi des Nouveaux Propos d'un entrepreneur de démolitions.*
— *Lettres à Pierre Termier.*
— *Lettres à ses filleuls.*

Elémir BOURGES. — *La Nef.* Édition complète.
— *Le Crépuscule des Dieux.*

BRIEUX, de l'Académie Française.— *Théâtre complet 9 volumes.*

Jacques CHARDONNE. — *L'Epithalame.*
— *Le Chant du Bienheureux.*

Jean COCTEAU.— *Le Grand Ecart.*
— *Le Potomak.*
— *Lettres à Maritain, Réponse à Cocteau,* 2 vol.
— *Le Rappel à l'ordre.*
— *Orphée.*
— *Opéra.*
— *Plain-chant.*

Benjamin CONSTANT. — *Le Cahier Rouge.*
— *Journal intime.*

Jacques DELAMAIN. — *Pourquoi les Oiseaux chantent.*

Paul GÉRALDY. — *Aimer.*
— *Toi et Moi.*
— *Les Noces d'argent, les Grands Garçons.*
— *Le Prélude.*
— *Robert et Marianne.*

A. MARTIGNON. — *Un Promeneur à pied.*

A. NERVILLE. — *Les Partisans.*

Paul RAYNAL. — *Le Maître de son cœur.*
— *Le Tombeau sous l'arc de Triomphe.*

Romain ROLLAND. — *Mahatma Gandhi.*
— *La Vie de Ramakrishna.*
— *La Vie de Vivekananda.*
— *L'Evangile Universel de Vivekananda.*

Marcel ROUFF. — *La Vie et la Passion de Dodin-Bouffant.*
— *Guinoiseau.*

André THÉRIVE. — *Querelles de langage.*

VLAMINCK. — *Tournant dangereux.*

LITTÉRATURE ÉTRANGÈRE

Maurice BARING. — *Daphné Adeane.*

DOTY. — *La Légion des Damnés.*

LIAM O'FLAHERTY.— *Le Dénonciateur.* — *M. Gilhooley.*

GANDHI. — *La jeune Inde.*

JACOBSEN. — *Niels Lynhe.*

Jenry JAMES. — *Le Tour d'Ecrou, les Papiers de Jeffrey Aspern.*

Norah JAMES. — *La Vaine Equipée* (Sleeveless Errand).

Comte KEYSERLING. — *Journal de voyage d'un philosophe* (2 vol. in-8).

KIPLING. — *Trois Troupiers.*
— *Nouveaux Contes des Collines.*
— *Une vraie Flotte.*
— *Sous les Déodards.*
— *Brugglesmith.*
— *Au hasard de la Vie.*
— *Au blanc et noir.*

KROPOTKINE. — *L'Ethique.*
— *Autour d'une vie.*
— *La Conquête du pain.*

Selma LAGERLOFF. — *La Légende de Gosta Berling.*
— *Les Miracles de l'Antéchrist.*
— *Jérusalem en Dalécarlie.*
— *Jérusalem en Terre Sainte.*

Harold LAMB. — *Gengis Khan.*

D. G. MUKERJI.— *Le Visage de mon Frère.*

Talbot MUNDY. — *Yasmini, princesse de Sialpore.*

Thomas DE QUINCEY.—*Confessions d'un opiomane anglais.*

REMARQUE. — *A l'Ouest rien de nouveau.*

TOLSTOÏ. — *Œuvres complètes.* Traduction intégrale d'après les manuscrits originaux.

St-Ed. WHITE. — *Terre de Silence.*
— *La Forêt.*

Oscar WILDE. — *Le Portrait de Dorian Gray.*
— *Le Crime de Lord Arthur Savile.*
— *La Maison de la Courtisane.*
— *Le Portrait de M. W. H.*
— *Essais de Littérature et d'Esthétique,* 3 vol.
— *Théâtre,* 3 vol.

Virginia WOOLF. — *Mrs Dalloway.*
— *La Promenade au Phare.*

Kikou YAMATA. — *Masako.*
— *Le Shoji.*